王太子妃になんて
なりたくない!! 王妃編
JN219391

王太子妃になんてなりたくない!!
王妃編

月神サキ

Illustrator
蔦森えん

フリード

フリードリヒ・ファン・デ・ラ・ヴィルヘルム。
優れた剣と魔法の実力に加え、
帝王学を修めた天才。
一目惚れしたリディを妻とし、
父ヨハネスの後継者として、
ついにヴィルヘルム国王として即位した。

リディ

リディアナ・ファン・デ・ラ・ヴィルヘルム。
ヴィヴォワール筆頭公爵家の一人娘。
前世の記憶持ちであり、
王族の一夫多妻制を
受け入れられなかったが、
想いを通わせたフリードとついに結婚、
夫の即位とともにヴィルヘルム王妃となる。

王太子妃になんてなりたくない!! 王妃編

CHARACTER

アル

ヴィルヘルム王家に伝わる
神剣アーレウスに宿る精霊。
初代国王&王妃の固定カプ厨。

カイン

赤の死神と呼ばれる、
元サハージャの暗殺者。
リディを主と定め、
契約を結んだ。

エリザベート

エリザベート・ファン・デ・ラ
・ヴィルヘルム。
フリードの母である、
ヴィルヘルム前王妃。

ヨハネス

ヨハネス・ファン・デ・ラ
・ヴィルヘルム。
フリードの父である、
ヴィルヘルム前国王。

ウィル

ウィリアム・フォン・ペジェグリーニ。
ヴィルヘルム王国魔術師団の団長。
グレンの兄。

アレク

アレクセイ・フォン・ヴィヴォワール。
リディの兄。元々フリードの側近で、
フリード、ウィル、グレンとは幼馴染兼親友。

グレン

グレゴール・フォン・ペジェグリーニ。
ヴィルヘルム王国、近衛騎士団の団長。
フリードとは幼馴染かつ親友。

これまでの物語

「エリザベートの側にいたい」という父ヨハネスの願いを聞き入れ、
ついにヴィルヘルムの国王となったフリード。
もちろんリディも、愛する夫を隣で支える王妃として喝采を浴び、
大いなる祝福とともに国民に迎えられることとなった。
マクシミリアンからエランへと統治者が代わった仇敵サハージャとの
敵対関係も解消に向かい、
新国王夫妻が治める大国ヴィルヘルムの新たな歴史が幕を開ける――!

この作品はフィクションです。
実際の人物・団体・事件などに一切関係ありません。

⚜ 王太子妃になんてなりたくない!! 王妃編

MELISSA

1・彼女と晩餐会

建国千年を誇る、ヴィルヘルム王国。

ハイングラッド大陸の東側に位置する、気候条件に恵まれた国だ。

天災の類いもほぼなく、竜神の加護がある国として知られている。

その国土は広大で、金が採れる鉱山や広い平野、大きな河川を有している。

王都リントヴルムは四つの街を内包する巨大都市。中心部には尖塔が美しい優美な王城がそびえ立っており、国を治める王族が暮らしている。

その国で今日、新たな国王が誕生した。

国王、フリードリヒ。

二十二才の、まだ若き王だ。

日の光に透けるような淡く柔らかな金髪と夏の海を思わせる青い瞳を持つ涼やかな男。その美貌は、幼い頃から諸外国にまで知れ渡っていたほどで、王子時代は「完全無欠の王太子」などという二つ名がつけられていた。

その彼の妃として隣に立っているのが私、リディアナ。

元はヴィヴォワール筆頭公爵家の娘。

父譲りの紫色の瞳と母と同じ薄茶色の髪色を持つ私は、元々、一夫多妻を認められている王族との結婚を頑なに拒否していた。

どうして拒否していたのか。それは私に前世の記憶があったから。

この世界とは別の世界——日本で生きていた記憶を持っていた私は、夫ひとりに妻多数という制度をどうしても受け入れることができなかった。

だが、フリードリヒ王子——フリードは私だけを愛すると誓い、一夫多妻の権利を放棄してくれた。

私もすったもんだありつつも最終的に彼を愛していると認め、ついには結婚へと至った。

その後も色々な事件が起こりはしたが、私たちは協力してそれを乗り越え、今日、戴冠式を迎えたというわけだ。

フリードは王太子から国王へ。

そして私は王太子妃から王妃へ。

これからも様々な出来事に見舞われるだろうけど、私たちは自他共に認めるラブラブ夫婦。

仲良くしていれば、まあ、なんとかなるんじゃないかなとかなり楽観的な気持ちで構えている。

「時間がありません！　急いで!!」
皆に活を入れ、鋭い声を上げているのは、女官長のカーラだ。彼女の部下たちが返事をし、衣装部屋をところ狭しと走り回っている。
戴冠式のあと、馬車に乗って王都をグルリと一周してきた私たちは、着替えのため衣装部屋へと向かった。

今からは、諸外国の要人たちと晩餐会があるのだ。

前国王夫妻である義父と義母は出ない。彼らはすでにその任を私たちに譲り、引退したからだ。

私たちが主催の晩餐会。ある意味初の公務ともいえる。自然と気合いも入るが、衣装部屋で待機していたカーラたちもそれは同様。

「王妃となったあなた様を、誰よりも美しく輝かせるのが私たちの使命ですから」

そう告げたカーラは部下たちに活を入れ、自らも忙しく動き回っている。

髪を巻き直し、晩餐会用の化粧を施し、爪やドレスのチェックも怠らない。

そうして全ての準備を整え、青色のローブ・デコルテに身を包んだ私は彼と合流し、ふたり揃って晩餐会へと出席したわけだ。

黒を基調とした礼服を着たフリードが、ワイングラスを掲げ、出席者たちに告げる。

「ヴィルヘルム国王となった私の願いは、平和な世が続くこと。私も妻も強く平和を望んでいます。皆様とも友好関係を長く続けられますように」

皆もフリードに倣い、ワイングラスを掲げた。

今回、戴冠式に出席してくれた国の数は、優に二十を超える。

参加国だけの数で言えば、国際会議の時よりも多いくらいだ。

皆、それだけフリードの即位が気になったのだろうけど。

何せフリードは、王子時代から強いことで有名だったから。

彼はひとりで一万の兵をなぎ払う。

敵国から「悪夢の王太子」という二つ名で呼ばれていたくらいだから相当なものだ。

皆、フリードを敵に回したくないのだ。だからこうして戴冠式にも出席し、敵対するつもりはないとアピールしている。

晩餐を楽しみながら、近い席の人たちと会話を楽しむ。

フリードのすぐ近くには、サハージャ王国のエラン国王が座っていた。私の側にはイルヴァーンの王太子夫妻がいる。

父や兄が苦悩しながら座席表を作っていたが、諸外国の人たちもそれぞれ話したい国の人の側に席を置いてもらえたようで、特に不満はないみたいだ。

晩餐会には、料理長が腕によりを掛けたヴィルヘルムの郷土料理が振る舞われ、海の幸と山の幸をふんだんに使った料理に皆、舌鼓を打っていた。

食後のデザートにはイチゴ大福。父に「こういう時にこそアピールしろ」と言われて昨日の夕方に仕込んだのだが、どうやら喜んでくれているようだ。

フリードはエラン国王と話が合うようで、珍しく楽しそうな顔をしている。

「ふうん。本当に気に入ってるんだ。サハージャも変わるかな」

ふたりの様子を窺っていたイルヴァーンのヘンドリック王子がイチゴ大福を食べながら呟く。

サハージャの前国王であるマクシミリアンは野心家で好戦的。すぐに戦争を仕掛けてくるタイプだったので、周辺諸国はかなりピリピリしていたのだ。

それは南の大国、イルヴァーンも同じで、サハージャにようやくまともな国王が立ったことを喜んでいる様子だった。

「ずっとサハージャを気にするのも大変だからね。でもまあ、マクシミリアン国王が戻るまでのつかの間の平和だろうけど」

エラン国王に聞こえないように小声で告げるヘンドリック王子だが、私も同意見だ。

何せ、エラン国王は、二年限定の代理国王なので。

今、マクシミリアン国王は行方不明という扱いで、二年間、代理の国王が置かれる措置が取られている。

もしその二年の間にマクシミリアン国王が戻れば、エラン国王は玉座を降りるのだ。

ヘンドリック王子は、それを危惧しているのである。

「リディ」

ヘンドリック王子の話を聞いていると、右隣に座ったフリードが声を掛けてきた。

エラン国王との話が終わったのだろう。そちらを向くと、彼は目を細めて笑った。

中性的なのに雄を感じさせる端整な顔立ち。柔らかな優しい笑い方は、私にしか見せないものだ。

その顔を目の当たりにした出席者の女性たちが「きゃあ」と小さく悲鳴を上げたが、フリードは見向きもしなかった。

「ん、何？」

「いや、疲れていないかなと思ってね。ほら、今日は朝からずっと動きっぱなしだから」

「そうだね。でも平気。今日はダンスもないし」

夜会ならダンスは必須なのだけど、今夜は晩餐会。踊らなくて済むだけでも体力の消耗度合いはかなり違う。

だが、フリードは不満そうだった。

「ダンスね。私としてはあっても良かったんだけど。だってリディと踊れる」

「フリードとはよく踊っているじゃない。たまにはこういう食事だけの会があってもいいと思うよ」

「そうかな。私は愛しい妻と触れ合う機会が減るのは嫌だけど。ほら、ダンスって堂々と密着できるでしょう？　リディを感じられて楽しいんだよ」

「ば、ばか……」

パチッとウインクされ、ポッと頬が赤くなった。

世界広しといえど、これだけウインクが決まる男もそうはいないだろう。

眉目秀麗という言葉がぴったり嵌まる、涼やかな人だ。

顔を赤くしていると、背後から子供のような声がした。

「ああんっ。王様ってば愛が深い～！　最高ですぅ～」

出てきたのは、可愛らしい青色のミニドラゴン。

二枚の羽でパタパタと器用に飛んでいる。お腹は白くて、目は金色。

見た目ぬいぐるみのような彼だが、その正体はヴィルヘルムに伝わる神剣アーレウスに宿る精霊だ。

愛称はアル。彼に頼まれて私が付けた。

初代国王に仕えたあと千年もの間、神剣の中で眠っていたという彼は、とにかくフリードが好きで、
彼を推しに推している。

性格はかなりはっちゃけているものの、精霊というだけあり、その力は絶大だ。

今回の晩餐会も、特別枠で出席していた。

とはいっても、何か食べるとかではないのだけれど。

彼は終始、自由にフラフラと飛んでいて、時折私の頭の上に載ったり、膝の上に座ったりしていた。

空中でぴょんぴょん跳ねるアルの首根っこをフリードがむんずと掴む。

「アル」

「はい、王様！　ふわ～！　王様って呼んでも間違ってないって最高～！　王様が王様になったんですね～。僕、嬉しいです～」

自分で言って、感極まったようだ。

アルはうるうるとした目でフリードを見つめている。

アルは目覚めてからずっと、フリードのことを「王様」私を「王妃様」と呼んでいたので、呼称通りになったのが嬉しいのだろう。

そう呼んでいた理由が、私たちが「初代国王夫妻の生まれ変わりだから」なのには驚きしかないけれど。

初代国王に仕えていたアルが言うのだからそうなのだろうが、特に気にしてはいない。

私たちが私たちであることにかわりはないからである。

「他国の要人もいる場所でうろちょろするな。もう少し大人しくできないのか」

「えっ、僕史上最大に大人しくしていたのに!?　ね、僕大人しかったですよね、王妃様」

「……そうだね」

フリードに叱られたアルが心外だと言わんばかりに同意を求めてくる。

確かに、いつものアルよりは幾分大人しかった気もするけど……。いや、彼には戴冠式の時、喜びが天元突破して、空に虹を架けたという前科があったな。

その時のことを思い出し、微妙な顔をしていると、フリードは溜息を吐きながら言った。

「分かったから、できるだけ大人しくしていろ」

「は～い！　王様のご命令ならば喜んで！」

空中で敬礼をするアルだが、キャラが濃すぎて、周囲の視線を釘付けにしている。

その中にはエラン国王もいて、目を見張っていた。

「……精霊は僕も今回初めて見たが、皆、こんな感じなのか？」

率直な疑問にフリードが眉を中央に寄せる。ものすごく嫌そうに言った。

「アル以外の精霊にまだ会ったことがないから、何とも言えないな。そうでなければいいと心から思うが」

「大丈夫ですよぅ、王様！　僕は、唯一無二のスペシャルな存在ですからっ☆　キャラかぶりはありません。ご心配なくっ！」

「……だそうだ。アル、もう私の言ったことを忘れたのか」

「あっ、大人しくしていろですよね。もちろん分かってますとも～」

「王妃様～」と言いながらアルが私の膝の上に着席する。これはたぶん、フリードから庇ってほしいのだろう。

ハイハイと頭を撫でると、彼は嬉しげに目を細めた。

「えへへ、王妃様、いつもながら撫で方が上手いですよね」

「ありがと」

猫を構っているつもりでやっているのだが、アルは気に入ってくれているようだ。

調子に乗って撫でていると、フリードがムッとした顔で言った。

「リディ、アルに構いすぎだよ」

「そんなことないと思うけど」

「そんなことある。リディはアルではなく、夫である私を構うべきだと思うんだけどな」

「えー、十分すぎるほど構ってるって」

基本、一緒にいる時はべったりとしているので、その意見には賛同できない。

だがフリードは不満のようだ。

「足りないよ。リディには常に私を見ていてほしいって思ってるのに。知ってるよね？」

「知ってるし、見てる。……私がフリードのこと大好きなのは知ってるでしょ」

「もちろん。私もリディを愛してるよ」

甘い声が返ってくる。深い愛情を感じさせる声音に照れくさくなった。

私たちのやり取りを聞いていたエラン国王が興味深げに言う。

「本当に仲が良いんだな」

「えっ、あ、すみません」

お客様がいるところでいつものやり取りをしてしまったことに気づき、謝った。

フリードは知らんふりをしている。どうやら悪いと思っていないようだ。

非難を込めて彼を睨むも「リディが好きなんだからしょうがないじゃないか」と逆に文句を言ってきた。

「場所によって態度が変わる方が問題だと、リディだって思うでしょう？」

「それはそうだけど、こんなところでする会話じゃなかったとは思わない？」

「思わない。私の愛はいつだってリディだけに向けられているからね。皆だって私がリディに夢中なのは知っているから、今更気にしたりなんてしないよ」

「ええー……」

そういうものだろうか。

いまいち納得いかないなと、フリードを見る。なんとなくふたり見つめ合っていると、エラン国王がまた笑った。

「あ、すみませんっ」

いくらいつも通りでいいと言っても、話し掛けられていたのに放置はダメだ。慌てて謝ったが、エラン国王は鷹揚に告げた。

「いや、構わない。フリードが妃を溺愛しているという噂は知っていたが、リディアナ妃も大概だなと思っただけなんだ」

「う……」

指摘され、顔を赤くした。本当のことではあるが恥ずかしい。

エラン国王が楽しげに聞いてくる。

「君はフリードのことが好きなんだな」

「……はい」

「リディ」

フリードが嬉しそうにしているのが、更なる羞恥を誘う。テーブルの下、こっそり右手を握られた。

私も同じように握り返す。

こんな場所でやることではないと分かっていたが、誰にも見えないし、嬉しい気持ちが勝ったのだ。

エラン国王が目を細める。

「本当に羨ましいな。先ほど仲が良いと言ったのも、ルビーはリディアナ妃のようなことは言ってくれないから、良いなと思っただけなんだ」

「え、そうなんですか？　婚約者なのに？」

意外な言葉に驚いた。

婚約者なんて、結婚を控えた今が一番ラブラブな時だろう。そう思ったのだが、エラン国王は残念そうに言った。

「婚約はしているが、実際は僕の片想いのようなものだ。ルビーは僕に対して妙に姉ぶるところがあって、なかなか男として見てくれない。怠い話だ」

「……えっと、姉ぶるということはルビーさんの方が年上なんですか？」

興味があり、聞いてみた。

何せ聖女についてはヴィルヘルムに殆ど情報が来ていないのだ。

知れることは知りたいし、フリードも私と同意見のようで黙って話を聞いている。

「今は僕のひとつ下だな。昔は十一才歳上だったが」

「今は年下で、昔は十一歳年上？」

どういう意味だ。首を傾げると、エラン国王は今気づいたという顔をした。

「そういえば面倒で言ってなかったな。十二年経ってルビーが帰ってきたというのは、そのままの姿で戻ってきたという意味だ。彼女は十九歳のまま、十二年の時を超えている」

「……えっ」

「彼女にとっては一瞬の出来事だったらしいが。だが僕は、正真正銘十二年待った。八歳だったのが二十歳に。再会した時は、最初信じてもらえなかったな」

「そ、そりゃ八歳の少年が一瞬で二十歳になったって言われても信じられないですよね」

なんだそれと思いながらも話を続ける。

エラン国王によれば、聖女は一瞬で十二年の時を越えたということだが……え、聖女って時を越えるの!?

「フリード!?」

ギュインと隣の夫に顔を向ける。フリードも心底驚いたという顔をしていた。

「い、いや、私も初めて聞いた。聖女伝説にはそのような記載はなかったから」

「だ、だよね。え、ということは、聖女伝説の『去って行った』っていうあのフレーズは、時を越えたっていう意味だったの？」

「――聖女は病を治す代償として時を越えるんだ。あまり知られてはいないが、わが国の古い文献には記載がある。そのこともあって、ルビーは聖女認定された」

エラン国王が補足説明してくれる。それを聞き、大いに納得した。

「確かに十二年前と姿形が変わらないという動かぬ証拠があるのなら、聖女認定も容易でしょうね」

不治の病を治し、十二年後に当時と変わらぬ姿で現れる。

しかも病を治してもらった当事者もいるのだ。聖女認定はされやすいだろう。

「サハージャの聖女伝説、まさか本当だったなんて思いませんでした」

しみじみと告げる。

正直、今の今まで本当がどうか疑っていたが、エラン国王の話を聞いて本当なのだなと納得した。

彼の顔に嘘（うそ）は見えなかったし、嘘を吐いたところでどうせ後でバレるからだ。

何せ聖女は、エラン国王の妻となるわけだし。

公の場に出るようになれば、嘘か本当かは自然と分かる。その危険性を理解していて、嘘は吐かないだろう。

納得していると、エラン国王が言った。

「それはお互い様だ。僕だって、ヴィルヘルムの神剣の話が本当だったなんて思いもよらなかった。ああ、そういえばルビーも同じことを言っていたな。うちも眉唾（まゆつば）っぽい話だから似たようなものだ、と」

「本当ですね」

初代から伝わる神剣に精霊が眠っている。

ヴィルヘルムの神話だが、信じていた者がどれだけいたことか。私も創作の類いだと思っていた。

全くもってお互い様である。

「こうなると世界中にある神話や民話も怪しいよね。何割かは本当の話が混じってそうって思っちゃう」

真顔で告げる。フリードも同意してきた。

「確かに。もう少し神話や民話の勉強をしてみてもいいかもしれないな」

「ね」

ある程度は履修しているが、そこまで熱心には勉強していないので、この機会に復習するのもいいだろう。

そんな風に考えていると、エラン国王が話を戻した。

「とにかく、聖女伝説は実際にあったことで、ルビーは十九歳の姿のまま戻ってきた。だが、彼女にとって僕はいまだ八歳の少年みたいで、いくら好きだと言っても本気には取ってくれない」

「な、なるほど。確かに十九歳から見たら、八歳の少年なんて犯罪ですものね」

同い年なだけによく分かる。

エラン国王が呆気にとられたような顔をした。

「……君もルビーと同じことを言うんだな」

「？」

「ルビーも犯罪だからダメだと、怠いことを言ったんだ。僕としては珍しくない話だと思ったんだが」

「あ、あー……」

指摘され、ようやくこれは前世の感覚だったと気がついた。

前世では、成人が未成年に手を出すことは、重大犯罪とされていたのだ。

だがこの世界では違う。王侯貴族なら一桁の年齢で婚約することもあるし、十代前半で結婚することも珍しくない。相手が二十歳以上離れていることだってよくある話だ。

「そ、そう、ですね」

慌てて誤魔化す。しかし、聖女の感覚が前世の私に近いというのも変な話だ。

というか、ルビーさんって、そもそも貴族なのだろうか。

平民か貴族かで、感覚はかなり変わると思うのだけれど。

いや、平民でも、ものすごく年上の人に見初められて嫁ぐ……みたいな話はあるから……うーん、やっぱりよく分からない。

エラン国王も怪訝な顔をしていたが、すぐにどうでもいいと思ったのだろう。

話を続けた。

「まあ、そういうわけで、いまだルビーとは両想いになれていない。もちろんこのまま終わるつもりはないし、なんとしても彼女の心を手に入れるつもりだが、夫婦として正しく仲の良い君たちを見ているとやはり良いなと思ってしまう。僕も早く君たちのようになりたいものだ」

「あ……」

憧憬の籠もった目線を向けられる。エラン国王が心から言っているのが伝わってきた。

彼の聖女への想いは本物だ。それは間違いない。だけど両想いではないのなら、聖女の方はどう思っているのか気になった。

かつて子供だった少年が大人になって求婚してきた。

大人になったのだから年齢問題は解決しているだろうが、果たして彼女はエラン国王を男性として見ることができるのだろうか。

——うーん、でも、婚約を受け入れているくらいだから可能性はあるんだよね？

たぶん、きっと。

この穏やかに笑う人が、マクシミリアン国王のように無理やり……みたいな方策を取るとは思えないので、そこはきっと大丈夫なのだろう。

「えっと……頑張って下さい」

「ああ、ありがとう」

エラン国王が微笑みを浮かべる。その顔は本当に嬉しそうで、私はまだ見ぬ聖女はきっとそのうち、彼に絆されるんだろうなと確信してしまった。

――私もそうだったしね。

なんとなくフリードを見る。私の視線に気づいた彼が首を傾げた。

「何？」

「ううん、なんでもない」

笑って誤魔化す。

昔も今も、変わらぬ愛を注いでくれる旦那様。そんなフリードが私は大好きなのだ。

彼にだけ聞こえるよう小声で告げる。

「ただ、フリードのことが好きだなって思っただけ」

私の言葉を聞いたフリードが目を見張り、次に幸せそうに口元を緩めた。

そうして素早く私の頬に口づけると「私もリディを愛してる」と告げてくる。

「も、もう……」

予想外だったので吃驚した。

触れられた箇所が熱い。まさかこんなところでキスしてくるなんて。

幸いにも出席者の誰にも気づかれなかったようだが、やりすぎだ。

顔を赤くしてフリードを睨(ね)めつける。照れているだけと分かっているのだろう。フリードは実に楽しげだ。

私の膝の上では、全てを至近距離で見ていたアルが身悶(みもだ)えていた。

「あっ、あっ、あっ……ダメ、尊い……死ぬ……」

「……」

なんか、瀕死(ひんし)の状態だ。

ツンツンとつついてみると「ああん、王妃様ってば」と気持ち悪い答えが返ってきたので、これ以上ちょっかいをかけるのはやめることにした。

一連のやり取りを見ていたエラン国王も複雑そうな顔をしている。

しみじみと「本当に精霊は個性的なんだな」と言われたが、アルは例外だと強く信じたいところだ。

「あ、あはは……」

気を取り直し、笑顔を作る。

その後、こちらを気にしていた他の出席者たちとも話し、無事、初めての晩餐会は終了した。

2・彼女としばしの別れ

戴冠式の翌日、各国の出席者たちはそれぞれ自国へと帰っていった。

イルヴァーンのヘンドリック王子もヴィルヘルムに留学中の妹レイドと話したあと、転移門を使い、妻のイリヤと共に帰国。

重い腰を上げて戴冠式に出席してくれたアルカナム島の面々も「息子たちをよろしく」と言って去って行った。

息子——イーオンとレヴィットのことだ。

狼獣人と虎獣人であるふたりはヴィルヘルムの軍部に所属していて、彼らの父は息子たちを心配して戴冠式に出席がてら様子を見に来たのである。

元気にしている彼らと話すことができたのだろう。安堵の表情を浮かべていた。

そうして次に転移門に立ったのはサハージャの代理国王であるエランだった。

「では、僕はこれで」

「ああ、また」

エラン国王にフリードが挨拶を返す。

サハージャとは、先ほど休戦協定の調印をしたばかり。

婚約者が心配だからと早く帰ることを選択したエラン国王はどこかホッとした顔をしていた。

「やっと帰れる……」

「時間を取らせて悪かったな」

「いや、無理を言ったのはこちらだ。早い時間にしてもらえたこと、感謝している」

エラン国王が微(かす)かに笑う。

休戦協定を調印するのは本当は午後の話だったのだ。それがエラン国王の希望で午前の早い時間に変更となった。

聖女に会えるのが嬉(うれ)しいのだろう。機嫌良さそうなのが傍目(はため)からでもよく分かる。

「できれば、ヴィルヘルムの王都を巡ってみたかったんだが、それはまたルビーを連れてきたらにする。彼女にずるいと言われそうだからな。フリード、リディアナ妃、僕たちが結婚する際は、是非式に出席してくれ。きっと彼女も喜ぶ。実は、ルビーは君たちのファンなんだ」

「ファン？」

——なんだ、それ。

どういう意味かと思っていると、転移門が起動を始めた。

その中でエラン国王が言う。

「ルビーは君たちの話を聞くのが好きで、絵姿を見て喜んでいた。ヴィルヘルムにも行きたいと言っていたから、会うことがあったらよくしてやってほしい」

「そ、それは是非！」

言葉を返すとほぼ同時に転移門が白い光に包まれる。

すぐに光は消えたが、エラン国王の姿はない。彼はサハージャへ帰っていったのだ。

「……ルビーさんって、私たちのファンなんだって」

フリードを見上げる。彼も困惑の表情を浮かべていた。

「ファンと言われても困るけど……いや、エランの想い人にいいイメージを持ってもらえているのは悪いことではないと思うよ」

「そうだね」

確かにフリードの言う通りだ。

彼と一緒に、他の出席者たちの見送りも済ませる。全員が帰った時には、すでに夕方になっていた。

「はー……疲れた」

グッと腕を伸ばし、伸びをする。

出席者全員を見送るというのは、予想以上に重労働だった。

国際会議の時も同じことをしたが、全員ではなかったし、これはやはり王妃となったからだろう。

王太子妃の時以上に、皆の前に出る必要があるのだと思い知らされた気がする。

「お疲れ、リディ」

私に向かって微笑むフリードは、疲労を感じさせない声音だ。

実際、特に疲れてはいないのだろう。さすが生まれた時からの生粋の王族。外国のお客様とのやり取りも当たり前だが慣れているし、とても頼もしい。

後ろに控えていた宰相——父が口を開いた。

「リディ、泣き言を言うな。王妃となったからには、今まで以上に気持ちを引き締め、陛下にお尽くしするのだ。分かっているな？」

「は～い」

返事をする。間延びしたものになったのは勘弁してほしい。

だって父相手に取り繕っても仕方ない。

宰相ルーカス・フォン・ヴィヴォワール。

ヴィヴォワール筆頭公爵家の現当主で、私と兄アレクセイの父親だ。

規律に厳しく、怖いことで有名な人だが、幼い頃から父の怒鳴り声は聞き慣れているので私も兄も気にしていない。

父の隣には兄もいたが、私の適当な返事に肩を揺らして笑っていた。

私たちの緩すぎる態度を見た父が、片眉を吊り上げる。

「リディ、アレク。お前たちは本当に……」

これはお小言が始まる合図。

うわっと思っていると、フリードが取りなしてくれた。

「ルーカス。リディは十分すぎるほど頑張ってくれているんだ。あまり強く言わないでくれ」

「……陛下がそうおっしゃるのなら」

面白いほどあっさりと、父が引き下がる。

基本、父はフリードに対する評価が高いので、素直に話を聞き入れるのだ。

私や兄にはお小言ばかりだというのに、態度が違いすぎる。酷い話だ。

その父はフリードに向かって、丁寧に頭を下げていた。

「本日の公務はこれで終わりです。お疲れ様でした、陛下」

「そうか。明日の予定は？」

「明日は朝一に朝議と、謁見が三件入っております。来年度の予算案についてもご相談させていただければと。財務大臣が午後に伺いたいと申しておりました」

「分かった」

　フリードが頷く。

　側に控え、話を聞いていた兄が手を頭の後ろ手組み、文句を言った。

「良いよなあ、フリードはもう終わりで。俺なんか、今から書類と格闘しなきゃいけないっていうのに」

「アレク！　陛下に対して、その口振りはどういうことだ。即位なさるにあたり、きちんと改めろとあれほど言ったのをもう忘れたのか」

　叱られた兄は「うえー」と唇を尖らせた。

「だから無理って言っただろ、親父。今更すぎるんだって」

「側近のお前がそれでどうする。周囲に対して示しがつかん！」

「別に構わねえだろ。な、フリード。お前だって気にしないよな？」

「私は別に今まで通りで構わないが」

　話を振られたフリードが返事をする。私も真顔で答えた。

「私も。兄さんに『王妃様』とか言われたら、笑わない自信がない」

「だよな。俺もお前に敬語とか、想像つかねえって。親父だって同じだろう？　リディを叱りつけているくらいがちょうどいいんだよ」

「む、むう……」

兄に言われ、父が気まずげな顔をする。先ほど私に小言を言ったことを思い出したらしい。心当たりがありすぎた父は、結局、渋面を作りつつ了承した。

「……陛下がそうおっしゃるのなら」

「気にしなくていい。なんなら、リディと同じような扱いをしてくれて構わないよ。何せ私も義理とはいえ、あなたの息子なわけだし」

確かに関係性で言えば、その通りだ。

私はワクワクしながらフリードに聞いた。

「フリードもお父様に怒られちゃう？」

「うん、それも楽しそうかと思ってね。あまり父上から怒られた経験もないし、リディやアレクを見てると悪くないなあって」

フリードは真面目に言っているようだが、父はとんでもないと目を見張った。

「できるわけがないでしょう。しかし陛下の寛大なお心には感謝します。今まで通りで構わないということですね？」

「ああ。リディもその方が嬉しいみたいだし。ね？」

「うん」

ちょっと照れくさいけど頷く。

私の顔を見た父は呆気にとられたような顔をしたが、すぐに表情を引き締め、頭を下げた。

「……そういうことでしたら。こほん。とにかくお疲れ様でした。あとは私共で引き受けますので、今日はゆっくりお過ごし下さい」

「うわっ、気持ち悪っ！　親父、照れてんのかよ。耳が赤いぜ？」

父の耳が薄ら赤くなっていることに目聡く気づいた兄が指摘する。

父が般若の如き顔になった。

「アレク!!　お前というやつは！」

「痛っ！」

兄の脳天に拳骨が落ちた。兄はしゃがみ込み、頭を抱えながら「痛え！」と呻いている。父がそんな兄を見下ろし、吐き捨てた。

「余計なことしか言わない愚か者め。反省したのなら、さっさと己の仕事に戻らんか」

「……照れ隠しで拳骨とか、酷すぎると思わねえ？」

「……もう一発食らいたいのか？」

ギロリと睨まれた兄が、溜息を吐きながら立ち上がる。

「それは勘弁してくれ。あー、じゃ、フリード、リディ、俺は戻るわ」

そうしてピッと手を上げ、一目散に逃げていった。

父が眉根を寄せ、ブツブツと文句を言う。

「まったくあの馬鹿息子ときたら。……陛下、失礼致しました。それでは私も仕事に戻らせていただきます」

「あ、ああ」

「失礼致します」

お手本のような礼をし、父も部屋を出て行った。それをふたりで見送り――同時に吹き出した。

「お、お父様ってば」

笑っていると、フリードも苦笑する。

「うーん、確かにあれは照れ隠しだったし、アレクは八つ当たりを受けただけだね」

「ね。兄さん、可哀想～」

でもちょっと面白かったなと思ってしまう。

「私たちも部屋に戻ろうか。夕食は部屋で取ろう。少し疲れたからね」

「賛成」

フリードの提案に手を上げて賛意を示す。疲労が濃くて、食堂まで行くのがしんどいのだ。持ってきてもらえるのならその方が有り難い。何せここのところ戴冠式の準備とか、外国のお客様対応とかでずっとバタバタしていたので、少しくらい落ち着きたかった。

手を差し出されたので、ギュッと握る。指と指を絡め合った恋人繋ぎだ。

転移門のある部屋を出て、自室に向かう。

王族居住区にある私たちの部屋の場所は変わっていない。

あと、義父である前国王も相変わらず王族居住区に住んでいる。

当初は、退位と同時にどこか田舎に引っ込む……みたいな話も出たのだけれど、どうも義父には義母ときちんと両想いになったあと、改めてどこかで隠居生活をしたいというプランがあるようで、あまり良い顔をしなかった。

その日がいつになるのかは分からないけど、今しばらくはふたりとも城内にいる。

フリードも義父に相談することもあるだろうし、私も義母とお茶会をしたり話したりできる機会が減らなかったことが嬉しかった。

「ただいまあ……」

「お帰りなさーい」

部屋に入ると、アルがふよふよと飛んできた。

今日は見送りだけということもあり、置いてきたのだ。護衛ならカインもいるし、アルが飛んでいると皆、彼に目が釘付けになってしまうので。

何せ珍しすぎる精霊。昨夜の晩餐会が終わったあと、皆に興味本位で散々声を掛けられた彼はすっかり拗ねてしまっていた。

「僕は！　王様と王妃様以外、興味ないの！」と喚いたのである。

結果、今日は部屋に置いてくることとなったのだが、幸いにもアルの機嫌は直っているようだった。

「もう大丈夫？」

「大丈夫ですよ～。だってあいつら、帰ったんでしょ？　もうほんっと、珍獣みたいな扱いとかされるの最悪。僕のことなんだと思っててんだろ」

「アルは可愛いから、構いたくなったんじゃないかな」

「僕が可愛いのは世界の常識ですけど、どうでもいいやつらに可愛いと言われても嬉しくありません」

「はいはい、アルは可愛いね」

「王妃様～」

胸に飛び込んできたので受け止めようとしたが、フリードがさっと手を出し、アルを掌で止めた。

「ぶへっ」

掌に激突したアルが変な声を上げる。フリードが嫌そうに言った。

「無意味にリディにくっつくなと言っているだろう」

「はうーん。王様、今日も絶好調に心が狭いですね！　最高です！」

鼻を赤くしたアルが前脚で拍手し、褒め称える。

彼はフリードに対してはどこまでも前向きかつ、全肯定なのだ。

アルが元気にフリードの周りを飛び回る。フリードはうんざりした様子だったが、やがて鬱陶しくなったのか渋い顔をして言った。

「アル、神剣の中に戻っていろ」

「えー、嫌ですよう。せっかくおふたりが戻っていらっしゃったのに……」

「……私はリディとふたりきりになりたいんだ。ここまで言わなければ分からないか？」

不満そうにしていたアルだったが、フリードの言葉を聞いて、目を輝かせた。

期待に満ちた表情で私たちを見る。

「えっ、えっ、あ、そういう？　あ、お邪魔しました。僕、お利口なので神剣に戻ってますね～。僕、空気が読めるって有名な精霊なので。ふぅ～、ごゆっくり！」

そして実にテンション高く、神剣の中へと戻っていった。

相変わらず現金だなあと思っていると、アルを追い払うことに成功したフリードがやれやれという顔をしながら言った。

「改めてお疲れ、リディ。この数日間、大変だったでしょう。よく頑張ってくれたね」

「……」

完全にアルの存在をなかったことにしている。

フリードも大概だなあと苦笑しつつも、私も素直に話に乗った。

ふたりきりになりたいと思っていたのは私も同じだったからである。

「フリードもお疲れ様。うん、大変だったのは否定しないけど、しょうがないよ。何せ王妃になったわけだし」

いまだあまり実感がないが、晩餐会を取り仕切ったり、宰相である父がフリードに付き従っているところを見たりすると、やっぱり変わったのだなとは思う。

これからは全て(すべ)がフリード中心に動くのだ。

その彼を私が支えなければならない。

「頑張るね」

気合を込めて告げると、フリードが柔らかく言った。

「無理はしなくていいから。リディが側にいてくれるだけで十分だって言ってるでしょう？」

「私も同じ気持ちだけど、やっぱり好きな人のために何かしたいって思うんだよね」

そう言うと、フリードは私の身体(からだ)を引き寄せ、強く抱きしめてきた。

「リディ、嬉しいよ。愛してる」

「ん、私も大好き」

「ずっとずっと一緒だよ。絶対にリディを離したりしないからね」

「うん」

昼が落ちてくる。それを受け止め陶然と微笑んだ。

フリードが脳裏に響く甘い声で囁きかけてくる。

「ね、夕食の前にリディを抱きたいんだけど構わないかな」

「わあ」

いつも通りすぎる展開に、目を瞬かせる。

通常運転にもほどがあると思ったのだ。

「も、もう、フリードってば」

「だってリディを好きだと思えば思うほど、抱きたい気持ちが膨れ上がるんだよ。仕方ないじゃないか」

「んー、でもそれって、いつもじゃない？」

「……」

的確すぎるツッコミに、フリードが黙り込む。彼の胸に頬を寄せた。

とても良い匂いがする。私は夫の匂いが大好きなのだ。

「ふふ、意地悪だった？　でも欲しいって思ってくれるのは嬉しいよ。うん、だから、しよっか」

「いいの？」

「夕食の時間までだけどね」

ご飯抜きは嫌だと言外に告げれば「少し遅めにしてもらおうかな」と、とても不穏なことを言い出した。

「えっ……!?」

「だって、できるだけ抱きたいし」

恐ろしい台詞だが、一体何回するつもりなんだ。

昨夜だってしたし、なんなら寝る前だってするくせに。

就寝前の夫婦の時間だけは絶対に削らないのがフリードなのだ。

まったく、国王になってもフリードはやっぱりフリードだ。それがなんだかおかしくて、気づけば声を上げて笑っていた。

フリードが私を抱き上げ、不思議そうな顔をする。

「ん？　どうして笑ってるの？」

「フリードは変わらないなって思って。王様になっても言うことが一緒なんだもん」

「そりゃそうでしょう。別に国王になったからと言って、私の何が変わるわけでもないんだから」

「そうだよね」

彼が私を抱えたまま、寝室へと移動する。

大きなベッドに横たえさせられた。フリードが覆い被さってきたので手を伸ばして抱きしめる。

「リディ、愛してる」

「私もフリードが大好き」

口づけを交わす。熱い唇の感触がたまらない。触れ合うのが気持ち良くて、何度も強請ってしまう。

「ね、もっと」

「うん。大好きだよ、リディ」

大きな手が身体を這う。それに身を任せ、目を閉じた。

着ていたドレスを剥ぎ取られ、丹念な前戯のあと、肉棒を挿入される。

大きなものが中を埋め尽くす感覚にうっとりした。

フリードも目を細め、感じ入っている様子で息を吐く。

「ああ……気持ち良いな。ね、もっとしていい？」

「……うん」

甘い囁きに抗えない。

熱くも硬い楔に何度も最奥を穿たれた私は、彼が望むまま啼き続けた。

側位に後背位、正常位に座位と、様々な体位で散々に抱かれ、夕食は結局、予定時間を大幅にオーバー。

最早夜中と言って良い時間帯、ようやくありつけた食事を取りながら「本当に何にも変わらないな」と心底納得した私は、隣で満足そうにしている男を見て溜息を吐き、とりあえずはその頬を抓っておくことを決めたのだった。

3・彼女とお仕事

「王妃様、お目覚め下さい」

「う……うう……もうそんな時間?」

カーラに声を掛けられ、目を開ける。

目を覚ました私を見て、女官がカーテンを開けた。

明るい光が差し込んでくる。あまりの眩しさに「うっ」と呻いた。

まるで吸血鬼のように太陽の光にやられている。

なかなかに情けない状態だが、これは昨晩フリードが頑張った結果であって、断じて私のせいではない。朝まで寝かせてくれない彼が悪いのだ。

「眩しい……」

「もうお昼前ですからね。お食事を用意しますから、王妃様はご入浴を。準備はできております。お入りになるのでしょう?」

「ええ。身体を温めたいし……」

ノロノロと起き上がる。裸の肩にストールが掛けられた。

有り難く受け取り、浴室へと移動する。部屋に浴室を付けておいて良かったと思う瞬間だ。

十分に温まってから浴室を出ると、待ち構えていたカーラが女官を使って、新しいドレスに着替えさせてくれた。

化粧をし、髪も結う。

支度ができたタイミングで食事が運び込まれてきた。

「お召し上がり下さいませ。本日は午後に謁見があります。それまでに準備を済ませてしまいませんと」

「分かっているわ」

温かいスープを飲みながら、返事をする。

フリードが戴冠してひと月。

王妃となった私には、王太子妃だった時以上の仕事が待ち構えていた。

午前中に何もしなくてもいいのは以前と変わらないが、午後に仕事が入っていることが比較的多い。その最たるものが謁見業務だ。

私に会いたいという人たちに会う仕事なのだけれど、これが意外と人数が多かった。

フリードが一緒にいることもあるが、ひとりで行う時もあって、そういう時はまだまだ気が抜けない。

変なミスをしないようにと気を張る毎日なのだ。

「王妃様にお会いしたいという者は後を絶ちませんからね。何せ魔女の祝福を受けたお方。皆、あやかりたいと思うのです」

「それを言うのなら、フリードも一緒なんだけどね」

戴冠式の時、デリスさんたちがやってきて、青薔薇(ばら)の花びらを降らせてくれたことは今も鮮明に思い出せる。

しばらくの間は忙しいけれど、落ち着けばお礼を言いに行きたいと考えていると、カーラが私のカップに紅茶を注ぎながら言った。

「王妃様は、町で見かける機会も多いですからね。民も馴染みがあるのです。会ってみたいと思いやすいのではないでしょうか」

確かに町にはよく出掛けているから、馴染みがあるというのは分かる。

私も皆がわざわざ城まで会いに来てくれるのは嬉しいから、笑顔で言った。

「今日は誰が来てくれるのかしら。楽しみだわ」

午後、謁見が始まる二十分前に用意を済ませた私は、謁見の間へと向かった。

アルはいない。朝、出てくる前にフリードが神剣ごと持っていったので、今もその中で呼び出されるのを待っているのではないだろうか。

「王妃ともなると、やっぱそれなりに忙しいんだな」

一緒にいてくれるのは、マイ忍者カインだ。

先々代のサハージャ国王に滅ぼされたヒユマ一族、その生き残りである赤い目をした黒髪の彼は、元サハージャの暗殺者で赤の死神と呼ばれていた。

今は私と契約して、主に護衛の仕事をしてもらっている。

「フリードほど仕事量があるわけじゃないけどね。やっぱり何もしないというわけにはいかないんじゃない？」

私の少し後ろを歩くカインに答える。

実際、フリードの仕事量はかなりのものだ。

毎日、仕事時間ギリギリまで執務室で書類と睨めっこしている。宰相である父や補佐の兄も彼を支えてくれているようだが、絶対量が多いので、なかなか大変そうだ。

「リディ！」

後ろからフリードの声がした。

振り返るとフリードと、その肩にアルが載っている。

どうやら神剣から出してもらえたらしい。

「フリード」

「出てきたタイミングが同じだったみたいだね。これから謁見があるけど大丈夫？　体調は悪くない？」

「大丈夫。ちゃんと昼まで寝てたから」

フリードが隣に並び、手を握ってくる。

アルはいそいそとフリードの肩から私の頭上へ移動した。

今日は頭の上にいたい気分のようだ。

「こんにちは、王妃様」

「こんにちは。出してもらえたんだね」

「はい。執務室で『出して下さい』っていっぱいアピールしましたから！」

「そっかあ」

「……頭の中に声が響いてうるさかった」

フリードが憤然とした様子でアルを見る。アルは「だってずっと神剣の中にいても退屈ですから」と悪びれない様子だ。

カインが小声で「うるさいのが来た」と言う。

カインとアルは仲が悪いのだ。

大概、どちらの方が優秀かで揉めている。

今もアルはカインの小声を聞き咎めたようで、彼に突っかかっていた。

「ああん？　うるさいって誰が？　お前のことなんじゃないの？」

「オレなわけないだろ。自分のことだって自覚がないって、問題だぜ？」

「はあ？」

「……また始まった」

一触即発状態のふたりに溜息を吐く。

仲裁することに意味はないので放置し、フリードと話すことにした。

「フリードの方こそ大丈夫なの？　仕事、忙しそうだけど」

「そうだね。謁見が終わったあと、ルーカスと千年祭について話をする予定になっているかな」

「千年祭？」

首を傾げると、フリードが詳細を説明してくれた。

「来年、建国祭をするという話は知ってるよね？」

「うん、それは」

我が国では十年ごとに建国祭が行われるのだ。

ちょうど来年がその年にあたる。当然私も王妃として色んな行事に参加しなければならないのだろうなと思っていた。

「その建国祭を千年祭という名前に変えて、より盛大にしようって話が出てるんだよ。ほら、アルが目覚めたからね。そのアピールも兼ねて建国千年を祝う、みたいな。実際は千年以上経ってるんだけど、多少のずれがあっても良いだろうってことで」

「なるほど……」

「それと私の在位一周年記念も兼ねるらしい」

「わあ、気が早い」

思わず笑ってしまった。

だってまだひと月しか経っていないのに、在位一周年を祝う話が出るとか思わないだろう。

でも実際こういうものなのだ。一年、二年先に行われる行事を見据え、事前に進めておかなければならない。

「フリードの在位一周年と建国千年を祝う祭り、か。それって、結構大きなイベントになるんじゃないの？」

何せ掲げているテーマが大きすぎる。

単なる建国祭とは違うのだ。各国から招待客も来るだろうし、珍しがる観光客だってやってくる。

一大国家事業となりそうだ。

「それが宰相の狙いらしいよ。大規模なものにして、各国にアルと私の存在をアピールしたいらしい」

「大々的にやって、ヴィルヘルムに手を出しても良いことはないぞって思わせたいってことだよね。最近、戦争も多かったし、平和に行きたいよねえ」

　父の意図は明らかだ。

　彼はヴィルヘルムが強国であることを見せつけるために、千年祭を行おうとしているのだ。

　戦争を避けるには、戦を仕掛けても勝てない国だと思ってもらうのが一番。

　戴冠式でも大勢の国を招待したけれど、もう少し気楽な感じでより多くの人たちに今のヴィルヘルムを見てもらおうという企画らしい。

「じゃあ、フリードも何らかのパフォーマンスをするの？」

　自国の強さを見せつけるのなら必要なことだと思い聞いてみると、フリードは「たぶん」と答えた。

「そうなると思うよ。あとはアルもかな。ひとりより、ふたり厄介なのがいると思ってもらった方が抑止力にはなると思うし」

「王様のお願いならいくらでも協力しますよ～」

　カインと小競り合いをしていたアルが話に入ってくる。

　カインが「調子の良い奴」と吐き捨てた。途端、アルが牙を剥く。

「ああん!?」

「……アル、柄が悪い」

「嫌ですよぅ。僕、こんなに可愛いのに」

ポソッと呟くと、一瞬でキュルン顔を向けてきた。

態度が違いすぎて苦笑する。

フリードがアルの脳天に手刀を落とした。

「アル、いい加減にしろ。――ああ、謁見の間に着いたね。千年祭の話はまたあとで。今からは謁見に集中しよう」

「うん、そうだね」

話しているうちに謁見の間に着いたようだ。

目の前には扉がある。この入り口は王族専用で、私たちだけしか使えないことになっているのだ。

「じゃ、オレは下がってる」

アルを睨んでいたカインの姿が消える。おそらく天井裏辺りに移動したのだろう。アルはついてくるかと思ったが、彼も「じゃ、僕も神剣に戻ってます」と言い出した。

「え、そうなの？」

「はい。王様と一緒ならそこまで警戒する必要もないですし。それにちょっと今日は用事がありまして」

「用事？」

――神剣の中で？

心底疑問だったが、アルは「そういうことですので」とやけに真剣な顔をし、神剣の中へと戻っていった。

ひょこっと剣から顔だけ出す。

「あ、何かあればすぐに駆けつけるので、いつでも呼んで下さって大丈夫ですからね～」

「……だって」

フリードの腰に下がった神剣を見つめる。すでにアルはいない。フリードも困惑した様子だった。

「用事って……なんだ？」

「ね。ちょっと用事が、でまさか神剣に戻っていくとは思わなかった。アルって色んな意味で常識を越えてくる存在だよね」

「本当だよ。アルが出てきてからというもの、無意味に振り回されている気がする……」

「あはは。否定はできないかも」

笑っていると、扉の前にいた兵士たちが恭しく頭を下げた。ひとりが声を掛けてくる。

「陛下、王妃様、お時間です」

「分かった。開けてくれ」

フリードが頷くと、謁見の間から「フリードリヒ陛下、リディアナ王妃殿下、御入来！」という声が聞こえてきた。

兵士たちによって、扉が開かれる。

「リディ」

フリードが手を差し出した。その上に己の手を載せる。

ゆっくりと謁見の間へ足を踏み入れた。

天井や壁に黄金が使われた広い謁見の間には、すでに大勢の人たちが待っていた。

行商人らしき人たちもいれば、平民もいる。中には爵位の低い、王城に仕官していない貴族もいた。

皆、床に膝(ひざ)をつき、頭を下げている。

一段高い場所にある玉座へと向かう。玉座の上にはヴィルヘルム王国の紋章である双頭の竜が描かれていた。

ふと思う。

どうして双頭なのだろうと。だって、即位前に見た初代国王の石像は普通に竜だったのだ。

彼を模しているのなら双頭になるはずがないと思うのだけれど。

——ま、考えても仕方ないか。

何かしら理由があるのだろう。

「リディ」

「ありがとう」

玉座の隣には、私用の席が作られている。そこにフリードのエスコートで座った。

フリードも玉座に腰掛ける。

謁見を取り仕切る文官が声を上げた。

「これより謁見を開始する。ひと組目、前へ」

一番前で頭を下げていた夫婦が立ち上がり、私たちの前へと移動する。彼らが訴えたのは、自分たちの住む場所を治める領主についてだった。

事情を聞き、詳しいことを調査するようフリードが命じる。

謁見を取り仕切っているのとは異なる文官が頭を下げ、部屋を出て行く。私たちの近くに座した更に別の文官が、フリードの命令を書き留(かと)めた。

夫婦がホッとしたように頭を下げ、謁見の間を出て行く。

「次」

文官の言葉に、順番を待っていた次の人が立ち上がる。二番目の人は行商人で、手に入れた品を献上したいとの話だった。

美しい布地は大陸西側の国で織られたものだとか。それはフリードが喜んだ。

「リディのドレスに使えそうだね」

「二着くらいできそうだから、お揃いで何か作ってもらうのも良いかも」

こんな感じで、次々と謁見希望の人たちを捌いていった。

謁見は一日二十組と決まっていて、先着順だ。早朝から並んでいる人もいるらしい。

「次」

要望を聞いたり、献上品を受け取ったりして数をこなしているうちに、最後の組となった。

立ち上がり、やってきたのは親子。

宝石商の男とその娘だ。

ひげ面の彼は、すでにここひと月で三度は来ている。東の町に店を構えていて、王家お抱えの商人というわけではないのだが、マメに来るのですっかり顔を覚えてしまった。

たぶん、それが狙いなのだろう。最終的には王家御用達が欲しいのだと思われる。

一緒に来ている娘は私よりひとつ、ふたつほど年下だろうか。気の強そうな顔をしている。毎度連れてきているので、彼女が跡を継ぐのかもしれない。

「本日は、とても貴重な宝石を持参いたしました」

宝石商の男――エルヴィスという名前らしい――が笑顔で告げる。

声がどこか自慢げだ。よほど自信があるのだろう。

前回はルビーのネックレス。その前はサファイアのピアス。更にその前はエメラルドのブローチを持ってきていた。

どれも素晴らしいものだったが、今回は何を持参したのだろう。

娘がエルヴィスに、宝石箱を手渡す。彼は私たちに向けて、ゆっくりと箱を開いた。

現れたのは大きなブルーダイヤモンド。ラウンドブリリアントカットにされている。

百カラットはあるだろうか。凄(すさ)まじい存在感だ。

「すごい……」

思わず声が出たが、フリードもさすがに目を見開いている。

だって相当な値打ちものだ。これを献上するというエルヴィスが信じられない。

だが彼は惜しむ様子もなく、側(そば)にいた侍従にブルーダイヤが入った宝石箱を手渡した。

受け取った侍従が、フリードへと渡す。

近くで見ると、威圧感すら感じる。

「そちら、百カラット超えのブルーダイヤです。数日前、とある筋から入手しました。サハージャより更に西の国で産出された非常に稀少(きしょう)なものだとか。これを是非、王妃様に献上したく存じます」

「リディに？」

フリードの問いかけに、エルヴィスが大きく頷く。隣の娘は深く頭を下げた。

「はい。美しいブルーダイヤは、高貴な方にこそ相応(ふさわ)しいと思いますから。我がヴィルヘルムが誇る王妃様に身につけていただければ、どれほど美しく輝くことでしょう」

「相当な値打ちものだが、お前の希望は？」

ここまでのものを差し出して来るのだ。当然、希望があるのだろう。

彼は頭を下げ、告げた。

「できることなら、王家御用達のご指定をいただければと」

やはり、要望は王家御用達となることだったようだ。

王家御用達となれば、看板にその旨を記載することができる。王家に物品を納めている商人として、絶大な信頼を得られるのだ。

ただ、王家御用達となるには条件がある。

これは各国それぞれ違うのだが、ヴィルヘルムの場合だと、三年以上、最低月に一度は王家に物品を献上していること。それらの品々が、全て王家に捧げられる価値があるものだと認定され、かつ、本人からの申し出があった場合のみ、審議されることと決まっている。

例外はなく、もしエルヴィスが全ての条件を満たしていなければ、どんなに素晴らしいものを献上していたとしても、王家御用達は与えられない。

フリードもそこが気になったのだろう。即答はできないようだった。

エルヴィスが胸に手を当てて語る。

「私は前国王陛下の御代より、毎月、宝石を献上し続けてきました。今月でちょうど三年になりますが、その質は全て最上のものであったと自信を持って申し上げることができます。どうか、陛下。王家御用達のご指定を」

「……分かった。審議にかけよう。お前の言うことが真であれば、ひと月以内には王家御用達の指定があるだろう」

「ありがとうございます！」

エルヴィスの過去三年間の献上品を調べ、その質が王家に相応しいものかを確認する。

認められれば、彼には王家御用達の指定が与えられるというわけだ。

エルヴィスとその娘は深々と頭を下げ、ホッとした様子で謁見の間を出て行った。

これで今日の謁見は終わり。私は椅子から立ち上がり、フリードの持っている宝石箱を覗き込んだ。

巨大なブルーダイヤが鎮座している。ダイヤは見る者を吸い込むような輝きを発しており、どこか落ち着かない気持ちにさせられた。

「すご……こんな大きなブルーダイヤ初めて見た」

あまりの存在感に戦いていると、フリードが宝石箱ごとダイヤを渡してきた。

「はい、どうぞ。せっかくリディにと言ってくれたんだから、何かに加工するといいよ。宝石彫刻師と相談して、リディが気に入るものを作るといい」

「う、うん。でも、良いのかな。こんな大きなダイヤ」

ありがとう、でもらっていいレベルを超えている気がする。だがフリードは笑って言った。

「献上したいと言ってきたのは向こうなんだし、気にすることはないよ。王家御用達を言い出すために、とっておきの品を用意したということじゃないかな。こういうことはたまにあるし」

「あるの!?」

「私が知っているだけでも十件くらいは。わりと、見栄を張りたがる商人は多いんだよ。王家御用達

の条件を満たすタイミングで一番良いものを持ってくるというのはね」

「へぇえ……」

「自分はこれだけのものを用意できますというアピールだね。さっきの彼も、ここのところ毎週来ていたでしょう？　あれも同じ。条件を満たす最後の月に毎週来て、期待値を最大限に上げたところで、これぞというものを出し、自分は王家御用達に相応しいのだと主張する。大勢の中で埋没してしまわないように、王家御用達として今後頼ってもらえるように、彼らも考えているんだよ」

「なるほど～」

それほど商人たちにとって、王家御用達とは大きな看板となるものなのだろう。

フリードから受け取った宝石箱を見つめる。ずっしりとした重さがあった。

とりあえず部屋の引き出しにでもしまっておいて、あとで宝石彫刻師と相談しよう。

フリードが立ち上がる。謁見も終わったことだし、執務室に戻るのだろう。

私も部屋に戻ろうかなと思っていると、彼が振り向き私に言った。

「リディもおいで。千年祭の話、一緒に聞いておいてほしいから」

「分かった」

王妃としてある程度知っておけということだろう。

ふたり揃って謁見の間を後にする。重い宝石箱をどうしようか考え、カインを呼んだ。

「カイン」

「ん？　どうした、姫さん」

呼ぶと、上からしゅたりとカインが落ちてきた。近くでずっと護衛をしてくれていたのだろう。

そのことに感謝しつつ、カインに宝石箱を手渡した。

「えっとね、悪いんだけど、これ、私の部屋のテーブルにでも置いといてもらえるかな。今からフリードの執務室に行くんだけど、ずっと持ったままというのも困りもので」

カインがギョッとした顔をする。

「うえ？　それ、めちゃくちゃでかいダイヤが入ってるやつだろ？　そんな貴重なもの、オレに預けていいのかよ」

困惑するカインだが、何故(なぜ)そんなことを聞かれるのか分からない。

「どういうこと？」

「いや、ほらさ……たとえばだけど、オレがそれを持ち去るとか、そういうの、考えないわけ？」

もごもごと口ごもるカイン。

彼が何を言いたいのかは分かったが、カインに限ってそんなことあるわけがない。

「何言ってるの？　カインは私の忍者で、信頼している人なんだから、大丈夫に決まってるでしょ。カインを信じないなら誰を信じろって言うの」

公爵令嬢時代からずっと側にいて守ってくれた、とても頼もしい人だ。

ある意味フリードと同じくらい信用している。

そう言うと、カインは目を瞬(しばた)かせた。

「……お、おう」

「じゃ、そういうことでお願いね」

「……あー……うん。あのミニドラゴンを呼び出せばいいから、護衛は足りてるだろ。姫さんが戻ってくるまで、宝石箱に誰も近づかないよう見張っといてやるよ。その……貴重品だしな」

「ありがとう」

フリードの結界が張ってある部屋には、滅多に人は近づけないのだけれど、申し出てくれたことは嬉しかったのでお礼を言う。

カインはなんとも微妙な顔をしながら片手で頭を掻くと「これだから姫さんは性質が悪いんだよな……」とかなんとか言いながら姿を消した。

どういう意味だと疑問に思っていると、フリードが笑う。

「フリード？」

「い、いや、リディは相変わらずだなと思ってね」

「相変わらずって？」

尋ねたが、フリードはさらりと誤魔化した。

「さてね。じゃ、カインもいなくなったことだし、代わりの護衛としてアルを呼び出そうか。用事があるとか言っていたけど、まあ、気にする必要はないだろう」

「……わりとフリードって、アルに対しては雑な扱いをするよね」

遠慮がないと言えば聞こえは良いのだろうが、いやでも、雑なくらいの方がアルは喜ぶので……うん、双方が問題としていないのなら私が口を出す必要はない。

「アル、出てこい」

フリードがコンコンと神剣の鞘を叩く。すぐにアルが顔を出した。

神剣からミニドラゴンの顔だけ出ている状態だ。見た目がすごくシュールである。

「お呼びですか～」

「リディの護衛を頼む。何もないとは思うが、念のためだ」

「かっしこまりました！　僕にお任せ下さい！」

ピッと敬礼し、しゅるりと外に出てくる。尻尾が抜ける時「ぽん」という音がした。

やっぱりシュールだ。

アルがふよふよと飛び、私の側へとやってくる。

「王妃様～。僕がお守りしますね」

「ありがとう。ね、用事があるって言ってたけど、それは終わったの？」

「お陰様で。いやあ、久しぶりだったのでちょ～っと手間取りましたけど、なんとかなりましたよ」

「……何をしてたの？」

純粋に疑問だったのだが、アルは舌をペロリと出し、パチリとウインクをしながら言ってのけた。

「秘密です☆」

「……あ、うん」

てへぺろという幻聴が聞こえた気がする。

なんだろう。すごく聞く気が失せた。

フリードも大きな溜息を吐いていたので、たぶん私と似たような感想を抱いたのだと思う。

4・彼女と昔むかしのお話

「陛下、お疲れ様でした」

フリードと一緒に執務室へ行くと、父と兄が出迎えてくれた。

この部屋は代々の国王が仕事部屋として使っていて、フリードも即位したあと、執務室をこちらに移したのだ。

国王のための部屋なだけあり、王太子時代に使っていた場所より遥かに広い。

執務机やソファなどといった大きな家具は前国王のものを引き継いで使っているみたいだが、部屋の様相はずいぶんと変わった。

以前あった重厚な雰囲気は消え、代わりに若々しい力強さのようなものを感じる。

部屋の主が変わった影響だろうか。気のせいかもしれないけど、室内もなんだか明るいように思う。

「お、リディ。お前も来たのか」

フリードに続いて入ってきた私を見て、兄が声を掛けてくる。それにはフリードが答えた。

「千年祭の話をするのなら、リディにも聞いてもらった方がいいと思ったからね」

「ま、確かにそうだな。とはいっても、まだ、建国祭を千年祭という名称に変えよう～、くらいしか話は進んでねえけど」

「わざわざ名前を変えるくらいだし、何か特別なイベントでもやるとか？」

近くのソファに座りながら尋ねると、兄は「そうしたいんだけどな」と腕を組んだ。

「なかなか良いアイデアがなくて。お前、何かないか？」

「フリードのパフォーマンス以外で、だよね。王都を挙げてお祝い……は当然として、うーん、じゃあ、それぞれの町で何かフェスをやるっていうのは？」

「フェス？」

兄が首を傾(かし)げる。

「野外フェス……えーと、お祭りみたいな感じかな。テーマを決めて、皆で盛り上がるの。たとえばチョコレートフェスとか。チョコレートを取り扱う店を広場とかに一堂に集めるの。あ、目玉になる有名店の招致は必須だよ。でもチョコレート好きなら絶対に来るでしょ。南の町でチョコレートフェスをするのなら西の町ではワインフェス、北の町では紅茶フェスとかでもいいかも」

各町で、色々なフェスを同時開催すれば観光客が集まるのではないだろうか。

「へえ、悪くないね」

「確かに観光客は増えそうですな。集客には悪くない試みかと」

フリードや父も興味深げに聞いている。発言も肯定的だ。だが、兄が冷静に突っ込みを入れてきた。

「それは町でのイベントだろ。企画自体は悪くねえし検討してもいいと思うけど、俺が言ってるのは王家として何らかのイベントを見せたいって話」

「王家としてかあ……。御前試合をするとか？　あと……うーん、各騎士団のパレードとかどう？」

「パレード？」

「そう。もちろん、守備を薄くするわけにはいかないから、全員集めるわけじゃない。でも、騎士の姿を見たいって子供とか多いと思うんだよね。ほら、憧れとかあるじゃない。各騎士団員たちが鎧(よろい)とマントに身を包んで、整然と歩くわけよ。うちの軍事力を示す的な意味でもありだと思うんだけど……どう？」

　前世でそういうことをやっているのをテレビで見たなあと思いながら発言する。

　兄は「ふうん」と考える素振りを見せた。

「悪くはねえか」

「でしょ。魔術師団や海軍とかも人数呼んで、派手にしたら良いんだよ。普段、見ることのできない人たちを見られるって嬉しいと思うんだよね。他国の軍人だとしても、軍装ってわりと派手でしょ？　正装なんてすっごく見応えがあるから、外国の人たちも喜ぶと思う。なんなら噂を聞きつけて、他国の上層部も見に来るかも」

「ほうほう」

「で、そのあとにフリードとアルの模擬戦闘的なものでも見せちゃったりすれば完璧じゃない？　ヴィルヘルム、ここにあり、って感じよ！」

「メインイベントのひとつとして使えそうだな。親父はどう思う？」

　兄がパチンと指を鳴らし、父を見る。父も異存はないようで「検討してもいいだろう」と頷いていた。

　いつの間にか隣に座っていたフリードが私に笑い掛けてくる。

「私も悪くないと思ったよ」

「ありがと。でも無理そうなら没でいいからね」

　他に良い案があるのならそちらを優先してほしい。そう告げると、フリードはチュッと頬に口づけてきた。

「えっ、何⁉」

「リディが可愛いなと思ってね」

話を聞いていた兄が「うげっ」と嫌そうな声を出す。

渋い顔をしつつも、捻じ曲がった話を戻してきた。

「えーと、で、肝心のお前が何をやるのかについてだが」

「そうだね――」

兄とフリード、そして父が真剣な顔で話し始める。

この話題について、私に発言できることはないので口を噤むことにした。

執務室内を飛んでいたアルが私の頭の上に着地する。

「お暇そうですね、王妃様」

「暇ってこともないんだけど。そうだ。アルはどんなパフォーマンスを見せるつもり？」

興味があったので聞いてみた。

「うーん、話を聞くに派手な方がよさそうですよね。こう、度肝を抜くようなのを見せたいところです」

「アルならすごいことができそうだよね」

戴冠式の時、空に虹を架けたことを思い出しながら言う。アルは頭の上から降り、目の前でえっへんと胸を張った。

「当然ですっ！」

「楽しみにしてる。でも、千年祭かあ。千年前って、アルが初代国王といた時のことだよね。ね、初代国王ってどんな人だったの？　前にもチラッとは聞いたけど、もうちょっと聞きたいなって」

「あ、興味ありますか？　竜時代のことでもお話ししますか？」

「ぜひ！」

どうやら話してくれるらしい。しかも竜時代とか興味深すぎる。

思わず身を乗り出すと、アルがノリノリで口を開いた。

「初代国王――つまり王様ですけど、当然、竜時代も人々に信望されていました。まあ、それを妬(ねた)んだ奴とかもいましたね。あいつなんて、よく王様に突っかかっていたものですよ」

「ふんふん、どこの時代にもいるんだね。そのあいつって、どういう人だったの？」

単純に気になり聞いてみた。アルがチッチと指を振る。

「人ではありません。黒竜です。一応、王様のライバル関係にありました」

「ライバル！」

そんな人……じゃなかった竜がいたのか。

ものすごく興味を惹(ひ)かれていると、アルが問いかけてきた。

「詳しく聞きたいですか？」

「よろしく！」

面白(おもしろ)そうな話題に飛びついた。いつの間にか父たちも話を止めている。アルの話が気になっているのだろう。

皆の注目を集められたのが嬉しいのか、アルの声に力が籠(こ)もる。

「当時、竜神として崇められていた王様と違い、黒竜は皆から恐れられていました。気性が荒く、人間をゴミのようにしか思っていない。でもその実力は王様と並ぶくらいにありました」

アルの語りに皆が聞き入っている。私も息を呑み、話を聞いた。

「彼が問題を起こすたびに、王様が呼ばれました。当然王様への信仰心は増し、黒竜は更に嫌われます。それに腹を立てた黒竜はことあるごとに王様に突っかかるようになり、王様はそれを仕方がないといなしていました。王妃様、あなたが現れるまでは」

「私？」

突然名指しされ、自分を指さす。アルは頷き、当時を思い返すように言った。

「王様は恋をしました。王妃様に会って、彼女こそが長年探していた自分のつがいだと確信したんです。だけど王妃様は人間。竜と人間では種族も違えば、生きる時間も違いすぎる。王様は、王妃様をご自分と同じ寿命にしようとも考えられましたが、王妃様に拒否され、それならばとご自分が人間となることを決断しました。竜としての己を捨て、好きな人と生涯共に在ることを選んだのです。ですが、黒竜はそれを許さなかった。だって王様が人間になれば、自分を構ってくれる者がいなくなる。結局、黒竜は王様のことが好きだったんですよ。自分に唯一肩を並べられる存在として、認めていたんです」

「……」

「王様が人間になることを許せない黒竜は、王様が留守にしている時を狙い、王妃様に近づきました。人間になろうとしている原因を排除すればいいと考えたんです。ですが、それは過ちでした。事もあろうに王様のつがいを、彼もまた好きになってしまったんです」

「……それって」

泥沼だ。

あまりの話に顔を歪(ゆが)める。まるで宥(なだ)めるようにフリードが手を握ってきた。

アルが話を続ける。

「王妃様を好きになり、恋に浮かれた黒竜は、彼女を連れ去ろうとしました。でも、王様が許すはずがない。怒り狂った王様が黒竜を急襲。結果、竜同士の命を賭けた戦いが繰り広げられることになったのです」

淡々と告げられるが恐ろしい話だ。

特に私たちはひとりで一万の兵を倒すことのできるフリードを知っている。同じような力を持つものがもうひとりいるとか、ゾッとする話でしかない。

しかもお互い全力でぶつかり合うのだ。周囲の被害が甚大なことになりそうだ。

「争いは六日間に及びました。決着はつかず、最後は王妃様のお力を使い、黒竜を封じ込めることに成功したのです」

「ま、待って。王妃？　王妃が黒竜を封じ込めたの？」

そんなことができるのかと思ったが、アルはあっさりと肯定した。

「はい。王妃様は中和能力の持ち主でしたから、それを使って。ま、他にも色々と準備はしましたが、王妃様が核となったのは確かです」

「へえ……」

「その後、王様は予定通り人間となり、王妃様と結婚し、ヴィルヘルムを興しました」

めでたしめでたしと告げるアルに、気になったことを聞いてみた。

「えっと、封じ込めるっていうのは具体的に、何をしたの？」

中和魔法をどう使ったのだろう。私の疑問にアルが答えた。

「出てこられないように封印の内側に王妃様のお力を込めたのです。魔法を使おうとしても中和されるようにと。何せ力の強い竜でしたから、普通に封じただけでは破られます。あ、死んではいませんよ。たぶん、今も眠ってるんじゃないですか？　黒竜も寿命はほぼないようなものですし、封印を解けば元気に飛び出してくると思います」

「飛び出してくるって……」

どう考えても大惨事だ。

千年もの間、封印されていたのなら、怒りもひとしおだろう。恐ろしすぎる話にゾッとした。

フリードが不快げに吐き捨てる。

「……永遠に、封印されていればいいんだ」

「フリード？」

「だって初代王妃、つまりはリディに手を出そうとしたんでしょう？　万死に値するよ。私なら骨すら残らないように片付けるけどな。初代国王は甘いんじゃないか？」

「いやいやいや……フリード、それは過激では」

さすがにどうかと思ったが、アルは「やはりそう思われますよね」と得心した様子で告げた。

「当時、王様も同じことをおっしゃっていました。二度と彼女が狙われないようにするためにも、炭にしてやる必要があると。ですが黒竜の力は王様に匹敵するほどで、さしもの王様も命を奪うことはできなかったのです」

「……ふうん。封印が精一杯ということか」

嫌そうに顔を歪めるフリード。分かりやすく嫌悪感をあらわにしている。そんな顔を見るのは珍しくて、思わず声を掛けた。

「どうしたの、フリード。もしかしてだけど、当時のことを思い出したとか？」

アルの話が切っ掛けで記憶が蘇（よみがえ）る。そういうことは可能性として十分あると思うので聞いてみたのだが、フリードは否定するように首を横に振った。

「いや、そういうわけじゃない。でも、なんだろう。私の中に許せないという感覚がすごくあるんだ。もしかしたら当時抱いた感情だけ思い出したのかもしれないね」

「感情だけ、かあ」

ふうんと頷いていると、アルもしみじみと言った。

「王様、黒竜のこと大っ嫌いでしたからねえ」

「そうなんだ」

「元々鬱陶（うっとう）しいくらいの感じだったのが、王妃様が狙われ始めてからは嫌悪しかありませんでした」

「わあ……フリードっぽい」

話を聞いて苦笑してしまったが、フリードは然（さ）もありなんと深く頷いている。

興味深く話を聞いていた父が「そういえば」と言った。

「リディ、確かカレー店の二店舗目を作るとか言っていたな？」

「え、あ、はい」

どうして父がそのことをと思いつつも返事をする。

南の町にオープンさせたカレー店は大繁盛で、今、二店舗目を出そうという話が出ているのだ。大まかな場所も決め終えたので、今度現地調査に行こうと思っている。

「どこに出すつもりだ？」

「え？　えっと、東の町にしようかなって思ってますけど」

父の問いかけに答えた。

最初、二店舗目は同じ南の町に出店しようと思っていたのだ。だが、従業員の中に東の町出身者がいて「他の町に住んでいる人たちにもカレーを食べる機会を与えてほしい」と熱望され、考え直した。

確かに一つの町だけを贔屓するのは良くないし、王都をより発展させる機会は逃すべきではない。

王都には四つの町があるのだ。南の町だけではなく、平等にしなければと気づいた私は、ヒントをくれた従業員に応えるべく、東の町に出店することを決定した。

それに、東の町には王立エキドナ学園という、学校があるから。

エキドナ学園の生徒は主に平民で、男性は騎士団入りか王城で文官として働くことを目標とし、女性は女官を目指している。

そこで彼らは武術や学問、礼儀作法にダンス、主人に仕えるための技能や心得などを学ぶのだ。

屋敷で家庭教師を雇い、知識を付ける貴族たちとは違い、平民は学ぶ機会が圧倒的に少ない。王城で働きたい、騎士になりたいと思っても、なかなか難しいのだ。そんな彼らに少しでも機会を与えようというコンセプトで作られたのがエキドナ学園。

創立百周年を迎えるこの学園の卒業生は皆、優秀で、私の世話をしてくれている女官の何人かも確か、卒業生だった気がする。

「学生が多い町だから需要も多いかなって。近々、現地調査に行く予定です」

「時間帯は？」

「え、お昼前とかそんな感じですけど」

「なるほど」

どうして時間までと思いつつも予定を告げると、父は少し考えた後、頷いた。

「その時間帯なら問題ない。いや、実はここのところ、東の町で行方不明者が多く出ていてな」

「東の町で!?　そうなんですか!?」

驚きの声を上げる。フリードに目を向けると、彼も頷いていた。

「うん、ここ数ヶ月のことなんだけどね。突然、人が消えることが何度か報告されてる。もう、十人くらいになるかな」

兄も資料を取り出し、続けた。

「今日、新たに報告が来て、十一人だな。すぐに帰ってくると言って家を出た子供がそのまま忽然と消えたらしい。近衛騎士団に派遣要請を出して捜索する予定だが、見つかるかは分かんねえな。なんせ、今までの十人全員がまだ見つかっていない」

「えっ、結構大ごとになってない？」

「大ごとも大ごと。ただ、いなくなる時間帯が決まっててな。夕方過ぎくらいだそうだ。あと、屋内では起きていない。全て外で起こっている」

「夕方……」

なるほど。だから先ほど父はわざわざ時間を聞いたのか。でも――。

「気づいていないだけで、他の時間帯でも同じことが起こっている可能性もあるんじゃない？」

疑問に思ったことを口にする。兄が嫌そうな顔をした。

「分かってる。今、その辺りも調べさせてるから。とにかく東の町に行くつもりなら気をつけろよ。まあ、カインと精霊に護衛されてるお前に、なんかあるとは思ってねえけど」

兄の言葉にアルが敏感に反応したする。

「もちろんですとも！　この僕がお側にいて、王妃様に危険があるはずもありません。王妃様、大丈夫ですからね。僕、全力でお守りしますから」

「うん、期待してるね」

訳の分からない事件だ。アルが一緒にいてくれるのは頼もしい。

あと、カインもいるし。

カインなら人の気配に聡いし、何かあれば誰よりも先に察知してくれるだろう。

頼りになる護衛がいて有り難い限りだ。

フリードもアルたちを信頼しているようで、私が東の町に行くことを反対しなかった。

「カレー店については、最近では王妃の事業として知られ始めているから止めはしないけど、本当に気をつけてよ。行くなら事前に連絡して。時間があれば、一緒に行くから」

「アルたちがいるから大丈夫だよ。何かあったら王華を通して呼ぶし。来てくれるんでしょう？」

危機に陥るようなことがあれば、王華がフリードに危険を伝える。それを言うと、彼は力強く頷いた。

「当たり前だよ。私がリディを守らなくて、誰がリディを守るというの」

「うん」

とはいえ、実際そこまで心配はしていなかった。

時間帯が決まっているのならそこを避ければいいだけだ。もしかしたらその他の時間帯にも被害者がいるのかもしれないけれど、兄たちが調べて、まだ出ていないのなら、たぶん、いないのだと思う。兄の情報収集力は凄(すさ)まじいものがある。公爵家直属のネメシスという機関を使って調査することもできるし、わりとすごい人なのだ。

本人には言わないけど。

兄に目を向ける。

「ね、兄さん。その行方不明事件、犯人のヒントとか、そういうのはないの？　ほら、目撃証言とか」

近いうち東の町に行くので、せっかくなら詳しい話を知っておきたい。そう思い尋ねると、兄からはお手上げというような声が返ってきた。

「あるぞ、目撃証言。二件ほどだけどな。だが証言内容が、目の前にいたのに忽然と姿を消した、だからなあ。何の参考にもならねえな」

「犯人を見たりとかは？」

「ない。誰かと喋(しゃべ)っていたようだって話もあるが、誰とって言われると全然。誰も居なかったって、目撃者は言うんだ」

犯人を捜そうにもどうしようもないと兄が肩を竦(すく)める。

「謎だね」

「本当にな。そもそも事件と決めつけていいものかも分からねえ。事故という可能性だってあるだろ」

「同じ時間帯に発生しているあたり、事件っぽいけどね」

「まあな。でも決めつけるのはな。可能性を狭めることになるだけだからやめといた方がいいだろ」

「そうだね」

兄の言い分に納得し、口を開く。

「……行方不明者の人たち、早く見つかると良いよね」

「そのために騎士団員を派遣するんだ。やっぱり、生きて家族の元に返してやりたいからなあ」

それはまったくその通り。

東の町に行った時、もし行方不明事件のヒントを見つけるようなことがあれば、すぐさま兄に報告しよう。

できる協力はしたいから。

そう思ったが兄に「お前は余計なことするんじゃねえ」と舌打ちされ、父にも「お前は首を突っ込まなくて良い」と窘(たしな)められ、ついでにフリードにまで「リディは危ないことをしないでね」と念押しされた。

一体、皆、私のことをなんだと思っているのか。

憤然としていると、兄がとどめのように「お前が関わると事態が、より一層手に負えないことになるからな。絶対に関わってくるんじゃねえぞ」と言ってきた。

まったくもって理解できない。

「それ、どういうこと！」と強く抗議したが、兄にはとりあってもらえなかったし、この件に関してはフリードすら味方についてくれなかった。

私の手を握り、目を合わせて言い聞かせてくる。

「リディだからね。でも大丈夫。私はそんなリディも愛しているから」

「いや、そういう問題じゃないから」

フリードが私を好きなのは知っている。そういうことではないのだ。

「もう！　皆してひどい！」

納得できなくて文句を言うも、味方をしてくれる者は誰もいない。

仕方ないのでアルに訴えてみたものの「まあ、王妃様ですから。そういうところ、昔から変わりませんよね」と返されてしまい、私は何故（なぜ）か身内しかいない場所で四面楚歌（しめんそか）な気分を味わわされる羽目になった。

5・彼女と出会い

「じゃ、行ってきま～す」

カインとアルを引き連れ、王城を出る。

今日は王妃としての仕事もないということで、カレー店二号店の話を進めるべく、南の町に出てきていた。

現地調査の前に、店主であるラーシュと話がしたかったのだ。

二号店の店長候補のこともだし、彼も一緒に現地調査に来るのかなど、聞いておきたいことはいくらでもある。

「お、師匠」

「こんにちは、皆」

カレー店の裏口から顔を出すと、ラーシュが出迎えてくれた。

表は相変わらず行列ができていて、大盛況のようだ。

「忙しそうね」

「お陰様でな。師匠こそ忙しいんじゃないのか？」

「そこそこかしら。でも今日はお休みだから大丈夫よ。二号店について話したいんだけど時間、良いかしら」

「ちょうど話したかったところだ。むしろ助かる」

椅子（いす）に座るよう促される。

カインは私の斜め後ろに立った。アルはふよふよと室内を飛んでいる。

客のいないバックヤードなので、特に騒ぎにはならなかった。

料理人たちはアルを見て、落ち着かない様子だけれど。

「で、話というのは？」

「さしあたっては、視察の日を決めたいなと思って。どの辺りに店舗を出すか、実際に見て回りたいのよね。私、東の町には馴染（なじ）みがなくて」

昔から南の町にばかり出掛けていたので、東の町はよく分からないのだ。

南の町以外は屋敷から少し遠くて、徒歩で行くには適していなかったから。

ラーシュが顎（あご）を触りながら呻（うめ）く。

「視察か……。オレも行きたいところだけど、今はかき入れ時だから難しいかもな。場所は師匠に一任するから、決まったら声を掛けてくれないか？」

残念そうに告げるラーシュ。どうやら相当忙しいらしい。

「ラーシュがそれでいいなら、そうするけど。私に任せて本当に良いの？」

「この店をここまで有名にしてくれたのは師匠だ。その師匠が選ぶんなら間違いないだろう」

信頼溢（あふ）れる台詞（せりふ）に苦笑した。

「期待されるとプレッシャーが……まあ、いいわ。土地の売買とかは兄さんに頼めばなんとかなるだろうし……ええ、こちらでやっておく」

「悪いな」

「いいわよ。私はオーナーだし。こういう時にこそ役に立つべきでしょ。それより二号店の店長は決まった？」

二号店の店長は、ラーシュの推薦をお願いしていたのだ。

尋ねると、彼は「もう少し待ってくれ」と難しい顔をした。

「候補は絞ったんだが、まだ決めかねていて。来月までには決める」

「分かったわ」

店を任せるのだ。それは悩みもするだろう。

他(ほか)にも細かい打ち合わせをして、話を終える。店の前まで送ってくれるというラーシュと一緒に裏口から出て表口に回ると、十歳くらいの子供がふたり、店の前で騒いでいるのが見えた。

「あら……」

どうやら喧嘩(けんか)をしているようだ。

ひとりはカレーパンを持っている。持っていない方の子供が声を荒らげた。

「ずるい！　それは僕のカレーパンだ！」

「は？　お金を払ったのは俺なんだから俺のに決まってるだろ」

「違う！　僕のだ！　寄越(よこ)せよ」

「はあ？　絶対嫌だけど!?　一週間前から楽しみにしてたんだからな！」

ワアワアと大声を上げている子供たち。

どうやらカレーパンを取り合いしているようだ。

カレーパンを販売している窓口を見れば、店員も困った顔をしていた。

ラーシュと顔を見合わせる。彼が頷いたのを確認し、カレーパンを販売していた店員に声を掛けた。

「ねえ」

「あ、師匠……と店長」

「これ……どういうことなの?」

「あー……その」

店員によれば、どうも運悪く、彼らの順番で最後のカレーパンとなり、そのラストひとつを巡って争い合っているのだとか。

どちらも譲り合う気はなく騒ぎになっていると、そういうことだった。

「半分ずつにするとかそういう選択肢は……」

「ないみたいですね」

「ああー……」

まだ子供だからかもしれない。ふたりとも、一個丸々食べないと気が済まないようだ。

店員に目を向ける。

「……あと一個分くらいカレーパンの材料、余ってないの?」

「パンはあるんですけどルウが足りないんですよ。カレー店の方もいつも足りないくらいでしょう? 分けてもらうというのも難しくて」

「そう……」

カレー店に並んでいる行列を見れば、そちらを使えとも言いづらい。

皆、楽しみにして順番を待っているのだから。

「……どうしよう」

子供たちを見る。彼らの言い争いはヒートアップして、周囲の視線を釘付けにしていた。

親の姿は見えない。

「放っておけばいいだろ、姫さん。帰るぜ」

悩んでいると、カインが声を掛けてきた。アルも「関わる必要はありません」と興味のない様子だ。

だが、私はカレー店のオーナーだし、このまま放っておくのは気が咎めた。

ラーシュも、無下にはできないけど、どうしようもないという複雑な顔をしている。

「……そうだ」

少し考え、ひとつ妙案を思いついた。

そろそろ手が出そうになっている子供たちに話し掛ける。

「ねえ、あなたたち、ひとつ聞くけど辛いものは平気かしら」

「……何」

邪魔をされたのが不満なのか、カレーパンを奪おうとしていた男の子が私を睨む。

琥珀色の目が綺麗だ。顔立ちは整っていて、将来が楽しみな少年だった。

周囲にいた人たちが慌てて少年を止める。

「お前！　さすがに無礼だ！　王妃様だぞ!!」

カレー店のオーナーが私だということは、すでに多くの人に知られている。

結婚式や戴冠式で盛大に顔バレもしているから、知らない方がおかしいくらいだ。

子供たちが戦いた様子で私を見る。

「え、王妃様？」

「王妃様って……王様のお妃様？」

「お妃様がなんでこんなところにいるの？　お城にいるんじゃないの？」

どうやら私のことは知らなかったようだ。

驚かせるつもりはなかったので、できるだけ優しく微笑んだ。

「初めまして。リディアナです。邪魔をしてごめんなさい。でも、ふたりのことを放ってはおけなくて」

「……放っておけないって」

どういう意味かと私を見つめる彼らに笑って言った。

「私、この店のオーナーだからふたりの争いを見過ごせなかったの。それで、もう一度聞くけど、ふたりは辛いものは平気？　カレーって甘いものからすごく辛いものまであるけど、どれくらいのレベルなら食べられるのかしら」

私の問いかけに、ふたりが元気よく答える。

「え？　僕、『ヴィルヘルム』ならいけるよ」

「俺も！　一番辛いって聞いたけど、これくらい辛い方が食べ応えあるよな」

「ね！」

喧嘩していたことも忘れ、笑顔で頷き合うふたり。

彼らの言う辛さ『ヴィルヘルム』とは、最近取り入れた、カレー店で一番辛いカレーだ。

辛いもの好きたちに好評を博していると聞いている。

『ヴィルヘルム』の美味しさについて楽しげに語るふたりの様子を見て、誇張ではなさそうだと思った私は彼らに言った。

「分かったわ。じゃあちょっと待ってて」

「え」

「すぐ戻るから」

ふたりに言い置き、店内に入る。

厨房に向かうと、ついてきたラーシュが聞いてきた。

「なあ、師匠。もしかして……」

私が何をするのか察したようだ。目線で尋ねてきたラーシュに頷きを返す。

「そ。『ヴィルヘルム』なら完売するということもないでしょ？　あれ、ちょっと特殊で他のとは一緒に作れないし、どうせ余るのなら良いかなって」

「そうだな」

ラーシュも納得してくれたので、安心して厨房に入る。

さくさくと目的のものを作り、皆に邪魔をしたことを詫び、店の外に戻った。

もしかして帰ってしまったかなと思ったが、子供たちはお願いした通り待っていてくれた。

カレーパンを持っていない子に、今作ってきたものを手渡す。

「はい。辛さ『ヴィルヘルム』のカレーパン。同じものを用意してあげられたら良かったんだけど、いつものルウは品切れだから『ヴィルヘルム』で作ってみたわ。これでひとつずつ。喧嘩しないで仲良くできるわよね？」

「え……」

目をパチクリとさせ、男の子が私を見上げてくる。子供らしいふくふくとした頬が愛らしい。手渡されたカレーパンに視線を落とし、聞いてきた。

「これ、辛さ『ヴィルヘルム』のカレーパン？」

「ええ」

「……売ってないよね？」

「ええ。今回だけの特別仕様。でもこれで納得できるでしょう？　あなたも彼もカレーパンがひとつずつ。ね？」

「……うん」

どこか呆然とした顔をして、男の子が返事をする。

できたてのカレーパンを大事そうに抱えた。

「ありがとう、王妃様」

「いいのよ。でも毎回は期待しないでね。今回は偶然、居合わせたから用意したけど、普通は完売したらそれで終わりだから」

「うん！」

男の子が元気よく返事をする。その表情はキラキラと輝き、喜んでいるのが伝わってきた。

どうなるのかと見物していた人たちも「よかったなあ」と好意的な態度だ。

子供が素直に喜んでいる姿は愛らしく、自然と笑みが零れる。

「ずるい!!」

「え……」

周囲の空気がほっこりしたところで、鋭い声が上がった。

見れば、もうひとりの男の子が私を睨みつけている。

「あなた……」

「ずるい！　ずるいよ！　なんでそいつだけなの!?　俺だって辛さ『ヴィルヘルム』のカレーパンが欲しいのに！　しかもタダなんだろう？　俺はお金を払ったのに、こんなのおかしいよ！」

辛さ『ヴィルヘルム』のカレーパンを持つ友人を鋭く指さす。

友達が無償で珍しいカレーパンを手に入れたことが許せないようだ。

——ええ？　そこ、気になるの!?

ふたりとも食べられて良かったね、で終わりではないのだろうか。

私は彼を刺激しないよう気をつけながら口を開いた。

「えっとね、あなたにもカレーパンがあるでしょう？　合計ふたつ。お互い半分こずつにしてどちらも食べるとかどうかしら？」

それなら食べる量は減らないし、どちらのパンも味わえる。そう思ったが、男の子は眉(まゆ)を吊(つ)り上げた。

「はあ？　なんでこいつに俺のカレーパンを分けてやらないといけないのさ。あいつがもらったんなら俺ももらわないとおかしいって言ってるのに!!」

こんなの平等じゃないと騒ぎ立てる男の子。

「ええっと……」

困惑しながらふたりを見る。

この子にも辛さ『ヴィルヘルム』のカレーパンを渡すべきだろうか。

材料は残っているから作れるけど……でもそうしたら、今度はもうひとりの男の子が騒ぎそうだ。

「ど、どうしよう……」

今更お金をもらうというのも納得してくれなさそうだ。

私のやることを黙って見守っていたカインが呆れたように言った。

「だから関わるなって言ったのに。こんなガキどもが、姫さんの善意を理解できるわけないだろ。自分だけが良ければそれでいいんだよ」

「ええー……」

「見たところ、そんな裕福でもなさそうだし。俺も経験あるから分かるけど、貧しいと、他人と分け合うっていう感覚が生まれにくいんだ。まずは自分。でなきゃ死ぬからな」

「そ、そう……」

さらりと語るカインだが、なかなかに闇が深い。

そして、そういう話なら私は理解できないのだろうなと思った。

筆頭公爵家の娘として生まれ、今は王妃だ。

お金に困ったことのない私が、彼らを真の意味で理解できる日はこないのだろう。

それでも歩み寄りたいとは思うけど。

「人と分け合ったり施しができるのは、それなりに余裕があるからだよ。それでも身内や親しい友人相手にならやれるんだろうけど……こいつらはそれほどでもないってことなんじゃないかな」

「……」

カレーパンを取り合う子供たちを見つめる。

こんなことになったのはあまり深く考えず、新たなカレーパンを渡した私の責任だ。

どうにかふたりの仲を取り持ちたい。

だが、どう声を掛ければ彼らは納得してくれるのだろう。

真剣に悩んでいると、騒ぎを眺めていた人たちの中から、ひとりの男性が現れた。

外見年齢は七十歳くらい。

枯れ木のように細いが、背は真っ直ぐで眼光は鋭かった。

加齢のためか白髪で、目の色は青い。

身長も私より高かった。着ている服は仕立てが良く、裕福な人なのだと一目で分かる。

威厳のようなものも感じるし、もしかして高位貴族の誰かだろうか。

だが、全く見覚えがない。

ヴィルヘルム国内貴族の顔は全部覚えている私が見たことがないとなると、外国の貴族だったりするのだろうか。顔の系統はフリードと似ていて、若い頃はさぞ男前だったのだろうなと思った。

突然現れた男性はツカツカと少年たちに歩み寄ると、ふたりの頭に思いきり拳骨を落とした。

「この馬鹿者共めが」

「あいたっ！」

「痛いっ！」

見知らぬ男性にいきなり拳骨を落とされた少年たちが涙目になる。

男性に食ってかかった。

「いきなり何するんだよ！　じいさん！」

「すごく痛かったんだぞ！」

ワアワアと文句を言う少年たちに、男性は平然と言ってのけた。

「それはそうであろう。痛くしたのだから」

「い、痛くしたって……」

「お前たちがあまりにも我儘で救いようがないからな。通常であれば完売で終わりのところを王妃の慈悲でふたりともカレーパンを手にすることができた。それを感謝することすらせず『お前のものを寄越せ』ときたものだ。恥ずかしいとは思わぬのか」

男性の口調は落ち着いたものだったが、少年たちには響いたようだった。

カレーパンを奪おうとしていた少年が気まずげに目を伏せる。

「……だ、だって」

「そもそもお前が自分のパンを半分でも譲ってやれば済んだ話であろう」

「そ、そんなの俺の分が減っちゃうじゃないか！　買ったのは俺なのに！」

「一緒に並んでその言い分は通らぬぞ。もし自分が逆の立場ならどう思うのか。友人だけがカレーパンを手にして、そして独り占めしようとしたら、お前はそれを当然と許せるのか」

「は？　そんなの無理だけど！」

「お前が今していいるのはそういうことよ」

「……え」

「次、お前が同じことをされた時、友人を許せるというのなら私もこれ以上は言わぬ」

「……」

静かに諫められ、男の子が黙り込んだ。もうひとりの男の子も「僕も、自分が買えていたら独り占めしたと思う……」と項垂れている。

男性は溜息を吐くと、もう一度少年たちの頭上に拳を落とした。

そうしてふたりに言い聞かせる。

「よいか。お前たちが今からすることは、互いに謝って、その上で王妃に礼を言うことよ。そして仲良くカレーパンを分け合う。……己がしてもらったことすら忘れ、醜く争うのはたとえ子供であろうと見苦しい。分かるな？」

「……分かりたくないけど……うん」

ひとりが頷けば、もうひとりも口を真一文字にして首を縦に振った。

お互いに向き合い、謝罪を口にする。

「……ごめん」

「僕もごめん。たぶん、君の立場なら同じことをしたと思う」

「俺も同じことをされたら絶対に許せなかった。だから……悪かった」

「……うん」

神妙に頷き合ったあと、今度は私に目を向けた。

「王妃様」

「……なあに」

その目に多少の怯えがあることに気づき、できるだけ優しく返事をした。

たぶん、今更ながらに『王妃』に楯突いたことが怖くなったのだろう。

別に私は気にしないけど、彼らが怖がるのは分かるので笑顔を作った。

「……『ヴィルヘルム』のカレーパンをありがとう。喧嘩してごめんなさい」

「ごめんなさい」

ふたりが頭を下げる。謝罪の気持ちはよく伝わってきた。

「はい、よくできました。お友達同士、仲良くしてね」

「……」

「『ヴィルヘルム』のカレーパンと普通の辛さのカレーパン、ぜひふたりで食べ比べをしてみて。また今度会ったら、感想を聞きたいわ」

「っ！　うんっ！」

ふたりが大きく頷く。そうしてもう一度頭を下げると、ふたり一緒に走っていった。

どうやら本当に仲直りしたらしく、走りながらも楽しげに喋っている。

それを見届け、ホッと息を吐いた。

見物していた人たちの空気も緩くなっている。ハラハラしていたラーシュも胸を撫で下ろしていた。

「はー……よかった。子供とはいえ、店の前で揉め事とか勘弁してほしいぜ」

いつも通りの雰囲気が戻ったことで軽口が飛び出す。

私も同調し、少年たちを諌めてくれた男性に向き合った。

「ありがとうございました。泥沼にならずに済んだのはあなたのお陰です。本当に助かりました」

相手がどういう身分か分からないので丁寧語で話し掛ける。

見た目は老人なのに妙に存在感はあるし、ただ者ではない感じがプンプンしているのだ。

男性が感心したように目を見張る。その様子からもそれなりの身分であることが伝わってきた。

「いや、老人のくだらぬ節介、気にせずとも結構。あなたの善意を台無しにしたのが許せなかっただけゆえな」

「……ありがとうございます」

私を王妃と分かっていてこの言葉遣い。

これは相当身分のある人なのではと気になりはしたが、このような場所で正体を問い質すのも無作法だ。

ただ、助けてくれた人をこのまま帰すのもなと思った私は、彼に聞いた。

「つかぬことを伺いますが、辛いものはお好きですか？」

「うん？　どちらかというと好きな方ではあるな」

「良かった。少しお待ち下さい」

返事を聞き、再度店内に入る。

先ほど作った材料の残りを使い、辛さ『ヴィルヘルム』のカレーパンをもうひとつ作った。

店の外に戻り、待っていてくれた男性にカレーパンを渡す。

「これ、よかったらどうぞ。お礼です」

驚いた顔をしていた男性だったが、すぐに破顔し、受け取ってくれた。

「王妃特製カレーパンとはこれまた貴重なものを。ありがたく受け取ろう」

「よかった。結構辛いので気をつけて下さいね」

「うむ」

返事をし、男性が背を向ける。

どうやら最後まで己の正体を明かす気はないようだ。ますます気になるところだが、恩人の正体を暴こうとするほど野暮ではないので、黙って見送ることにした。

男性の姿はすぐに人混みに紛れ、消えていった。

カインが小さく息を吐く。

まるで緊張の糸が切れたかのような息の吐き方が気になった。

「カイン？」

「……今のじいさん。相当できるぜ。認めたくないけど、ガチでやり合って勝てる気がしない」

「え……」

ギョッとした。俄には信じがたい話だ。

カインは『赤の死神』とも呼ばれる凄腕の元暗殺者だ。その彼が『勝てる気がしない』と言ったのか。

「……カイン」

よく見れば、彼は冷や汗をかいていた。私は気づかなかったが、相当緊張していたようだ。

「軽い感じなのに全然隙がないんだ。あんなの姫さんの旦那以来だぜ。見た目は引退したようなじいさんでしかないのにさ」

「……オーラがある人だなとは思ったけど」

「好意的だったからよかったけど、こっちは終始ヒヤヒヤものだったぜ」

冷や汗を拭うカインを見つめる。

そこへ暢気な声がした。

「大丈夫ですよ。何かあったら、僕が結界を張ってお守りしますし」

パタパタと飛んでいるのはアルだ。

彼は「よいしょ」と言いながら私の頭の上に載った。

「人間がどう頑張ったところで、僕の結界は破れません。それに大丈夫ですよ。今の彼にこちらを害する気配はありませんでしたから」

「そう」

アルが言うのなら大丈夫かと思っていると、カインが反応した。

「は？　殺気なんていつ出してくるか分からないだろ。害する気配がないからって安心していいってものではないぜ」

「お前には分からなくても僕には分かるんです〜。だってあの男は――っと、王妃様。ここで素敵なお知らせがございます」

「……素敵なお知らせ？」

またカインと言い争いを始めるのかなと思っていたところで、アルがにっこりと笑って私を見た。

頭の上から降りてくる。胸に手を当て、恭しく礼を取った。

「王様から連絡がございました。お迎えに来られるとのことです」

「フリードが？　お仕事が終わったの？」

「はい、たった今、終わられたようです」

アルの言葉を聞き、頷く。

「えっと、じゃあ、私は店で待っていればいいのかな」

帰ろうと思っていたが、行き違いを避けるためには店にいた方がいいだろう。

そう思ったが、アルは「いいえ」と否定した。

「すぐにいらっしゃいますので、そのままで結構です」

「すぐ？」

首を傾げる。

今、仕事が終わったばかりなのに『すぐ』とはおかしいと思ったが、その疑問はあっさりと解消された。

「えっ……!?」

目の前に白く光る魔術陣が出現したのだ。

私には読めない、文字や記号が描かれた魔術陣が美しい輝きを放っている。

その光の中からフリードが現れた。

私に気づいた彼が、軽く手を振る。

「迎えにきたよ、リディ」

「……へ」

目を大きく見開く。突然現れたフリードを見て、カレー店に並んでいた人たちもギョッとしていた。

「え、この場所って、帰還ポイントに設定していたっけ……？」

転移用の魔術は、帰還魔術という名前がついており、術者が『ここ』と決めた場所にだけ跳べるのだ。

ただ、フリードはその場所を複数設定できるという規格外な人（褒めてる）なのだけれど、まさかカレー店の真ん前にそのポイントを設定しているとは知らなかった。

――いや、だってこんな場所、めちゃくちゃ目立つし……。

跳ぶ場所として選ぶのなら、店の裏手とかもう少し人目につかないところにするものではないだろうか。

特にフリードは、そういう気遣いができる人だから、こんなところに直接跳んできたのが不思議だった。

思わず疑問を口にすると、フリードはさらりと答えた。

「あ、実はね、これはちょっとした実験で」

「実験？」

眉を寄せた。何故かアルがドヤ顔になる。

「ウフフ！　実は王様はこのたび、新たなお力に目覚められたのです……！」

「新たな力⁉」

なんだそれは。

思わずフリードを見ると彼はとても嫌そうな顔をしていた。

パチパチと拍手するアルにやめるよう視線を送る。

「アルが大袈裟なだけだよ。大したことはないから。ただ、そうだね。王華に呼ばれなくてもリディの場所がなんとなく分かるようになったってことかな」

「えっ……」

どういう意味だろう。

「神剣の色が変わったのはリディも知っているよね？　デリス殿が言った通り、あれから私とリディの繋がりがより強固になったみたいなんだ。呼ばれなくてもリディがどこにいるのかなんとなく分かる。そして分かるのなら、直接リディの元に跳べないかなと考えたんだ。アルに相談してみたら、協力してくれるって言うからね。ちょっと試してみたんだよ」

「た、試してみた？」

簡単、みたいに言うフリードだが、それってものすごい話ではないだろうか。

アルがえっへんと胸を張った。

「王様のためなら協力は惜しみませんとも。協力の内容ですが、なんとなく分かるという王妃様の場所の情報を、僕が神剣を介して更に詳しく王様にお知らせするという感じですかね」

「？」

よく分からない。首を傾げると、アルが「ええっと」と考えるように言った。

「分かりにくかったですか？　えっと、つまり僕がいれば、王妃様の元に直接跳べるってことです」

「な、なるほど？　……でも、アルがいれば、なの？」

「今のところは、ですけど。ただ、王様ですからね。回数を重ねてコツを掴めば、今後僕の力をお貸ししなくても、王妃様の位置を正確に把握できるようになると思います」

「そうなんだ……」

場所ではなく、目的の人物の元へ直接跳べるというのはすごい。

大いに感心していると、フリードが苦笑した。

「今は、アルがいないと難しいけどね。大体は分かっても、細かい位置までは把握できなくて。それに魔術としてもかなり繊細なもので失敗した時のリスクも怖いし、私ひとりでリディの元に跳ぶのはまだ当分先の話かな」

残念そうな口調のフリードだが、不可能とは言わないあたり、それなりに目処は立っているのだろう。

しかし、私の旦那様が更にパーフェクトになっているようで恐ろしい話だ。

彼にできないことはないのではないかと本気で思ってしまう。

——完全無欠の王太子、だっけ。

今は戴冠したから、完全無欠の国王陛下……とでも言えばいいだろうか。

普通なら誇張表現になるはずなのに、彼の場合はそのままだから驚きだ。

「フリードにできないことってあるの？」

思わず本音を口にすると、思いきり呆れられた顔をされた。

頬をむにっとつままれる。

「リディがそれを言うの？」

「どういう意味？」

首を傾げる。

本気で分からなかったのだが、ますます呆れられてしまった。

フリードが溜息を吐きながら言う。

「これだけリディに振り回されているのに、って話だよ」

「えー」

それはお互い様だといつも言っているというのに。

納得できないと思っていると、フリードが私の手を握りながら言った。

「ほら、可愛い顔をしていないで行くよ。あまり帰りが遅くなるのもよくないからね。帰還魔術を使えば一瞬で帰れるけど、リディは自分の足で歩いて帰りたいでしょう？」

「うん」

一瞬で帰るのも悪くはないが、町の皆の様子を見ながら歩いて帰る方が私は好きなのだ。

それに何より――。

「フリードと手を繋いで一緒に帰るっていうのがいいよね。ちょっとしたデート気分に浸れるし」

楽しい時間は少しでも長く持ちたいものだ。そういう気持ちで告げると、彼も同意してくれた。

「分かるよ。じゃ、行こうか」

「うん」

握った手に力を込める。

フリードはこちらの様子を遠巻きに窺っていた町の人たちに余所行きの笑顔で告げた。

「――皆さん、お騒がせしました。私たちは帰りますので、妻のオリジナルレシピであるカレーライスをどうか楽しんで下さい」

相変わらず町の人たちに対して丁寧だ。

でもそういうところがいいんだよねと思いながら、私もラーシュに声を掛ける。

「ラーシュ、視察したらまた連絡するから」

「ああ、待ってる」

「朗報を期待してて」

手を振り、フリードと一緒にカレー店を離れる。カインとアルもついてきた。

城に向かって歩いていると、フリードが私に目を向けながら聞いてきた。

「今日はどんなことをしていたの？」

「前に話した視察について、かな。結局、ラーシュは行かないみたい」

「そうなんだ」

「カインとアルは当然として、交渉事の得意な兄さんも連れて行こうかなって思ってるんだけど……どう？」

フリードを窺う。

兄はフリードの側近なので、勝手に話を進めるわけにはいかないのだ。

フリードは少し考える素振りを見せたが、すぐに頷いた。

「いいと思うよ。今度執務室に来ると良い。リディが直接頼んだ方が早いだろうし」

「ありがとう」

フリードの賛同を得られたと安堵しつつ、今度はカレーパン騒動のことを話す。

素敵なお爺（じい）さんに助けてもらったと言うと、彼は「それはよかった」と言いながらも鋭く尋ねてきた。

「まさかとは思うけど、口説かれたりはしていないよね？」

「おっと……」

声だけではなく目も怖い。

彼が本気で言っていることが分かり、苦笑いをした。

七十歳を越えていると思われるお爺さんに嫉妬する夫……。

フリードがヤキモチ焼きだというのはよく知っているが、毎度嫉妬されても困るのである。

「あのね、言った通り、お爺さんだよ？　それに私のことも知っていたみたいだし。ヴィルヘルムの王妃だって分かって口説くような人、いないでしょ」

何せ、フリードを敵に回すことになるのだ。

彼が一人で万の敵を倒す話は有名だし、そんな彼に睨まれてまで私を口説きたい人なんていないと思う。

だがフリードは懐疑的な様子だった。

「それは理由にならないよ。リディはもう少し自分が魅力的な女性だということを自覚した方がいいと思うんだよね」

「もし口説かれたとしても、私はフリードが好きだからなんともなりようがないと思うんだけど？」

好きな男以外に靡く気は全くない。

それに私にはカインとアルという護衛がいる。普通に心配するだけ無駄だと思うのだが、フリードはまだ文句を言っていた。

「私のリディを性的な目で見るとか、万死に値すると思う」

「はいはい、そんな事実はなかったからね。落ち着いて」

勝手に話を捏造しないでほしい。

フリードをなんとか落ち着かせる。ふと、カインが言っていたことを思い出した。

「そのお爺さん、カインより強いんだって」

「え」

フリードがギョッとする。私は頷き、後ろを歩いていたカインに確認した。

「ね、そう言ってたよね？」

「あ？　ああ」

カインが肯定する。フリードが眉を寄せた。

「……カインより強い、見た目七十くらいの男性？」

「フリード、心当たりある？　なんかすごく威厳とかただ者ではないオーラがあったんだけど。結構、地位のある人かなって」

フリードが考え込む。

だが思いつかないようで、首を傾げていた。

「……誰だ？　カインより強いということは相当できるのだろうが……そんな者、ヴィルヘルムにいたか？」

「王様、王様！」

それまで黙っていたアルが声を上げる。

フリードの視線が向くと、嬉しそうに言った。

「僕、心当たりありますよ！　おそらく彼、ヴィルヘルム関係者だと思います」

心当たりがあるというアルに全員が注目する。アルは胸を張って答えた。

「ヴィルヘルム関係者？　誰だ？」

「誰なのかまでは分かりません！　だって僕、王様と王妃様以外、どうでもいいんですもん！」

「……あ、そう」

堂々と言ってのけるアルに、全員がしょっぱい顔をした。

フリードが溜息を吐きながらアルに言う。

「それは何も分からないと同じだろう」

「えー、でもでも、ヴィルヘルム関係者であることは確かですよ」

必死に主張するアルだが、関係者だけでは、範囲が広すぎて分からない。

カインより強い人という意味ではある程度絞れるのではと思ったが、フリードに思い当たる人物はいないようだった。

「一体誰だったんだろう」

分からないとなると、よりその正体が気になる。

とはいえ、分からないものをいくら話し合っても意味はない。

いったんこの話題は忘れることにし、帰り道を急ぐことにしたが、意外と答え合わせの時がくるのは早かった。

次の日の午後、部屋でフリードとまったりしていると、侍従が部屋の扉を叩いたのだ。

「お休み中のところ申し訳ありません、陛下。カイザー様がお見えになっております」

「……カイザー様？」

聞き覚えのない名前に首を傾げる。隣で上機嫌に私の腰を引き寄せていたフリードも眉を寄せた。

「……誰だ？」

どうやらフリードにも心当たりはないようだ。

カイザーたる人物は一体何者なのだろうと疑問に思っていると、侍従の後ろから父が姿を見せた。

「陛下、リディ」

「お父様」

父の姿を見て立ち上がる。フリードも腰を上げた。

父が深々と頭を下げる。

「陛下。カイザー様がいらっしゃいました。謁見の間へお越しいただければ」

「……その、カイザーとは誰のことだ？」

フリードの疑問を聞いた父がハッとした顔をする。再度頭を下げた。

「これは……説明が遅れ大変申し訳ございません。そういえば陛下はまだ一度もカイザー様とお会いになられたことがありませんでしたね」

「？」

フリードと顔を見合わせる。段々会ったことのない「カイザー様」とやらが気になってきた。

父が私にも視線を向けながら告げる。

「リディ、お前にも関係のある話だ。——カイザー様、正式にはカイザー・ファン・デ・ラ・ヴィルヘルム様は先々代の国王、つまり陛下の祖父に当たるお方。お前も名前くらいは知っているだろう」

「あっ……！」

父の問いかけるような視線にハッとする。確かに私はその名前を知っていた。

カイザー・ファン・デ・ラ・ヴィルヘルム。

フリードの祖父にして先々代の国王。

年は……確か、八十歳近かったはず。

彼もまた歴代の王族同様、腕っ節が強く、戦争では頼もしい存在として知られていた。

息子に王位を譲ったあとは、王族所有の別邸に移り住み、のんびりと過ごしている……。そう聞いているが、私は今まで一度も会ったことがなかった。

何故なら結婚式どころか戴冠式にすら姿を見せなかったから。

隠居しているから出てくるつもりはないのかなと気にはしつつも、フリードや義父が何も言わないから、空気を読んで敢えて聞かなかったのである。

それが、まさかここで名前を聞くとは思わず、驚いた。

「フリード……」

夫に目を向ける。

フリードは大きく目を見開き、吃驚した様子だった。

「お祖父様が……？　ヴィルヘルムに？」

「はい。二十二年ぶりに帰ってこられております。今、ヨハネス様にも連絡を差し上げているところですので、陛下もお早く」

「二十二年ぶり？」

とんでもない数字を聞いてギョッとした。フリードを見ると、彼はその通りだと言わんばかりに頷く。

「……さっき宰相も言っただろう？　私も一度もお祖父様と会ったことがないんだ。父に譲位したあとに隠居したというのは嘘で、実際は妃を引き連れて世界各国を漫遊。ヴィルヘルムには二十二年もの間、一度も帰ってきたことがない」

「そ、そうなんだ……」

「私の結婚式や戴冠式にも顔を見せなかったから、もう帰ってくるつもりもないのだろうと思っていたんだけどね。まさかこのタイミングで戻るとは」

苦笑するフリードだが、その表情には不安が入り混じっているように見えた。

一度も会ったことのない祖父。一体どんな顔をすれば良いのか分からないのだろう。

とはいえ、せっかく祖父が帰って来てくれたというのだ。

素直に初対面を喜べばいいと思った。

何せ、私に祖父母はいないので。

父方の祖父母は幼い頃に、母方の祖父母は私が生まれる前に亡くなってしまったので、そういう存在が残ってくれているというのは嬉しいなと思うのだ。

「フリードのお祖父様かあ。どんな人なのかな」

カーラを呼び出し、身支度を整えてから謁見の間へと向かう。

アルも一緒だ。神剣アーレウスはフリードの祖父も国王時代に手にしていた。精霊が目覚めたのなら見たいだろうという配慮だった。

とはいえ、アルの方に興味はないみたいだったけど。

「一緒に来いというのなら行きますけど、別に王様の身内だからって僕は興味ありませんよ？」

こんな感じである。非情だなと思うが、ある意味、とてもアルらしい。

謁見の間に向かう途中、義父母と鉢合わせた。

「あ」

声を上げると、ふたりもこちらに気づいたようで、手を振ってくる。

「おお、ちょうどいいところに。お前たちも父上に会いに行くのだろう？」

こちらにやってきた義父がにこやかに告げる。

フリードに王位を譲り、国王としての重圧がなくなったからだろう。以前よりも義父は穏やかになったように思う。

一緒に来ていた義母を見る。彼女はにこりと笑ってくれた。

「リディ」

「お義母（かあ）さま」

義母の顔つきも心なしか穏やかになったように見えた。義父との関係がそれなりに上手（うま）くいっているのかもしれない。

義母はずっと苦労してきた人だから、幸せを感じられているのならいいなと思った。

フリードが義父に問いかけている。

「父上、お祖父様がお見えになられたと聞きましたが」

「うむ。まさか帰ってくるとは思わなかったから、私も驚いたのだ」

「……どのような方なのです？」

会ったことのない祖父の情報を得ようとしているのだろう。

私もどんな人なのか気になるので耳を澄ませた。

尋ねるフリードに、義父は首を捻っている。

「どのようなと言われても……私も二十年以上会っていないからな。ただ、非常に自由な人であるのは確かだ。私に譲位したあと『肩の荷が下りた。私はこれから旅に出る』と言って、その日のうちに出て行ってしまったからな。さすがに先王が譲位後、即、国を出奔しましたは拙いので、なんとか隠居したということにしたが……そうだな。わりと迷惑を掛けられた覚えしかないな」

「……どんな人なの？」

義父の答えに思わずツッコミを入れてしまった。

でも『迷惑を掛けられた覚えしかない』と子供に言われる父親ってどうなのだろう。

義母を見れば、彼女も困ったように微笑んでいた。

「お義母さま？」

「ふふ、さすがに少々大袈裟だと思いますよ。お義父さまは嫁いできて右も左も分からない私にも優しい方でした」

柔らかな表情から、義母が義祖父に対し、好意的であることが伝わってくる。

良い人なんだなと思っていると、義父が苦虫を噛みつぶしたような顔をして反論してくる。

「……優しいのは否定しないが、私の妻だと分かってそなたを口説いたこと、私は忘れていないぞ。父上は大の女好きだからフリードも気をつけた方がいい」

「えっ……」

「しかと肝に銘じます」

私の驚きの声と、フリードの温度のない声が同時に響いた。

フリードの目が据わっている。

「私のリディに手を出すとか許せませんから」

「うむ。さすがにあれから二十年以上が経ち、父上も八十歳近い。昔ほど奔放ではないと思うが気をつけるに越したことはないからな」

「はい」

のんびりと告げる義父。対してフリードの返事には緊迫感が漂っている。

彼が本気で警戒を始めたのが伝わってきた。

私の腰を引き寄せると「不用意にお祖父様に近づかないで」と忠告してくる。

「リディは可愛いから、心配だよ。こんなことなら部屋に置いてくればよかった」

「いや、お祖父様って八十歳近いんでしょう？　さすがに口説くとかないって」

「でも」

「それにフリードのお祖父様だよ。私が会わないとか、失礼すぎると思わない？」

「……う。それは、そうなんだけど」

でも嫌だ、とフリードの顔に書いてある。正直すぎる表情につい笑ってしまった。

「大丈夫。そんなに心配ならずっとフリードの近くにいるから」

「……本当？」

「うん。それなら安心できるでしょ」

「……そう、だね」

ムスッとした顔をしつつも頷くフリード。

まったく、私の夫はヤキモチ焼きで大変だ。

そういえば昨日も意味のない嫉妬をしていたなあ、なんて思い出しているうちに謁見の間に着いた。

扉が開く。兵士の姿は見えない。どうやら家族の再会の邪魔をしない方向に決めたようだ。

そういえば父もいないなと思いながら、謁見の間に足を踏み入れた。

「あ」

広い謁見の間、上衣のポケットに手を入れて玉座を見上げている人がいる。

仕立ての良い黒いジュストコールを着た、白髪で細身のお爺さん。

その人を私は知っていた。

「へ」

だって昨日、会った。

揉めている子供たちの仲裁をしてくれた、ただ者ではないオーラを滲ませたお爺さん。

カインが『自分よりも強い』と言い、アルが『ヴィルヘルム関係者』だと言った、結局どこの誰か分からなかった人。

その人が懐かしげに玉座を見つめていたのだ。

「え、ええ!?」

思わず声を上げる。

驚きすぎて声がひっくり返ってしまった。変な声だっただからだろう。その人が振り返る。

青色の目がこちらを見て、してやったりといった風に細められた。

「……あ」

意味ありげに笑う様子から、昨日の態度がわざとであったことが分かった。

彼は敢えて自分の正体を明かさなかったのだ。

驚く私を見て楽しそうにしている様子からもそれは明らかだった。

「……世間は狭い」

「リディ？」

まさかの再会に驚いていると、フリードが怪訝な顔で私を見てきた。

「どうしたの？」

「え、いや……昨日、フリードに話したでしょう？　お爺さんと会ったって……」

「ああうん。アルがヴィルヘルム関係者だと言っていた人物でしょう？　それがどうしたの？」

「……その人が、今、目の前にいるんだけど」

「……え？」

フリードの目が大きく見開かれる。

彼もまさか昨日私が遭遇した人物が、自分の祖父だとは思わなかったのだろう。

というか、誰があんなところに先々代国王がいると思うのか。

せめて分かりやすく金髪碧眼ならその可能性にも気づけたかもしれないが、白髪だったのが良くなかった。

金髪碧眼＝ヴィルヘルム王族。

その印象が強すぎて、老化で白髪になった……まで考えられなかったのだ。

金髪だって白髪になる。その事実をすっかり忘れていた。

「な、なるほど。ヴィルヘルム関係者ってそういう……」

昨日のアルの話を思い出して呟くと、頭の上に着地した彼が「だから言ったじゃないですか」と不満そうに言った。

「彼からはヴィルヘルム王族特有の神力を感じましたから。だから関係者だって言ったんです！」

「ああうん。確かにその通りだけどそれなら神力や王族ってところまで言ってほしかったな」

関係者、なんて曖昧な言い方をするから、逆に王族だと気づけなかった。

とはいえ、文句を言っても仕方ない。

アルと話していると、先々代国王――カイザー様の元へ、真っ先に義父が駆け寄っていくのが見えた。

「父上！」

声が弾んでいる。久々に会えたことが嬉しいのだろう。

カイザー様の方は泰然としていて、喜んでいるのかどうか、よく分からなかった。

「ヨハネスか。二十年も経てばずいぶんと老けるものよ」

「父上には言われたくありません！」

わざとらしく目を見張るカイザー様に、義父が食ってかかる。

普段、見ない義父の態度に驚いたが、相手が父親、しかも二十年ぶりに会うのだと考えれば、それも仕方ないのかもしれない。

義父は両手でカイザー様の手を握っている。

その目に光るものが見えた。

「二十年以上もどこに行っていたのですか。音沙汰もなく、捜しても一向に見つからない。どれほど心配したことか」

「結婚し、子を育て、王位も譲った。私に課せられた責務は十分過ぎるほど果たしたのでな。これからの人生は好きに生きたいと思って何が悪い」

「好きに生きすぎです！　……その、母上たちの姿が見えませんが、一緒ではないのですか？」

キョロキョロと辺りを見回す義父。

私たちもハッとした。

先々代の国王には正妃と愛妾が大勢いたのだ。

だが、室内に私と義母以外の女性の姿は見当たらない。

「父上？」

問い質すように義父がカイザー様を見る。カイザー様は「あー」とガラ悪く頭を掻き、面倒そうに言った。

「そうだな。うむ。置いてきた」

「置いてきた!?」

「うむ。ぞろぞろ連れてくるのもどうかと思ったのでな」

「愛妾は置いてくるにしても、母上は連れてきて下さっても良かったでしょう！」

義父が叫ぶ。カイザー様はケロッとした顔で言った。

「そういう贔屓はせぬことにしている」

「ひ、贔屓って……」

それは贔屓とは呼ばないのではないだろうか。

愕然としたが、カイザー様は全く悪いと思っていないようだ。当然と頷いている。

「私にとっては正妃も愛妾も同じだけの価値しかない。そういうことよ」

そう言い放ち、私の胸元に目を向けた。王華を見ているのは明白だ。

それで思い出す。

カイザー様は多くの愛妾を持った人だった。それはつまり、唯一無二となるつがいを見つけられなかったということで――。

「あ……」

「リディ？」

腰を抱き寄せていたフリードが、私に目を向けてくる。

慌てて首を横に振った。

「な、なんでもない」

私に言えることなんてあるわけがない。

つがいのことを知る前は、たくさんの愛妾を持った人と聞いて、あまり良い気持ちはしなかったが、今はなんとも言いがたい。

人それぞれに事情はあって、安易に口にしていいものではないと知っているから。

「……」

何とも言えず黙り込んでいると、カイザー様がこちらにやってきた。義父も一緒についてくる。

まずはフリードを見て、大袈裟に目を見開いて見せた。

「おお。これが私の孫か。知らぬ間にあの赤子がずいぶんと立派に育ったものよ」

「……私に譲位してから一度もヴィルヘルムに戻らなかったからでしょう」

義父がボソリと文句を言うも、カイザー様は黙殺した。

フリードに手を差し出す。

「初めましてというものおかしいが、まあ、似たようなものよな。祖父のカイザーだ」

「……初めまして、お祖父様。フリードリヒと申します」

差し出された手をフリードは素直に握った。

カイザー様が感心したように言う。

「完全無欠の王太子、いや、今は国王か。その噂は遠い外国にいても聞こえておったぞ。溺愛する妻を迎えたともな。――そちらが噂の妃だな。確か名前は……」

「リディアナです。リディ、お祖父様にご挨拶して」

「リディアナと申します。その、昨日はありがとうございました」

フリードに促され、こちらも挨拶をする。

初めましてとは言わなかった。

向こうも分かっているのに昨日のことをなかった態にするのもおかしいと思ったからだ。

しかし、平民に対する態度を取らなくて正解だった。

彼のオーラを察し、丁重に接することを決めた昨日の自分に「よくやった」と褒めてやりたいところだ。

フリードのお祖父様に無礼な態度を取るなんてあり得ないし。

案の定、カイザー様はにやりと笑い、楽しそうに言った。

「まさかあのような場所で、噂の王妃に会えるとは思わなんだから驚いたぞ」

「リディはあの店のオーナーなので、頻繁に顔を出しているんですよ。私も許可していることです」

私が口を開くより先にフリードが答えた。私を強く抱き寄せてくる。

「リディから話は聞きました。騒ぎを収めていただいたとか。ありがとうございます」

「大したことはしておらぬ。礼も受け取ったしな。カレーパン、美味(うま)かった」

「お口に合ったのなら良かったです」

「うむ。辛いものは得意でな。逆に甘いものは苦手なのだ」

なるほど。その辺りはフリードと一緒だ。

てっきりフリードの辛いもの好きは義母からの遺伝かと思っていたが、そういうわけでもないらしい。

カイザー様がフリードをまじまじと見つめる。顎に手を当て、大きく呻いた。

「……しかし、二十年などあっという間だと思うておったが、こうも孫が大きく育っているのを見ると、やはりそれなりの年月が経ったのだと感じるなあ」

「当たり前でしょう。……父上、二十年もの間どこへ行っていたのですか？　もちろん、放浪の旅は終わりにして、あとはヴィルヘルムに留(とど)まっていただけるのでしょうな？」

義父が問いかける。それにカイザー様はあっさりと答えた。

「いや、明日にはヴィルヘルムを出るつもりよ」

「はあ!?」

「ヴィルヘルムに戻ってきたのはちょっとした理由があった故。用事が済めば留まる理由はどこにもない。私は今の住処へ戻ることとしよう」

「今の住処？　どこかに定住しているのですか？」

「さて」

義父が質問攻めにするも、彼は笑ってはぐらかしてしまう。

どうやら答える気はないようだ。

「まあ、落ち着け。ヨハネス。——おお、そちらが噂の精霊殿か」

「……」

カイザー様がふよふよと飛んでいるアルに目をやった。アルは返事をしない。

「アル、アルってば！」

さすがに無視をするのはどうなのかと思い、アルを小突くと、アルは可愛い顔で私を見た。

「なんですか、王妃様」

「なんですか、じゃなくてね。カイザー様にご挨拶は？」

ほら、とアルを促す。アルは不満げに口を開いた。

「えー？　先々代の国王に興味なんてないって言ってるじゃないですか。僕の興味はいつだって王様と王妃様にしかないんですから」

「それは聞いた。でもね、世の中には礼儀というものがあるの」

「礼儀？　それって人間に必要なものであって、精霊の僕には無用の産物では？」

「いやあのね……」

「僕は王様と王妃様以外にへりくだったりなんてしません～」

どうやら機嫌を損ねたようだ。明らかに不満げにするアルにどう言えば分かってもらえるかと困っていると、カイザー様が笑って言った。

「気にするな、王妃。精霊殿がそうおっしゃるのならそれでいい」

「そんなわけには……あ、よろしければ私のことはリディとお呼び下さい」

フリードのお祖父様から『王妃』と呼ばれるのはどうにも変な感じがしたので、そう告げる。

断られるかもと思ったが、カイザー様はあっさりそれを受け入れた。

「リディ、か。分かった。そう呼ばせてもらおう」

「あ、ありがとうございます」

「先ほどの話に戻るが、精霊については、そもそも姿を見せる日が来るとは思いもせぬこと。伝説は伝説。それでよいと思うておったし、そのような尊い存在に『礼』を説くのもおかしかろう。むしろわきまえなければならないのはこちらの方よ」

キッパリと告げるカイザー様。

どうやら彼も義父と似たような考えの持ち主らしい。

アルを見つめ、しみじみと告げた。

「しかし本当に精霊が目覚めるとは。――いや、そうでなければおかしいのだが」

「おかしい？」

「いや、こちらの話だ」

どういう意味かと思ったが、カイザー様は追及は許さないとばかりに話を終わらせた。

ただじっとフリードを見つめている。

「……お祖父様？」

「……」

「父上。今夜は身内だけで食事会を開きます。出席して下さいますよね？」

返事をしないカイザー様に痺れを切らしたのは義父だった。

カイザー様はハッとしたようにフリードから視線を外すと、義父に答えた。

「良いだろう。どうせ今宵はここに泊まるつもりでおったしな」

「今夜だけとは言わず、ずっといて下さっても良いのですよ」

「はは。それは遠慮しておこう」

「はあ……こちらは心配しているというのに」

愚痴る義父だが、その気持ちは分かる。

何せカイザー様は八十歳近い。

いつ何かあってもおかしくない年なのだ。いい加減、腰を据えてほしいと願うのは息子として当然のことだろう。

義母も同じ気持ちのようで、心配そうな顔でカイザー様を見ていた。

義母の視線に気づいたカイザー様が彼女に目を向ける。

「おお。エリザベートか。相変わらず美しいな。二十年前と変わらぬ美しさよ……いや、今の方が表情が明るいように思えるな」

「フフ、お義父さまは相変わらずですね」

義母が微笑む。

義父が慌てて義母の側にやってきた。

「父上！　エリザベートを口説かないで下さいと二十年前にも言ったでしょう！」

「綺麗な女性を見て口説くのは、それこそ礼儀みたいなものではないか。おお、そういう意味では、私としたことが礼を失していたな。――リディ、良ければ私の愛妾にならぬか？　確か……八人……いや、九人目だったか……」

「……」

――えー。

どうやら自分の愛妾の数も把握できていないようだ。

それはさすがに最低なのではと思っていると、今の発言にフリードがキレた。

目を吊り上げ、怒りを堪えきれない声で告げる。

「お祖父様。今の言葉、取り消して下さい。リディは私の正妃で、誰よりも愛する人。それを愛妾？　いくらお祖父様でも許せません」

「フリード、フリード。さすがに今のが冗談だって私でも分かるからね？」

本気で言われたら絶対にお断りですと告げるところだが、話の流れから揶揄っているだけだと理解できる。

そもそも私はすでにフリードの妃なので、愛妾なんて無理な相談なのだ。

フリードもそれは分かっているだろうに、許せないようだった。

彼の背中をポンポンと叩くも、その怒りは収まらない。

目は三角に尖っており、相当お怒りの様子である。

「できるできないは問題ではないよ。たとえ冗談でも言って良いことと悪いことがあるんだ。リディだって分かるよね？」

「そ、そうね」

重圧を感じる声で道理を説かれれば、頷くより他はない。

こくこくと何度も首を縦に振ると、カイザー様が声を上げて笑い始めた。

「はははっ！　これは面白い！」

「何も面白くありませんが」

冷たい声で応じるフリード。彼の手はしっかりと私の腰にあり、絶対に離さないとその力が主張していた。

それを見たカイザー様が目を丸くする。

「なるほど。私の孫は噂通り妃に夢中のようだ」

「悪いですか」

「いや、むしろ羨ましいと思う。その感覚は私にはないもの故な」

「……え」

「ただひとりを愛する、か。私もそうありたかったものよ」

さらりと告げられたが、その言葉が意味するものは重い。

ほんの一瞬だけど、カイザー様がひどく辛そうな顔をしたことに気づき、動揺した。

つがいを得られなかったカイザー様。その発言にはさすがのフリードも表情を変える。

「お祖父様」

「その分、私は色々な女性と楽しむことができるがな。一人に縛られる人生も楽しそうだが、そうでない人生もまた良いものよ。それでは夕食時にまた会おう。——それまでひとりにしてくれぬか。少し考えたいこともあるのでな」

「……分かりました」

前半を茶化すように、そして後半を静かに告げるカイザー様にフリードではなく義父が答える。

フリードをちらりと見た。

「フリード、この後、謁見の間を使用する予定はあるか？」

「い、いいえ。ありませんが」

「それなら父上、こちらにいてもらって結構です。また夕食時にでも色々お話をさせてもらえれば」

「ああ、構わぬよ」

「それでは私たちは失礼します」

義父が頭を下げる。

なんとなく空気を読み、私たちも義父に倣った。

カイザー様をひとり残し、謁見の間を出る。

義父たちはいったん自分たちの部屋に戻るというので、その場で別れた。

アルは疲れたとのことで神剣に戻ってしまった。どうもカイザー様のことが気に入らないらしい。神剣に戻る時「なんかあの男を見ているとイラッとするんですよね。加齢臭かな」と顔を顰めながら失礼極まりないことを言っていた。

フリードにチョップされていたが、反省するつもりはないようだ。

元々気が進んでいなかったのを無理に連れてきたのは分かっていたので引き留めることはしなかったが、アルがここまで露骨に個人を嫌うのも珍しい。

カインも気に入らないのは同じだが、彼に対するのとはまた違うのだ。

本当に嫌がっているというか……。

以前は、神剣の所有者だったというのにこんなにも気に入らないなんてことがあるのだろうか。

不思議だったが、好悪の感情は押しつけられないもの。

カイザー様は明日にも去る。それまでの間、アルには神剣の中にいてもらおうということで話はついた。

「じゃ、私たちも部屋に戻ろうか」

「そうだね」

返事をし、廊下を歩きかけたが、ふと彼の顔色を見て足を止めた。

服の裾を引っ張る。

「リディ？」

「……ちょっと散歩してから帰らない？」

「え」

「なんか思い詰めているように見えるから。夕食までに多少気分転換した方がいいと思って」

彼の手を取り、王族専用の庭へと連れて行く。

義母たちも部屋に戻ったし、誰にも邪魔されることはないだろう。

無言で庭を歩く。季節を問わず咲く花はいつ見ても綺麗だけど、本当にどういう仕組みになっているのだろう。相変わらず不思議だなあと思っていると、フリードが小さく息を吐き出した。

「……本当にダメだな。私は」

「フリード?」

零された言葉に反応する。フリードは立ち止まるとやるせなさそうな顔をした。

「お祖父様が冗談で言ってるってことはちゃんと理解していたんだ。でも、リディのことを言われたと思った瞬間、頭に血が上って……」

「えっと、さっきの話?」

「うん」

フリードを見つめる。

彼は、庭に咲いた薔薇(ばら)を見ながら口を開いた。

「怒りで何も考えられなかった。頭が冷えたのは、お祖父様が『羨ましい』と言った時だよ。リディも分かっているよね。お祖父様はつがいを得ることができなかったって」

「それは……うん」

つがいを得ていて、愛妾を持てるはずがない。それは知識として知っている。

「その辛さを僅(わず)かとはいえ、私は知っていたはずなんだ。リディを見つけるまで、本当に苦しかったから。そして見つけて、すごく幸せだから。その両方を知っている私が、お祖父様を責めるような発言をしてしまったのが悔やまれる」

悄然としながら語るフリード。私は彼の手をギュッと握った。

「フリード」

「……」

返事がない。これは下手に慰めても意味がないと思った私は、正反対の方向から攻めてみることにした。わざと明るく言う。

「でも、フリードならどんな事情があってもキレると思うよ」

「え」

フリードが私を見る。

私はうむと頷き、人差し指を立てた。

「だってフリードってば私のこと大好きだし。それであんなこと言われちゃあね、怒るなって方が無理でしょ。カイザー様のことは、そりゃあお気の毒だなって思うけど、だからといって言って良いことと悪いことがある。フリードもそう言ったでしょ」

「あ、あれはつい口に出ただけで……」

「本心じゃない？　そんなことないでしょ」

「……」

「むしろ本心じゃないなんて言われたら、庇われた私が悲しいんだけど」

嫉妬と独占欲から出た言葉だと思っていたのに実は違ったとか嫁として悲しすぎるし、それこそ

「じゃあどういう意味で言ったんだ」と問い質したくなる。

私は立てた人差し指で、フリードの鼻をキュッと押した。

「それはそれ、これはこれだよ。フリードは、怒るようなことを言われたんだから怒ってもいいの。それを遠慮するのは違う」

「リディ」

「そもそも私がフリードのつがいって分かって揶揄ったんだもん。怒られるくらいは覚悟していたでしょ」

私の胸にある王華を見れば、彼のつがいであることは明らかだ。

ヴィルヘルム王族なら知らないはずはないので、それを理解した上で揶揄ったのなら、フリードにキレられるくらいは分かっていたはず。

「分かっていてフリードを怒らせたんだから、性格には相当問題がありそうだけどね」

「それは……確かに」

フリードが渋い顔をする。

「私の反応を見たかったのかな」

「その可能性は大いにあると思うよ」

「……はあ」

再度大きな溜息を吐くフリード。

彼は私の手を取ると、歩き始めた。黙って彼についていく。

フリードがポツポツと話し始めた。

「……別に何を言われても平気なんだ。今までずっとそうだった。揶揄われようが馬鹿にされようが、煽られようが気にもならなかった。でも、リディのことだけはダメだ。リディを話題にされて、笑って流せるはずがない」

「……うん」

「私にとってリディはたったひとりの大切な人。その人を愛妾に、なんて、たとえ冗談でも許せない。正直、言った相手がお祖父様でなかったら、剣を抜いていたと思うよ」

後半の台詞が、ひんやりとした怒りを帯びている。

私も然もありなんと頷いた。

「フリードだもんね。でも私もフリードを取られるのは冗談でも嫌だから分かるよ」

「リディも？」

「当然でしょ」

胸を張る。逆の立場だったら、間違いなく私がキレていた。

フリードを他の誰かになんて、考えたくもない話だ。

だから彼が怒るのは分かるし、妻として止めはするけど正しいことだと思うのだ。

「だから気にしなくて大丈夫。でも、それはそれとして、フリードの言うことも分かるよ。つがいを得られなかったカイザー様からすれば、私たちを見るのは辛いことだったのかもって私も思うし。一瞬だけど、すごく辛そうな顔をしていらっしゃったから」

フリードが驚きの表情を見せる。

「え……そこは気づけなかったな」

「ほんの一瞬だったもの。だから、フリードを羨ましいと言ったのは本当だと思う」

「つがいを得たくないヴィルヘルム王族なんていないよ。誰もが自分だけのたったひとりを期待するんだ。私だってずっとそうだった」

「でも、つがいを得られる王族は多くはないんだよね？」

「うん」

以前聞いたことを思い出しながら尋ねるとフリードからは肯定の返事があった。

「私や父上は本当に運が良かったんだよ。お祖父様のようにつがいではない正妃を娶（めと）って、愛妾を大勢持つ王族は、かなりの割合でいるからね」

「そっか。あ、でもガライ様もつがいを見つけていらっしゃったよね？　もしかしなくても今のヴィルヘルム王族って、わりとつがい率が高い？」

カイザー様と、あとはつがいどころか王華すら得られなかったアンドレを除けば、ほぼ全員がつがいを得ているのではないだろうか。

いや、確かアンドレには弟がいたはずだけど、彼はどうだったか……。

とはいえ、今の王族たちはかなりの確率でつがいと出会えているなと改めて思った。

フリードが今気づいたという顔をする。

「確かにそうだね。ここまでつがい率が高いのは珍しいかもしれない」

「となると、カイザー様には本当に辛い話かもしれないね。自分以外の王族はほぼ全員つがいを見つけてるんだもの」

「……もしそれが自分だったらと考えると……いや、考えたくないな。自棄（やけ）を起こしそうだ」

「え、フリードでも？」

自らを律することに長ける彼でもなのかと驚いたが、フリードの顔は真剣だった。

「それくらい私たちにとってつがいの存在は大きいということだよ。諦めてはいても、目の前につがいを得て幸せな人たちを見れば、どうしたって羨ましいと思ってしまう」

「それはそれで、つがいではない正妃が可哀想だなって思ってしまうけど」

言うなれば『妥協して結婚される』のである。

「王華を得て正妃としての立場は盤石でも、愛妾は娶られるし、あんまり良いことはないよね」

文字通り、愛のない政略結婚である。

王族なら政略結婚が普通なので、ラブラブ恋愛結婚に期待している女性は少ないだろうが、実情を知っているだけに可哀想だなと思ってしまう。

眉を下げると、フリードが慰めるように言った。

「つがいではなくとも、互いに尊敬しあえる夫婦にはなれるよ。父上から聞いた話だけど、お祖父様がそうだったらしいんだ。多くの愛妾を持ちはしたけど、正妃であるお祖母さまを大切にしていたって。恋はなくとも愛はあった。そんな風に聞いている」

「そっか。互いに思いやれる夫婦に。そういう道もあるよね」

しみじみと頷く。

すっかり忘れていたが、私も昔は愛情のない政略結婚を仕方ないと納得していたのだ。

恋心は抱けなくとも寄り添い合って、いつか優しい愛情を持てる夫婦になれれば、結婚としては大成功の部類。そう思っていた。

だが、己が完全な恋愛結婚をしてしまったため、その感覚を忘れてしまっていたのだ。

今、私の生きている世界では政略結婚は当たり前だというのに。

「……自分の価値観だけで可哀想とか言っちゃ駄目だよね。おふたりが幸せなんだったら『よかった』で済む話だし」

「うん。ただ、父上の話は本当だったのかなとは思うけど。特に、リディの話を聞いたあとだと余計に」

「どういうこと？」

首を傾げる。フリードを見れば、彼は何とも言えない顔をしていた。

「……つがいは、そう簡単に諦められる存在ではないから、かな。だから祖父について『つがいは見つけられなかったが愛のある夫婦だった』と言った父の言葉が本当なのだろうかと、今、少しだけ疑ってしまったんだ」

「嘘かもしれないってこと？」

「分からない。お祖父様が本当はどう思っているかなんて誰にも分からないからね。それに何より、つがいを得た私が賢しらに語れることなんてないってことかな。……難しい話だね」

「本当に難しいね」

下手に『王華』や『つがい』なんてものがあるせいで、『好き』『嫌い』で済むだけの話がややこしいことになっている。

とはいえ、神力なんてものを持て余しているヴィルヘルム王族になくては困るものであることは理解しているけど。

「……そういうしがらみが嫌で、譲位のあと行方を晦ませたのかな」

なんとなく告げる。

フリードは目を見張ったが「そうかもしれないね」と酷く曖昧な返答を口にした。

6・彼女と親族大集合（書き下ろし）

庭を散歩したあと、私たちは各自衣装部屋へと向かい、食事会の準備を始めた。

何せ、急な帰国だ。

派手なことができる時間もないし、親族だけが集まる小規模な食事会にはなっているが、フリードのお祖父様の帰国を喜ぶ会。適当な格好で出席するわけにはいかなかった。

正装とは言わないまでも、それに近いドレスを身に纏い、髪もアップにする。

光沢あるドレスは生地が厚く、スカートのラインが美しい。とても上品な仕上がりだ。

衣装部屋まで迎えに来てくれたフリードと共に会場へ向かう。彼は紺色を基調とした盛装に身を包んでいた。

フリードは背が高くて体格もしっかりしている。さらに姿勢が良くて、オマケに顔も良いので、何を着ても見栄えがする。

相変わらず私の夫は格好良いなと、惚れた欲目全開で見惚れた。

私はお安い女なので、好きな男は何をしていても素敵だと思えるのである。いや、彼が人々の視線を独り占めする美貌の持ち主であることは重々承知しているのだけれど。

「そういえば、食事会はどこでするの？」

眼福、眼福と思いながら尋ねる。

散歩から帰ってすぐに準備に入ったので、会場がどこか聞いていなかったのだ。

念話で連絡を受けていたフリードが答えてくれる。

「鳳凰の間だね。参加人数も少ないし、大広間は広すぎるから」

鳳凰の間とは、ごく少人数を招く時に使われる広間の名称である。

ファフニール城には多くの広間があって、それぞれに名前がついているのだ。

大広間はひとつしかないから皆『大広間』と呼んでるが、本当は竜神の間というのが正式名称だったりする。

「鳳凰の間かぁ。場所は知っているけど、実際に行くのは初めて」

フリードと婚約してから、基本大人数を呼ぶ夜会にばかり出席していたので、少人数用の部屋というのは珍しい。

「少人数を招いてというのは、あまりないからね。どうしたって出席者は多くなるし……と、着いた」

歩いているうちに目的地に着いた。

扉の前には衛兵たちがいて、恭しく頭を下げてくれる。

「陛下、王妃様」

「お祖父様たちは？」

「すでにお見えになられております。どうぞ」

衛兵たちの手で扉が開かれる。

フリードにエスコートされ、足を踏み入れた。

中はどんな感じなのかなと思ったが、普通に待合室となっていた。奥にもうひとつ扉が見える。その先が会場ということなのだろう。

待合室にはカイザー様と、義父母がすでに揃っていた。

フリードの叔父であるガライ様もいる。ガライ様にとってカイザー様は父親。父親が帰ってきているのなら、それは会いたいだろう。妃のサラ様は……どうやら一緒ではないようだ。

フリードが嬉しげにガライ様に声を掛けた。

「叔父上」

「陛下。戴冠式ぶりにございます」

ガライ殿がフリードに礼を取る。以前は「フリード」と呼び、もっと親しい感じで接していたが、フリードが戴冠し、臣下として態度を改めたのだろう。

フリードも笑って「そうですね」と返事をしていた。

「サラ殿はどうしましたか」

「ちょうど実家に帰っているタイミングで呼び戻すのも難しく、今回は私一人で参りました。しかし、まさか父上がお帰りになっているとは。話を聞いた時は、己の耳を疑いましたよ」

ガライ様が義父と話しているカイザー様に目を向ける。

そうして気づいたようにフリードを見た。

「そういえば、陛下は父上とは？」

「私が生まれた時に会ってはいるようですが、記憶はありませんね」

「そうでしょうね。父上は楽しい方です。ぜひ陛下も話してみて下さい」

「ええ」

和やかにふたりが話しているのを一歩下がった場所から聞く。

出席者全員が揃ったからだろう。鳳凰の間への扉が開かれた。

国王であるフリードを先頭に中へと入る。

大広間の絢爛さを思い出すような美しい内装に目を奪われた。

——わ、綺麗。

黄金の間と称する方が正しいのではないだろうか。

そう思うほど、ふんだんに黄金が使われている。壁も天井もキラキラして眩かった。

その壁や天井には一面に彫刻が施されている。

壁に取り付けられた燭台すら煌びやかだ。

天井から吊り下げられたシャンデリアも豪奢で美しい。

これは少人数を招くための部屋というより、国にとって重要な客を個人的にもてなすための部屋という方が正解なのではないだろうか。

部屋の中央部には円卓があり、カトラリーが並べられている。

ヴィルヘルム王族が集まっての食事会ということで、敢えて円卓が使われているのだろう。

円卓は身分による席順を決めない時に利用されることで知られているからだ。

六人、それぞれ思い思いの場所に座る。

当たり前だが、話は主にカイザー様が中心となった。

和やかな食事会、メイン料理が来るまでの短い時間の中、義父がカイザー様に尋ねる。

「それで、父上。この二十年の間、一体どこにいらっしゃったのか教えていただけますよね？」

「そうです。兄上も私も心配していたのですよ」

ガライ様も続いた。

圧力を感じる息子たちの問いかけだ。カイザー様が苦笑した。

「それは秘密……といっても許してはくれぬか」

「二十年以上、息子ふたりを放置しておいてそれが言えるのなら、だいぶ面の皮が厚いですね」

ガライ様がズバリ告げる。義父も大きく頷(うなず)いた。

空気を察したフリードが、近くに控えていた侍従たちに下がっているよう命じる。

話を聞く者はできるだけ少なくしようという配慮だろう。

そこまでされては逃げられないとカイザー様も諦(あきら)めたのか、仕方なくという態度ではあったが、息子たちの質問に答えるべく口を開いた。

「そうだな。ここ半年ほどは、聖都メルティローゼにいたな」

「メルティローゼですか」

しぶしぶ告げられた都市の名前に全員が反応したし、私も驚いた。

聖都メルティローゼ。

有名すぎるこの都市は、ハイングラッド大陸で信仰されている唯一の宗教、その総本山がある都市として知られている。

国ではなく都市。

どこの国にも属さない特別な中立都市で、聖上と呼ばれる宗主が治めているのだ。

聖上は聖上としか呼ばれず、その地位に就いた時から、己の名を捨てる。

もちろん本当になくなるわけではないけれど、誰もその名前を呼ぶことはない。

聖都メルティローゼのシンボル的存在。それが『聖上』なのだ。

確か一年か二年ほど前、新たな聖上が就任したはずだが、よほどのことがない限り、聖上はメルティローゼから出ないので、私は会ったことがない。

結婚式も義父が取り仕切ってくれたし、よくよく考えてみれば、あまり宗教関係者とは接点がなかった。

町には教会もあって、貴族の義務として通ってはいたが、特別何かあったわけではないし。

聖都メルティローゼはサハージャ王国よりも更に西側にあるのだが、あまり行く機会もない。

ただ、宗教の総本山というだけあり、いつかは行ってみたいという認識が強い場所だった。

ちなみにその宗教の名前はズメイ教という。崇める神は竜神ズメイ。竜神を始祖とするヴィルヘルムとなんらかの関係があるのではと言われているが、ヴィルヘルム側はそれを強く否定している。

話を聞いた義父が「何故また聖都へ」と至極尤もな質問をした。

「少し思うところがあり、立ち寄った。とはいえ、今の私はただの老人。都を観光するくらいしかできぬが」

はははと快活に笑うカイザー様に、今度はガライ様が質問した。

「聖都はどのような感じでしたか？　残念ながら私は一度も行ったことがないのですが」

「非常に美しい都よ。塵一つ落ちていない。都を一言で言い表すのなら『白』という感じだな」

「白、ですか」

「ヨハネスは行ったことがあるだろう。お前なら私の言う意味が分かるな？」

「そう、ですね」

　義父が頷く。

「白というより一切の不正を許さない。そんな厳格さを私は感じました」

「確かにそのような雰囲気があるな」

「人はいるのに皆静かで、賑わいとは無縁の都かと。まさに宗教本部の総本山という格を感じますね」

　今までそう興味もなかった聖都に俄然興味が湧いてきた。

　隣に座っているフリードに話し掛ける。

「ね、フリードはメルティローゼに行ったことがあるの？」

　義父が行ったのならフリードもと思ったのだが、彼は首を横に振った。

「私は行っていないかな。確か、父上と母上が行って、当時私は留守を任されていた記憶があるよ」

「そっか。留守番も大事だもんね」

　国王夫妻が国を空けるのなら、それなりの人物が残っている必要がある。

　王太子を残すのは至極当然の選択だった。

「じゃあ、フリードもメルティローゼについては知らないんだね」

「うん。少し前に聖上が代わったことはもちろん知っているけど。確か、私たちと殆ど変わらない年だったはずだよ」

「そうなの？」

　それは知らなかった。

さすがに詳しいなと感心しつつも更に尋ねる。

「以前の聖上って、確か結構なお年だったよね？」

「うん。今回即位したのは彼の孫らしいよ」

「息子ではなく孫なんだ……」

「息子は残念ながら、素養がなかったらしい」

「そ、素養？」

そんなものが必要なのか。

でも、大陸唯一の宗教、その宗主ともなれば、即位するのに条件があっても頷ける。

聖上となるのも色々大変なのだろうなと思っていると「そういえば」とカイザー様が言った。

「そろそろ例の連絡が来る頃ではないか？」

「ああ、そういえば、もうそんな時期ですか」

義父が頷き、フリードに目を向ける。

「今回はお前が行くことになる。大事な役目だ。頼んだぞ」

「はい」

フリードが当然のように返事をする。そうして私を見た。

「リディも連れて行くからね」

「……えっと、今の流れからすると、聖都メルティローゼに？」

「そうだよ」

「なんの理由で⁉」

宗教の総本山にわざわざヴィルヘルム国王夫妻が出向く理由はなんなのだろう。

いや、先ほど義父も行ったと言っていたけど。

「ちょっとしたお役目だよ。十年に一度、ヴィルヘルム国王が行う役目があるんだ」

「お役目？」

「その時になったら教えてあげる。リディは観光気分で行けばいいよ」

「観光……。じゃあ私は何もしなくていいってこと？」

「うん」

肯定が返ってきた。それまで黙っていた義母が私に言う。

「十年前、私もヨハネス様に従って聖都に参りましたが、妃がするようなことは何もありませんでした。当時の聖上にご挨拶したくらいでしょうか。あとは用意していただいた部屋でひとり寛いでおりました」

「そうなんですね」

「だからあまり気負う必要はありませんよ」

「分かりました」

義母も同行したのか。

当時、義母は強く義父を拒絶していたはずだが、それでも行ったということは妃の同行は絶対だったのだろう。

何をするのかちょっぴり心配だったが、義母の話を聞いて安心した。

聖都メルティローゼ。

宗教の総本山として興味はあるし、聖上に会えるというのも楽しみだ。

当たり前だが、普通はなかなか会えない人だから。

そこでハッと気がついた。

「ん？　用意していただいた部屋って……もしかして聖宮に泊まれるってこと？」

聖宮とは聖上が住む城で、信徒から聖地と称されている場所だ。

聖地巡礼をする人々は聖宮へと向かい、その一階の巨大な広間で祈りを捧げることができると聞いている。

本当の聖地は城の奥深くにあるらしいが、そこはさすがに一般人は見ることができない。

聖上と限られた関係者のみ辿り着くことができるのだ。

そんな場所に泊まるというのだろうか。

ドキドキする私をフリードが楽しそうに見つめてくる。

「そうだよ。連絡は聖上から直接来るからね。メルティローゼに滞在中は、ずっと聖宮で寝泊まりすることになるよ」

「……聖宮で寝泊まり……すごいね、それ」

私は熱心な信者というわけではないが、それでも聖地のある場所に泊まると聞けば興奮する。

「わあ……楽しみ」

メルティローゼの街並みも楽しみだし、聖上に会うのも、聖宮に泊まるのも全部全部楽しみだ。

「お待たせしました」

ちょうど話が途切れたタイミングでメインの料理が来た。

メルティローゼで何をしていたのか、根掘り葉掘りカイザー様に聞いていた義父も、仕方なく話を中断させる。

侍従たちがメイン料理を並べていく。準備を整えると、今度は何も言われずとも下がっていった。

ふたたび部外者がいなくなったところで、ここぞとばかりに義父たちが話を蒸し返す。

余程父親が何をしていたのか気になるのだろう。

二十年以上、行方を晦(くら)ませていたのだから、それも当然だと思うけど。

カイザー様は息子たちの追及をのらりくらりとかわしていた。

どうもあまり自分のことを話したくない様子だ。

食事を済ませ、デザートが来た。食後の紅茶を飲んでいると、また義父がカイザー様を質問攻めにし始めた。

今度は、今後のことについてのようだ。

「それで父上。明日にもヴィルヘルムを出て行くとのお話でしたが、本気ですか？」

「無論。ヴィルヘルムに長居する理由もない故な」

「理由がない？　父上がお生まれになり、長きに亘(わた)り守ってきた国ではありませんか」

「それはそうであろうが、今はもう別の担い手がいるだろう。老兵は去るものよ。私はまた気ままな暮らしに戻ろうと思う」

柔らかな口調だが、絶対に考えを変えるつもりはないという強い意志を感じる。

それは義父も分かるのか、不満そうにしつつもそれ以上は言わなかった。

代わりに尋ねている。

「……来年の建国祭には帰っていらっしゃいますか？　千年祭と名前を変え、盛大に執り行う予定なのですが」

「気が向けば。だが、今日で二十年分取り戻した故、もう二十年くらい戻らずとも構わぬかと思ってもいるが」

「もう二十年って……父上はご自分がおいくつなのか自覚しておられるのですか？」

「無論。もうすぐ八十といったところよな」

「二十年後は百歳ですよ。さすがに父上も生きておられるか……」

口にしたくはないだろうが、百歳はこの世界でもかなりの長寿である。

これが今生の別れとなるのではという思いがあるのだろう。義父は必死だったが、カイザー様は全く気にせず笑い飛ばした。

「間違いなく死んでいるであろうな。だが構わぬ。人は誰しも死ぬもの。私は気ままに旅する身。いつかどこかの道ばたで野垂れ死ぬことになろうと後悔はせぬと決めておる」

「やめて下さい！　ヴィルヘルムの元国王が野垂れ死になんて、縁起でもない！」

義父が叫ぶ。その声は僅（わず）かではあるが震えていた。

カイザー様の言ったことが、可能性として十分あると考えてしまったからだろう。

「父上。言いすぎです」

ガライ様もさすがに看過できなかったのか、カイザー様を窘（たしな）めたが、彼は全く取り合わない。

自由に生きるのが自分の道だという道理を曲げなかった。

考えを変えないカイザー様に義父がムッとした様子を見せる。そのタイミングで義母が小さく欠伸（あくび）

をした。

「あ」

「……失礼いたしました」

話しているうちに、かなり遅い時間になっていたのだ。

身内だけだということもあり、気を抜いていたのだろう。義母は赤くなって謝罪したが、カイザー様は咎めなかった。むしろ優しく告げた。

「こちらこそ遅くまで付き合わせてすまなんだな。眠いのなら先に出てくれて構わぬぞ」

義母が感謝するように頭を下げる。それに噛みついたのは義父だった。

「父上！　それは私の台詞です！」

「そう思うのなら、私より先に言えば良い。お前は相変わらず気が利かぬ男よな」

「……」

痛いところを突かれたのか、義父が黙り込む。

義母は何度か遠慮したものの、眠さには勝てなかったのか、結局先に退出していった。

カイザー様が私にも聞いてくる。

「リディも眠いのなら、先に部屋に戻るといい」

「お気遣いありがとうございます。大丈夫です」

毎晩遅くまでフリードに付き合っていることもあり、夜は得意な方なのだ。

今日も昼前まで寝ていたし、全然眠たくない。

女性だということで気遣ってくれたのだろう。紳士的な人だなあと感心していると、フリードが焦ったように言った。

「疲れたのならいつでも言って。すぐに部屋に戻るから」

「……うん」

なんだか先ほども同じような場面を見たぞとしょっぱい顔になる。

義父とフリードはそこまで性格は似ていないかと思っていたが、実はそうでもないようだ。

焦り方がとてもよく似ている。

ただ義父と違うのは、フリードの場合は『一緒に』戻るという選択肢になるところだと思う。

私が下がるのなら自分も。

私をできるだけひとりにしたくない彼らしい選択である。

カイザー様も同じことを思ったのか、クツクツと笑っている。フリードがムッとした顔をして言った。

「何ですか」

「いや……よく似た親子と思うただけよ。ああ、そういえばヨハネス。聞きたいことがある」

「？　なんでしょう」

カイザー様に視線を向けられた義父が姿勢を正す。カイザー様は周囲を見回し、自分たち以外誰もいないことを再度確認すると、少し声を潜めて言った。

「——お前、愛妾がいただろう。確か、ヘレーネと言ったか。彼女はどうした」

「ヘレーネですか？　彼女なら解任しましたよ。今は、ペジェグリーニ公爵家の次男と結婚して幸せに暮らしていますす。それが何か？」

何故そんなことを聞かれたのか分からないという顔をする義父。

カイザー様は「そうか」と呟き次に「それなら別の愛妾を娶ったのか？」と聞いてきた。

「は？」

「いや、さすがにエリザベートの前でする話ではないと思い、聞かなかったのだがな。愛妾がおらぬと辛いだろう。特にお前はエリザベートとそこまで上手くいっていなかったから、色々と大変ではないのか？」

濁した言い方ではあったが『色々と大変』が『性欲の発散場所がないだろう』であることはすぐに分かった。

カイザー様が気の毒そうに告げる。

「ガライやフリードリヒが愛妾を持たぬのは分かる。ふたりともつがいを見つけておるからな。他の女を抱こうと思うたところで不可能。だが、お前は違う。エリザベートが無理なら、他を用意しなければ厳しいのではと思うたのだが」

「……父上？」

義父が目を丸くする。そうしておそるおそる口を開いた。

「あの……もしかして誤解していらっしゃいませんか？　エリザベートは私のつがいです。確かにまだ王華に成長は見られませんが、私は彼女がつがいであることを疑ってはいません」

「は？　だがお前はエリザベートと結婚したあと、ヘレーネを迎えたではないか。それを私は風の噂で聞いて――」

「彼女のことは一度として抱いていませんし、通ってもいませんよ。愛妾を置くことでエリザベートが安心できるのならと彼女の希望を受け入れただけです。今は彼女との仲も改善し、必要もなくなりましたが」

「……」

カイザー様が零れ落ちんばかりに目を見開いている。その顔には信じられないと書いてあった。

「……お前……お前もつがいを見つけておったのか」

「はい。エリザベートを初めて見た時『彼女だ』と思いました。その……私は自分の欲ばかりを優先させ、彼女を傷つけ、挙げ句、拒絶されてしまいましたが、彼女が私のつがいであることには変わりません。今は少しでも彼女の気持ちをこちらに向けられたらと努力しているところです」

「……」

カイザー様が、無意識なのかふるふると首を横に振る。

呆然としたその態度で察してしまった。

カイザー様は、今の今まで義父がつがいを得ているとは思っていなかったのだ。

自分と同じでつがいを見つけられず、仕方なく『そうではない』妻を娶った。

そう信じていた。

カイザー様が視線を宙に彷徨わせる。なんともいえない沈黙が続き、やがて彼は口を開いた。

「そう……か。お前もつがいを。それは何より」

「ありがとうございます。あとは王華が変化してくれれば言うことはないのですが……いや、それは私が努力すべきことですね。自業自得。彼女を心から振り向かせるべく誠心誠意彼女に接していく所存です」

「……うむ」

カイザー様が小さく頷く。気のせいだろうか。その声は少し震えているように聞こえた。

でも、義父がつがいを得ていないと思い込んでいたのなら、そうなるのも分かる気がする。

きっとカイザー様は義父を『つがいを得られなかった仲間』として見ていたと思うから。

フリードから話を聞いて、彼らにとってどれほどつがいという存在が重要なのかは知っている。

つがいを得られないことは、おそらく彼らには『傷』となるのだ。

その『傷』を理解できる者同士。そう信じていたのに、ここにきてカイザー様は知ってしまった。

義父が本当はつがいを得ていたという真実を。

「……」

なんとなく目を伏せる。

ちらりと様子を窺えば、ガライ様とフリードは察したような顔をしていた。

肝心の義父は……どうやら父親に報告できたことが嬉しいようで、全く気がついていないようだった。

満面に笑みを浮かべ、最近の義母について語っている。

それを聞いているカイザー様の表情を見れば、目が全く笑っていなかった。

——う、うわ。最悪……。

「フ、フリード……」

なんとかしてと隣にいるフリードの腕をつつきながら、アイコンタクトを送る。

彼も小さく頷いた。

義父の話をやめさせるべく口を開く。

「父上。そろそろお祖父様もお疲れのご様子ですし、今日はこのくらいになさってはいかがですか」

「いや、しかしだな。明日には父上も出て行ってしまうというし、もう少し――」

義父が渋る。だがカイザー様がフリードの話に乗っかった。

「そうだな。いささか疲れてしまったようだ。悪いが、今日はこれで終わりとさせてもらえぬか」

「……しかし」

「お前は八十になろうかという父に無理をさせるつもりなのか？」

「そ、そういうわけでは……分かりました。しかし、明日、また話をさせてください。約束ですよ」

「分かった、分かった」

鬱陶しいというようにカイザー様が手を振る。

とりあえず、あまり良くなかった雰囲気が消えたのでホッとした。

お開きだということで、フリードのエスコートで椅子から立ち上がる。

部屋から出ようとすると、カイザー様がフリードを呼び止めた。

「フリードリヒ」

「はい」

足を止め、振り返る。

カイザー様が私たちの側にやってきた。小声で告げる。

「先ほどは助かった。いい加減、うんざりしていた故な」

「その……いえ、お役に立てたのなら何よりです」

おそらく『父がすみません』と謝ろうとしたのだろう。だがフリードは途中で言葉を変えた。

謝るのは違うと思ったのだろう。

察しの良いカイザー様はフリードの一瞬の逡巡に気づいたようで苦笑していた。

「気遣わせたか。祖父としてなかなかに情けないことよ。……フリードリヒ。お前の顔を見せてくれぬか」

「？　はい」

カイザー様が手を伸ばしてくる。フリードは不思議そうにしながらも頬に触れる手を許していた。

加齢による変化なのだろう。カイザー様の手は細く、枯れ枝のようだった。

髪の毛もすっかり色が抜け、白くなっている。

だが、カインが自分よりも強いと言っていたことを思い出せば、見た目だけでは中身は分からないのだろう。きっとフリード並に鍛えられているのだろうなと思った。

「……」

フリードと同じ青い瞳が、彼を見ている。

そうして小さく呟いた。

「お前が……りなのだな」

「お祖父様？」

「……いや、独り言だ。忘れてくれ。孫であるお前が無事、つがいを見つけられたことを祖父として誇りに思う。つがいがいるのなら、お前はこれからもやっていけるだろう。何も心配することはない」

「……」

「フリードリヒ、お前は今、幸せか？」

「はい」

唐突な質問に、フリードが即答する。

「リディがいますから、私は幸せです。彼女がこれからも私の側にいてくれること、それを信じられることが何よりも幸せなのです」

「そうか」

カイザー様が目を瞑(つむ)る。何故か唇を噛みしめていた。

「お祖父様」

フリードに声を掛けられ、カイザー様が顔を上げる。深く息を吐き出した。

「いや、それほどに想(おも)える者と出会え、今も側に置くことのできるお前の幸運が羨(うらや)ましくてな。私も昔は、つがいを捜していた。いつかどこかで会えるはずと、そして出会えたあとは幸福が待っているのだと信じて疑っていなかった」

「それは……」

「愚かなことよ。しょせんは夢でしかなかった。夢は破れ、私は与えられた妃と結婚した。妃に王華を授けるか、ギリギリまで迷ったが、結局私に選択肢はなかった。つがいではないと分かっている者に王華を授ける恐怖と痛みがお前には分からぬだろう。いや、違うな。分からなくて良かったと心から思う」

言いながら拳(こぶし)を握り締める。

「妃は私に尽くしてくれた。私も妃を尊重した。傍から見れば私たちはそれなりに仲の良い夫婦だったであろうよ。実際、私は子を産んでくれた彼女を尊敬している。このような人生も悪くはないと思っている。だがな、時折夢に見るのだ。どうしてとただ苦しむだけの夢。それが何から来るのか分かってしまえば、ヴィルヘルムにはもういられまいよ」

「お祖父様は……だからヴィルヘルムを出たのですか？」

窺うようにフリードが尋ねる。カイザー様はやるせなさそうな顔で肯定した。

「そうだな。だからフリードリヒ。お前はつがいを大事にしろ。万が一にもヨハネスのような間抜けなことになるのではないぞ」

最後の台詞を茶化しながら言うカイザー様に、フリードは気分を害したのか、ムッとしたように答えた。

「なりませんよ。リディと仲違いなんて絶対にしたくありませんから」

「そうだな。少し話しただけでも分かる。お前はつがいを大切にしているようだから」

カイザー様が私を見る。もう一度フリードを見て、私たちに言った。

「先に言っておこう。私の選択を許さなくてよい。これは私の選んだ道。誰に決められたものでもないのだ」

「……？　何をおっしゃって」

戸惑いの表情を浮かべるフリードにカイザー様が告げる。

「いずれ意味は分かるだろう。――すまぬ。私の我が儘でお前たちには迷惑を掛けるが。こうするしか私には方法がないのだ。私は私の道を行く故、お前はお前の道を行け」

意味深な台詞。まるで何かを吹っ切ったような迷いのない顔をしている。

いや、違う。どちらかというと、何かとても大事なことを決意したかのような……そんな感じだ。

「ここには気が変わって寄っただけであったが、結果的に迷いを振り切ることができたのだから意味はあった」

「父上、何をおっしゃっているのです？」

我慢できなくなったのか、黙って私たちの話を聞いていた義父が話に割り込んできた。

そんな彼にカイザー様が言う。

「そうだな。ヨハネス、お前のおかげだということだ」

「？」

「お前たちとは、またいつかどこかで会うだろう。その時は――いや、今は言うまい」

「……え」

皆がカイザー様を見る。カイザー様は笑って手を振り、鳳凰の間を出て行った。

その背中が追ってくるなと言っているようで、誰も動くことができない。

「……フリード」

しんと静まり返った部屋の中に私の声が響いた。

フリードが我に返ったようにビクリと肩を震わせる。そうして私の肩を引き寄せた。

「リディ、部屋へ戻ろう」

「ん」

「父上、叔父上、私たちは先に失礼します」

ふたりに挨拶をし、鳳凰の間を出る。すでにカイザー様の姿はなく、どこへ行ったのかも分からなかった。

フリードに話し掛ける。

「……ね、フリード。カイザー様って、どこに泊まるの？　今日は宿泊されるんだよね？」

「王族居住区にある部屋を使われるのだとは思うけど……それがどうかしたの？」

「うん……」

自室へ向かって歩く。思っていることを正直に口にした。

「なんとなくだけど、このまま出ていかれるんじゃないかってそんな風に感じたから」

最後の意味深な言葉。意味は分からなかったけど、お別れを言われているように思ったのだ。

フリードも同じ感覚を有していたようで、目を伏せながら告げた。

「そうだね。私ももしかして、とは思ったよ」

「ね。引き留めたいと思っているお義父さまには可哀想な話だけど」

「無理に引き留めても意味はないよ。嫌だと思っているのなら、どれだけ止めたとしてもいずれお祖父様は出て行く」

「そうだよね」

フリードの言う通りだ。

無理やり留め置くことに意味はない。彼はここにいたいと思っていないのだから。

「カイザー様……何のためにいらっしゃったのかな」

二十年以上も国に帰らなかった人が、突然一日だけ帰国したこと。

子供と孫に会い、一泊もせずに去って行ったこと。

ただ会いたかった、そんな風には見えなかったのだ。

「何か思い詰めているようにも見えたけど」

「そうだね。でも、お祖父様はそれを私たちに話すつもりはなさそうだった」

「うん」

「話してくれないのなら、私たちにはどうしようもないし、こちらからは聞けないよ。たぶん、つがいに関することなのかなと思うから」

「……そう、だよね」

カイザー様はつがいに強い思い入れがあるようだった。

自分は見つけられなかったつがい。それを他の三人ともが得ていることにショックを受けているように見えた。

そんなカイザー様につがい持ちである彼らが何か言えるはずがない。

言ったところで聞いてはもらえないだろう。

つがいのいるお前たちに何が分かる――。そう返されるのは目に見えているから。

あなたには愛する妻がいるではないかと言いたいけど、それこそ何を言っているという顔をされるのは分かっていた。

結局、私たちに言えることなんてないのだ。

暗い気分になってしまったなあと思いながら自室に戻る。

明かりの灯った部屋に入るとなんだか気持ちがホッとした。

今頃、カイザー様は王城を出て、王都を出ているのだろうか。

彼がどこへ向かうのかは誰も分からない。次、いつ会えるのかも不明だ。

それを残念だと思うけど、彼の選択は誰にも止められない。

私たちは、次に会える日を楽しみにしているしかないのだ。

「リディ」

こんな気分の時はお湯に浸かってのんびりするのが一番。そう思っていると、フリードに呼ばれた。

「何？」

「ちょっと、こっちにきて」

「？」

手招きされたので、フリードの側に行く。途端、強く引き寄せられ、キスされた。

「んっ⁉ な、何？」

突然のことに驚きつつも、フリードを見上げる。彼はじっと私を見つめていた。

「フリード」

「……私は本当に幸運だなと思ったんだよ」

「ん？」

「確かに苦しみはしたけど、人生は灰色で、何の楽しみもないと思っていたけど、私はリディに出会うことができた。リディに愛され、妻に迎えることができた。それって本当に幸せなことなんだって、今日、お祖父様と話して改めて実感したんだ」

「……」

「今日のお祖父様は、リディに出会えなかった私だよ。私もリディを見つけられなかったら、きっとずっと心の中で自らのつがいを追い求め続けていたんだろうなと思うから」

「……気持ちは分からないでもないけど、やっぱりそれって正妃になった人が可哀想」

正直なところを告げると、フリードは困ったように眉を下げた。

「正妃を蔑ろにはしないと思う。お祖父様と同じだ。きっと大切にする。ただ、心から愛せないだけ。ずっと『本当は、つがいと愛し合えたはずなのに』と心のどこかで思い続ける。良くないと、もう仕方ないことなんだと分かっていても諦められないよ。私たちにとってたったひとりの人とはそれだけ特別な意味を持つんだから」

「……」

静かに告げられた言葉には、ヴィルヘルム王族である彼にしか出せない重みがあった。

「つがいと王華で繋がるというのはね、本当に特別なんだ。特にアルが目覚めてからは更に結びつきが強くなったからか、いつもリディを感じることができる。リディには分からない感覚だろうけど、すごく心が満たされるんだよ。他にはない充足感なんだ。失うとか考えられないし、お祖父様がこれを感じられないことをとても気の毒に思うよ」

「フリード」

「だからこそ余計に強く己が幸運だったと思う。王華の儀を他の誰かにすることにならなくて本当によかった。リディを見つけられて本当によかったって」

心の丈を吐き出すように言われれば、私に言えることなんて何もなかった。

それに、私だってフリードに見つけてもらえて良かったのだ。

こんなに好きになれる人、他にはいないと断言できるから。

だからただ、フリードの背中に手を回し、抱きしめ返す。

「……フリード、好き」

「私もだ。愛してるよ、リディ。ね、抱いて良いかな？　今夜はどうしたってリディを抱かずにはいられないんだ」

「……うん」

懇願するような声音を聞けば、お風呂に入りたいなんて言えるはずがない。

でも、どうせなら綺麗な身体(からだ)で抱かれたいと思った私はフリードに言った。

「あの、できれば魔法で身体を清めてもらえると嬉しいんだけ……ど？」

言い終わる前に、身体がすっきりした。

——早い。

思わずフリードを見上げると、彼はにっこりと笑って私を抱き上げた。

「これでいいんだよね」

「う、うん。ありがとう」

「どういたしまして。これくらいならいくらでも」

フリードが寝室へと足を向ける。

私も問題としていた部分が解消されたので、大人しく彼の首に己の腕を巻き付けた。

ベッドに横たえられる。

フリードが覆い被(かぶ)さってきたので、腕を伸ばし、その背中を抱きしめた。

「リディ、愛してる」

「大好き、フリード」

顔が近づき、唇が塞がれる。柔らかい唇の感触はいつだって心地良い。

「ん……」

触れるだけの口づけを何度も交わすと、どんどんその気になってくる。

自分から口を開くと、待ちかねたように舌が侵入してきた。

「ん、んんっ……」

フリードの舌が優しく私の舌を搦め捕る。分厚い舌はしっとりと温かかった。

互いの熱を伝え合うように舌先を擦りつけ合う。

頭の芯がジンジンと甘く痺れてきた。

「は……あ……」

唾液を呑み込み、彼を見つめる。

美しい青い瞳には熱い欲が滾っていた。

私にだけ向けられるそれにうっとりし、思わず告げた。

「好き」

「リディ？」

「私、フリードのその目が好きだなって」

「目？」

分からないと眉を寄せる彼に微笑みかける。愛を込めてその頬を撫でた。

「私を欲しいって言ってるのが分かる目」

「リディ」

「嬉しくて、いつもゾクゾクするの。フリードが私を欲しがってくれてるって」

「私はいつだってリディが欲しいよ」

「知ってる。でも、こういう時に見せる目つきって、なんか違うんだもの」

夜を感じさせる欲が煙る瞳は、行為の時以外は見ないものだ。

求められていると強く感じて、嬉しくなる。

「やっぱりフリードのことが好きだからかな」

「私もリディの可愛(かわい)い声を聞くと嬉しくなるから同じかもしれない」

「それはちょっと違うと思うんだけど」

「一緒だよ」

「そうかなあ」

意味が違うような気がするけど、深く追及しても意味はないのでやめておいた。

フリードが己の上着を脱ぎ捨てる。クラヴァットを抜き取り、下に着ていたシャツの釦(ボタン)を外していくのをじっと見つめた。

上半身裸になったフリードが、今度は私のドレスに手を掛ける。協力するべく背を浮かせた。ふと、こういうことができるのも、お互い好き同士の夫婦だからだよなあと思ってしまった。

「……リディ、考え事？」

フリードに集中していなかったのがバレてしまった。こちらを窘めるように見つめてくる彼は相変わらず鋭い。

誤魔化しても無駄なので正直に考えていたことを告げた。

「考え事というかね、たぶん、私もまださっきのカイザー様のことを引き摺っているんだと思う。こういうフリードとしている些細なやり取りも、私たちが好き合っているからできることなんだろうな、なんて思ってしまったから」

「なるほど。でも、確かにそうだね」

返事をしながらフリードがコルセットを取り払う。すぐに下穿きも脱がされてしまった。

「私にとってはこの行為自体が、好きではないとできないことだよ。一度では飽き足らない。何度だって抱きたいなんて、リディにしか思わない」

「うん」

「抱き合う行為が気持ち良いことだって、リディを抱いて初めて知ったんだ。ただ欲を吐き出すためじゃない。好きだから、愛しているから抱きたいんだって強く思う」

「わかる」

私も同じだと思いながら返事をする。フリードが軽く口付けてきた。

「だから私たちは余計なことを考えず、本能に身を任せて抱き合うべきなんだよ。お祖父様のことも今は忘れよう。だって私たちは愛し合っていて、私もリディもお互い好きだから抱き合いたいんだから。それ以外は要らない。互いと深く繋がる行為なのに、相手のこと以外を考えるのはその人に対して失礼だと思わない？」

「そう……だね」

確かにその通りだ。

納得して頷くと、フリードは「まあ、私の場合はただリディの注意を惹きたいだけなんだけど」と身も蓋もないことを言ってきた。

「もう……」

「仕方ないでしょう。私はいつだってリディの気を惹きたいんだから」

「惹かれてる、惹かれてる」

「本当に？」

「もちろん」

笑いながら答える。

フリードは「本当かな」と疑わしげに言ったあと「それならちゃんと私を見て」と再度、甘く淫らな口づけをしてきた。

7・彼女と行方不明事件

フリードの祖父であるカイザー様。

あの様子なら、てっきり夜のうちにいなくなっていると思い込んでいたが、それは私たちの勘違いだったようだ。

彼はしっかり朝食を食べ、昨夜のシリアスな雰囲気が嘘のように元気よく城を出ていった。

「世話になった」

「父上、本当に行くのですか？　せめてあと数日くらい滞在しても」

門扉の前、諦めきれない様子の義父がカイザー様に告げる。

ちなみにガライ様はいない。昨夜のうちに転移門で帰ってしまったからだ。

「しつこい。夜中に出ることもできたのに、約束通り朝までいてやっただろう。これ以上文句を言うでないわ」

「ですが……」

ふたりが静かに揉める中、一緒に見送りに来ていた義母がおっとりと告げた。

「お義父さま。機会があればまたぜひお立ち寄り下さい。私たちはいつでもお帰りをお待ちしております」

「おお、エリザベート。さすがにお前は物わかりがよいな。息子とは大違いよ」

「……悪かったですね」

義父がぶすくれる。まるで子供のようだ。

久しぶりに父親と会って、はしゃいだ気持ちになっているのだろうか。

とはいえ、義父も無駄な足掻きであることは理解しているようで、何度か引き留めはしたが、それ以上は言わなくなった。

代わりに告げる。

「母上にもよろしくお伝え下さい。置いてきたということは、当然迎えに行くのでしょう？」

「無論。必ず妃に伝えておこう。お前たちに会ったと言えば、きっと羨ましがるであろうな」

「それなら一緒に連れてきて下さればよかったのに……」

「ははは。ひとりで動く方が何かと楽なのでな。それに妃も年を取った。あまり長時間は動けぬのだ」

「……！　どこかお悪いのですか？　それなら母上だけでもヴィルヘルムに……」

長時間動けないという言葉に義父と義母が反応する。

だが、カイザー様は首を縦には振らなかった。

「妃は共に連れて行く。ヴィルヘルムには戻さぬよ」

「し、しかし」

「それを彼女も望んでいる。ひとりでヴィルヘルムへと言ったところで頷きはせぬだろう」

「確かに母上には頑固なところがありましたが」

「そういうことよ」

渋々ではあるが、義父が引き下がる。

話がいったん落ち着いたのを確認し、私は一歩前に出た。

持っていた包みをカイザー様に差し出す。

「これ、宜しかったらどうぞ」

「？　これは？」

不思議そうに包みを見つめるカイザー様に答える。

「イチゴ大福です」

今朝、カイザー様がまだ王城にいると聞いて、急いで厨房で作ったのだ。

必要ないかもしれないけど、何か手土産になるようなものを渡したい。そう思ったから。

イチゴ大福にしたのは、私が作るものの中では年配の方に一番ウケがいいから。

その最たる人がデリスさんなのだけれど、どうせなら喜んでもらえるものがいいかなと思った。

「甘いものは苦手とのことですが、女性には好きだと言って下さる方が多いので宜しければ」

カイザー様にはお妃様と愛妾がいる。

彼は好きではなくとも、彼女たちになら喜んでもらえるのではないだろうか。

そう思いながら告げると、カイザー様は「ありがとう」と受け取ってくれた。

「皆、甘いものが好きだから喜ぶだろう」

「そうですか。それなら良かったです。早めにお召し上がり下さいね」

「うむ。ではな、皆、息災で」

「いつでも帰ってきて下さい！　今度は母上たちも一緒に！」

義父が声を上げる。

カイザー様は「気が向けば」と答えにもならないことを言い、片手を上げて去って行った。

一度も振り返らない。

まるで、もう未練などないと言わんばかりの様子だった。

背中が見えなくなるまで見送る。完全にその姿が消えたのを確認し、城内に戻った。

義父母とも別れ、フリードと一緒に王城の廊下を歩く。

向かうのは執務室。フリードは今から仕事なのだ。

私も一緒にいるのは、兄に用事があるから。

二号店視察についてきてくれるよう頼もうと思っていた。

フリードが執務室に戻ると、扉の前にいた兵士たちが「お帰りなさいませ」と言い、扉を開けてくれる。一緒に中に入ると、父と兄がいた。

兄は机に齧り付き、書類と格闘している。父は分厚い本を持ち、兄に何か指示しているようだった。

「だからそうではなく、こういう時は――。ああ、陛下。お帰りなさいませ」

扉が開いた音に気づき、父がこちらを見る。

兄も顔を上げ、私たちを見た。

「なんだ。リディもきたのか」

「うん。実は、兄さんにお願いがあって」

「俺に？」

途端、不審そうな顔をする兄。妹に対して、なかなか失礼な態度だ。

「ちょっと、なんでそんな顔をするの」

「お前の頼みなんて碌(ろく)なものではないって分かってるからだろ」

「いつ私が碌でもない頼み事をしたっていうの！」

「自覚がないって怖いよな。だいたいいつもだろ」

「失礼!!」

兄に食ってかかる。フリードは何が楽しいのかクスクスと笑っていた。

自席に座り、書類の確認を始めている。

父がフリードの側(そば)に行き、新たな書類を差し出していた。

「陛下、こちらを最優先でお願いします。……ところで娘の頼みとは？」

「宰相も聞いただろう？　二号店の視察。それに同行してほしいという話だよ」

「あ？　お前の視察に俺もついてこいってか？」

父たちの話を聞き、兄が眉(まゆ)を寄せる。面倒そうにしているが、断られることはないだろうと楽観視している私は、強気に告げた。

「そう。店長のラーシュと話したんだけどね、彼、今は繁忙期で店を抜けられないって。でも私だけで行くのも危ないでしょ？　だから兄さんに来てもらおうって閃(ひらめ)いたってわけ」

「閃いたじゃねえよ。お前はどうして、そう簡単に人を巻き込もうとするんだ」

「えー、良いじゃない。兄さんが来てくれたら、土地の売買の交渉とかそういうのがスムーズに行くと思ったんだけど」

「利用する気満々じゃねえか。……ま、カレーは俺も好きだから協力くらいはしても良いけどさ。で、いつ行くんだ？」

一応文句は言いつつ、やはり協力してくれるようだ。早速腰を浮かせている。

「兄さんが行ける日に合わせるよ。私は謁見業務がない日なら大丈夫！」

他(ほか)の仕事もあるが、それは都合をつけられる。

兄に合わせる方が早いだろうと思いながら言うと、彼はフリードをチラリと見た。

「一応、確認だが……俺が行って良いんだな？」

「もちろん。他の誰(だれ)が行くより信用できる。もちろんカインとアルも連れて行かせはするけど、彼らはあくまでも護衛。一緒に行ってくれると助かる」

「ふーん。じゃ、早めに行っとくか。リディ、三日後でどうだ？」

「大丈夫！」

特にこれといった予定はなかったので返事をする。

側にいた父も特段反対しなかったのであっさり話は纏(まと)まった。

兄と待ち合わせの時間を確認する。

話を聞いていたフリードが羨ましそうに言った。

「私も行きたいけど、アレクほど役に立てる自信はないし、仕事もあるからね。でもできるだけ早く終わらせて合流するよ。アルが一緒なら魔術で跳んでいけるし」

「フリードも来てくれるんだ」

それは嬉(うれ)しい。

確かに時間があれば一緒に行くとは聞いていたが、新国王として毎日忙しくしているのは知っているので正直あまり期待はしていなかった。

「待ってるね」

フリードに告げる。

兄は「バカップルと一緒とか、俺の胃がもたないんじゃないか?」なんて嫌そうな顔をしていたが、フリードに来るなとは言わなかった。

たぶんだけど、今、東の町で起こっている事件のこともあるし、私の周囲をできるだけ安全に固めておきたいとか、そんなことを考えているのだろう。

「じゃ、三日後よろしくね」

用事は済んだ。

これ以上邪魔をするのは悪いなと思ったので、執務室を退出する。

フリードが「いてくれていいんだよ!?」とちょっと本気の声で引き留めてきたが、父と兄の顔が「さっさと行け」と言っていたので、大人しく退散することにした。

兄と約束をした三日後、私はアルとカインと一緒に正門前に立っていた。

服装は町に出かける時のものだ。町で浮かない程度の綺麗系ワンピースを選んでいる。

「待たせたな」

五分ほど待っていると、兄が馬車に乗ってやってきた。

兄が乗ってきたのはヴィヴォワール公爵家所有の馬車だ。王家所有の馬車を使うのはさすがに目立つからということで用意してくれたのだが、正直、五十歩百歩のような気がしないでもなかった。豪奢な造りの馬車は人目を引く。

ただ、公爵家の紋は外してあるので、どこの家の馬車かは分からない。

御者も昔からヴィヴォワール公爵家に仕える使用人で、私もよく知っている人だった。彼は「お嬢様……」と言いかけたが、すぐに「王妃様」と言い直した。

馴染みのある人がいたことで、元々なかった緊張が、更に消えた気がする。

兄が馬車から顔を出し、私に言った。

「乗れよ。あ、カインもだぞ」

「オレ？　オレは適当についていくからいい」

話を振られるとは思わなかったカインが慌てて拒絶するも、兄は強引に彼の手を掴み、馬車へと連れ込んだ。

兄はカインがお気に入りなのだ。そしてカインの方も、どうも兄にあまり強く出られないらしく、つまりは流されることが多い。

仕方なくされるがままになっている。

「なんということでしょう！　信じられません！　護衛の分際で主人と同席しようとは、護衛の風上にも置けませんね！」

ここぞとばかりに厭味を言うのはアルだ。アルはカインと仲が悪いので、彼をくさす隙は見逃さない。

今も鬼の首を取ったような顔をしていた。その頭をペシッとはたく。

「そういう言い方をしないの。護衛なら同じ車内にいた方が安心でしょ」

「えー、そのお役目は僕が担いますから大丈夫ですよぅ」

「気に入らないからって、何でもかんでも噛みつかないでね」

溜息を吐く。

アルとの付き合いはそう長くないが、好き嫌いがかなり激しい子だということはさすがに悟った。

何せ好きではない人に対してはっきりとした態度を取るから。

皆に構われるのが嫌だと部屋に残ったり、カイザー様が気に入らないと神剣に籠もったり、カインが自分より重用されるのがムカツクと言って彼に食ってかかったり、意に添わないことは絶対に頷かなかったりするのだから、驚きだ。

そんな彼が私やフリードにはわりと従順な態度を取るのだから、どうしたって初代国王夫妻はどんな感じの人たちだったのかなと気になってしまう。

——また、今度アルに話してもらおう。

この間聞いた黒竜の話もなかなか興味深かった。

そんなことを考えながら、馬車に乗り込む。

アルもぷーぷーと文句を言いながらも中に入り、私の頭上に陣取った。

馬車が動き出す。いつもとは違う道を行くのが珍しくて、つい外の景色を眺めてしまう。

結婚式や戴冠式の時にパレードで通りはしたが、遊びに行くのは初めてなのだ。

視察だということは分かっていたが、ちょっとワクワクしていた。

「一応、観光用のガイドブックは読んで来たけど、どんな感じなのかな」

休憩に使えそうなカフェとか、何軒か当てがあった方がいいだろうと思い、事前に読み込んできた。

兄が今気づいたという顔をする。

「そういやお前、東の町には行ったことがないんだっけ？」

「うん。お父様が行かせてくれなかったから」

遊びに行きたいと言っても、父は首を縦に振ってはくれなかったのだ。

王都リントヴルムは治安が良いので、少し遊びに行くくらい許してくれてもと思ったが、父は頑として頷かなかった。

「酷いよね。娘の自由を奪うなんて」

「いやそれ、自業自得だからな。お前が好き勝手に南の町に繰り出すから、これ以上行動範囲を広げられてはたまらないって思った親父が禁止しただけだから」

「え、そうなの？」

それは知らなかった。

兄がじとりとした目で、頭の上にアルを載せた私を見てくる。

「大人しくしていたら、普通に東西南北、どこの町でも馬車を出してくれたと思うぞ」

「……嘘」

「嘘じゃねえよ。二階の部屋からロープを垂らして、ダイナミックに抜け出す娘を信用できなかったんだろ。これに関しては親父の肩を持つぜ」

「……うぐ。だってバレてないと思ってたんだもの」

「バレてないと思っていたことが信じられねえっての。うちの兵たちを舐めすぎだろ」

「う……」

馬鹿(ばか)にされた目で見られたが、言い返せなかった。

確かに護衛対象の子供に屋敷から何度も抜け出されて、それに気づかないとか、兵士失格にもほどがある。

特にその頃(ころ)は別にカインがいたわけでもなかった。

普通に自分の力のみで抜け出していたのだ。しかも私は運動が特別得意なわけでも、なんらかの訓練を受けていたわけでもない。気づかれていないと高を括(くく)っていた私が馬鹿なのだ。

「ううう……」

「変に止めたら余計に意地になりそうだからな、お前の場合。だから護衛に後をつけさせて、様子を見るだけに留(とど)めたんだよ。分かったか」

「よーく分かりました……」

全く反論できず、私は降参するように両手を挙げた。

こっそり屋敷を抜け出し、仲良くなった皆と楽しく過ごしていたつもりが、全部親に筒抜けだったとか、そしてそれを大人になってから聞かされるとか、これほど恥ずかしいものはない。

カインが呆(あき)れ顔で言った。

「姫さん。子供の頃から行動力の固まりかよ」

「こいつは昔からこうだぜ。そのくせ屋敷では、お淑(しと)やかな令嬢の振りをしてるんだから、笑うしかないよな。皆知ってるし、誤魔化(ごまか)しきれてねーっつーの」

「やめて！　それ以上は言わないで!!」

恥を晒されたくない一心で兄を止める。

兄はニマニマしていたが、睨みつけると「へえへえ」と適当すぎる了承の返事をくれた。

「ま、リディの面白おかしい話ならいくらでもあるけどな。で、話を戻すが、東の町についてな。学校がある他は特に目立った特徴はないな。南の町とそう変わらないぜ」

「そうなんだ。でも、ガイドブックにも観光名所的なものは殆ど載ってなかったような。カフェと本屋が多いなとは思ったけど」

「その辺りは、学生が多い影響だな」

「全寮制なんだよね」

「ああ。だが、外に買い物に出るくらいはできるからな。休みの日なんかは町は学生で溢れかえるらしいぞ」

「へえ」

貴族は基本、家庭教師を雇って勉強するので、学校に通うという感覚がない。あまり馴染みがないので、エキドナ学園には興味があった。

「楽しそうだよね」

「見学はできるらしいが行かねえぞ。そもそも今日の目的とは違うだろ」

「分かってるって」

今日の目的は、カレー店の二号店の場所決めだ。

そのための視察なので、エキドナ学園に寄る暇なんてない。

「ラーシュは私を信じて送り出してくれたんだもの。ちゃんと二号店の場所を決めてこないと」

「そういうこった。しっかりやれよ」

「うん」

もちろんだと気合を入れる。

東の町には興味があるけど、まずは仕事を終えないと。

話しているうちに馬車は東の町へと着いた。

町の中心地辺りで降ろしてもらう。兄が御者に帰りの予定時間を伝えていた。

それを聞きつつ、周囲を見回す。

基本的な街並みは南の町とほぼ変わらないが、雰囲気が少し違うように思えた。

ちょっと背伸びしたお洒落(しゃれ)な町。そんな印象を受ける。

大通り沿いにあるカフェも南の町で見るものより少し洒落ている……というか若者ウケを意識しているように見えた。

歩いてみればその感覚はより強くなる。店のショーウィンドウを見れば、並んでいる商品は若い女性が好きそうなものが多く、お値段もお手頃価格だ。客層に合わせて商品を置いているのだろう。町によって、ずいぶんと色が違うのだなあと驚いた。

南の町は色々なものが渾然(こんぜん)一体となっていて、賑(にぎ)やかな雰囲気なのだ。

高いものもあれば、安いものもある。

店も老舗から若者向けのものまで取(と)り揃(そろ)えられていて、とりあえず南の町にくればなんとかなるという感じだ。

私はそのごった返したような雰囲気が好きなのだけれど、若者を意識した東の町もちょっとすました感じで良いなと思った。

「お洒落～」

兄と一緒に並んで歩く。少し後ろにカインが、アルは私が抱っこしている。

ミニドラゴンがパタパタ飛んでいては皆を吃驚させてしまうからと、アルにはぬいぐるみの振りをしてもらうことにしたのだ。

ミニドラゴンのぬいぐるみを抱いて外を歩いている痛い女と思われるのは辛いが、皆を驚かせるのは本意ではないので仕方ない。

この町は初めてなので、多少の遠慮はしようという考えだった。

「わあ、わあ……」

初めての町なので、どうしても周囲に目がいってしまう。

大通りをワクワクとしながら歩く。やはり若い人が多いような気がした。

たくさんあるカフェはどこも満員で、中はカップルや友人同士と思われる学生で溢れ返っていた。

中には制服のまま来ている子たちもいて、つい、目で追ってしまう。

ブレザータイプの制服は男女とも素敵なデザインだ。制服に憧れて学園に通うことを決める子もいそうだな、なんて思ってしまった。

「おい、リディ。よそ見すんな。行くぞ」

道行く人たちを楽しく観察していると、兄が声を掛けてきた。慌てて返事をする。

「ご、ごめん。つい」

「ついじゃねえよ。ほら、こっちだ」

「どこへ向かってるの？　もしかしてお店の場所をもう見繕ってくれているとか？」
ついて行きながら尋ねると、兄からは「当たり前だろ」という答えが返ってきた。

「昨日、この辺りの不動産を管理している組合の人間に会いに行って、話を通してきた。いくつか空き物件も紹介してもらったから、今からそれを回るんだ」

「話が早い」
まさかそこまでやってくれていたとは思わず、目を見開いた。

「俺もお前もそこまで暇じゃねえからな。先にやれることはやっておかないと。何度も足を運ぶとかめんどくせえし、できねえだろ」

「確かに」

「今から見て回る物件で良いのがあればそれにすればいいし、気に入らないなら別の物件を紹介するよう話をする。まあ、大丈夫だとは思うけどな。なかなか良い物件を紹介してくれたと思うし」

「そうなの？」

それはありがたい。思ったより簡単にいきそうだなあと思っていると兄が言った。

「王妃様のお店となれば、変な物件を紹介できません、だそうだぞ」

「え、私？」
人差し指を向けられ、キョトンとした。

「私、東の町の人に知り合いはいないけど……」

「俺もだ。今回は、南の町の組合の奴等が紹介してくれたんだよ。ほら、戴冠式の時とかも、四つの町が協力して『新国王即位おめでとうフェア』とかやってただろう？　町の組合同士、繋がりがあるんだ」

「あ、ああ、そういえば」

　戴冠式の際、王都中でフェアをやっていたのは知っている。楽しそうだし、お祝いをしてくれるのが嬉しいなと思っていたのだ。

「あれ、お前に対するアピールも兼ねていたらしいぜ」

「アピール？　なんの？」

「南の町を盛り上げた立て役者に来てほしいってやつ。で、今回、ついに念願叶って東の町に来るってんで、諸手を挙げて大歓迎。紹介状を持っていったら、万歳三唱されたぜ」

「わ、わあ……重圧ぅ。責任重大だね……」

　ノリと勢いだけでやってきたので期待されても困るのだが、来るなと言われるよりはよほどいい。

「カレー店だけでなく、可能ならハンバーグ店や和カフェの二号店も欲しいって言ってたぜ。若者ウケが良さそうだってさ」

「ハンバーグ店はともかく、和カフェはわりと年齢層高めのお客さんが多いんだけど……良いのかな」

「いいんじゃないか。俺が言い出したわけでもないし。考えるくらいは考えとけばどうだ」

「そうだね」

「っと、話しているうちに着いたな。ここが一店舗目だ。大通り沿いにある一等地。元は飲食店だったが二ヶ月前に廃業したんだってよ。店の設備はまだ新しいから使い回しも可能って話だ」

　兄が立ち止まる。

私も足を止め、目の前の閉店している店を見た。

『ＣＬＯＳＥＤ』と書かれた札が掛かっている元は飲食店だと分かる店。中は暗く、外からではどうなっているのか分からない。

オレンジ色の屋根が可愛く、それなりに広さがある。

「うん、悪くないね」

「鍵を預かってるから、中も見れるぜ。どうする？」

「もちろん見るよ」

当然、改装はするが、大体の雰囲気だけでも知りたい。

立地条件は最高。大通り沿いにあるということで、治安の面でも安心だ。

集客が期待できそうである。

兄が鍵を取り出し、扉を開ける。中は少し埃っぽかったが、そこまで汚れてもいなかった。

南の町のカレー店よりも広い。

椅子やテーブルが放置してあり、再利用ができそうだ。

ついてきたカインが店内を見回している。閉店した店を見る機会なんて早々ないから興味深いのだろう。

「ここ、元は何の店だったの？」

奥側の厨房へ向かいながら兄に聞く。兄からは「確か、飲み屋だったと聞いてる」と返ってきた。

「飲み屋だからなあ。夜がかき入れ時なんだが、洒落た雰囲気でもなかったし、集客に苦労したらしい。店主の腕はそこそこ。一年ほどなんとか頑張ったらしいが、結局諦めて店を畳み、故郷に帰ったんだと」

「そうなんだ。立地条件が良いから、集客は期待できそうなのにね」

「この町に住んでいる奴は、洒落た店を好む傾向が強いんだよ。お前もなんとなくは分かっただろう？」

「やっぱりそうなんだ。じゃ、南の町の本店みたいな造りじゃ客入りは難しそうだね」

カレー店は決してお洒落な店ではない。

どちらかと言えば、大衆食堂みたいな感じなのだ。

庶民の味方であるカレーライスを売っているのだから、それでいいと思っているけど。

「そうだな。大々的に変えた方がいいと思うぞ」

「家族に楽しんでもらう気軽な店なんだけど……うん、郷に入っては郷に従えって言うしね。お洒落な感じでカレーを売っても……まあ、いいか！」

スープカレーなんかはお洒落扱いでいいと思うし、普通のカレーライスだって、食器や盛り付け方次第でなんとかなるはず。

食べ盛りの男の子対象という感じにせず、流行に敏感な女性向けに作り替えれば良いのだ。

厨房を確認すれば、十分すぎるほど広かったし、食料貯蔵庫も普通に使える状態だ。

あと、これは期待していなかったのだが、二階があった。店舗の二階が住居として使えるようになっている。

従業員の休憩室にしてもいいし、なんなら、住み込みで働きたい人に使ってもらってもいい。

「うん、悪くない」

色々と想像が広がる。とはいえ、即決してしまうというのも早計だ。

一応候補は全部見ようと決める。兄に案内してもらったのは全部で三店舗。どれも素敵だったが、やっぱり最初の店が気になって戻ってきた。中を見回しながらブツブツと呟く。

「昼の客はおそらく学生が主体。それなら安全な行きやすい場所にある方がいいよね」

南の町なら「美味しい」という噂だけで通りから外れた場所にあるボロボロの店でも客が集まってくるが、ここはそうはいかない。

安全、更に小洒落た感じが大切なのだ。

広さも申し分ないし、改装して開放的な雰囲気を出していけば、最低限客は寄ってくるだろう。

「一度、食べてもらえればリピーターになってもらえる自信はあるし、そのリピーターが次の客を連れてくる。あとは雪だるま方式で増えていくって寸法よ。広いから、今よりも客を入れられるし……うん、決定。ここにしよう！」

買い取りではなく賃貸物件で家賃は少し高めではあるが、そこは私が持てば良い。

せっかく二号店を出すのだ。繁盛させたいし、こちらも人気店になってほしい。そのためにはできるだけのことをしようと思う。

「兄さん、私、ここを契約する！」

勢い込んで兄に言うと、兄は目を丸くした。

「なんだ。もっと悩まなくていいのかよ。他の物件も、言えば出てくると思うぜ」

「そうだろうけど、時間も掛けられないし、何よりこういうのって出会いだから。ここが良いなあってなんとなく思ったからここにするの」

「なんとなくかよ」

「女の勘ってやつよ」

胸を張って言う。兄が嫌そうな顔をした。

「女の勘は怖くないが、お前の勘は怖いからなあ。じゃ、ここにするってことで話を詰めるか。それで良いんだな？」

「いいよ！」

「よし、善は急げだ。ちょっと待ってろ。書類をもらってくるから」

「私も行った方がいい？」

その方が話が早いかと思ったが、兄は首を横に振った。

「いや、直接王妃を連れていったりなんかしたら卒倒されるだろうからな。お前はここにいろ」

「卒倒って……」

さすがにそれは大袈裟（おおげさ）では。

そう思ったが、兄が真顔で忠告してきた。

「お前は南の町で慣れているかもしれないが、普通王妃ってものは気軽に出向いたりはしないからな？　ひょっこり顔を出された日には卒倒もんだってことくらいは自覚しとけよ」

「……はーい」

「カインも精霊もいるんだ。心配はしてねえが、戻ってくるまで大人しくしてろよ」

「分かってるって」

まるで子供に留守番を言いつけるかのようだ。

子供扱いはやめてほしいと思ったが、兄の心配も分からないでもなかったので大人しく返事をした。

兄が店を出て行き、私とカイン、そしてアルの三人になる。

運悪くもそのタイミングで小腹が空いてきた。

どこかカフェにでも入りたい気持ちではあるが、兄を待っている手前それはできない。

だが、大丈夫だ。私には非常食がある。

「……えっと」

スカートのポケットを探り、小さな袋を取り出した。中にはクッキーが入っている。

こんなこともあろうかと昨日作ったものを持ってきて正解だった。

「……うん、美味しい」

近くの椅子に腰掛け、一枚食べる。せっかくなのでカインにも聞いてみた。

「良かったらどう？　昨日焼いたクッキーなんだけど」

「オレはいいわ。今、仕事中だしな」

断られてしまった。仕方ないとアルに聞く。

「相変わらずカインは真面目だなあ。アルは？」

「僕も大丈夫です。あとで王様が合流されると思うので、王様に差し上げて下さい。あ、僕、ちょっと外に出て怪しい奴がいないか確認してきますね！」

「怪しい人なんていないと思うけど」

「僕はできる精霊なので、中で寛いでいる奴とは違って精力的に動くんですよ！　すごいでしょ！」

これ見よがしなアルに、カインが敏感に反応した。

「ハア？　もしかしなくてもそれ、オレに当てつけてるだろ」

「まっさかー。心当たりがあるから、そんな風に受け取るってだけでは？」

「……ほんっとムカツクやつだな。姫さん。オレも外回りしてくる」

「ええ……？」

「姫さんはここにいろよ。外回りと言ってもこの建物の周りだから、怪しい奴を中には入れない」

「分かった……」

完全にアルに対抗している。カインは憤然と外に出て行った。アルも「負けていられません」とその後に続く。

「……ひとりになっちゃった」

カインたちが見てくれているので大丈夫なのだろうが、いきなりひとりになると不安になる。

なんだかなあと思いながらモソモソとクッキーを齧る。誰かが外からこちらを覗いているのが見えた。

「えっ……!?」

子供が扉に張り付き、こちらを凝視している。

カインたちが何も言わなかったということは危険はないのだろうが……と、どこかで見たことのある少年だなと気がついた。金色の瞳に記憶を刺激される。

「……カレーパンで揉めていた子供？」

買えなかったと嘆いていた方の子供だ。辛さ『ヴィルヘルム』のカレーパンを渡したこともあり、彼の顔は覚えていた。

立ち上がり、内側から扉を開ける。扉に張り付いていた子供が、ずるりと滑り落ちた。

「……えっと、どうしたの？」

「王妃様……」

床に滑り落ちた男の子が立ち上がり、私……いや、手に持っているクッキーを見る。

物欲しそうな顔に気づき、まさかと思った。

いや、さすがにクッキーが欲しいだなんてそんなことは……。

「美味しそうなクッキーの匂いがしたから、やってきたんだ。王妃様、それちょうだい！」

「……」

まさかの話だった。

キラキラと輝く瞳が私を見ている。

断られるとは全く思っていないようだ。

――い、いや、良いんだけど。

王妃は食べ物をくれる人と認識されてはいないだろうか。

餌付けをしたつもりはないのだけれど、彼はすっかりもらう気満々だった。

「えっと、あなた東の町の子だったのね」

「うん。僕はずっと東の町に住んでいるよ。何度か南の町には遠征しているけど、住処はここ」

「そうなの。南の町って遠いけど、お母さんも一緒だったの？」

「それより王妃様。そのクッキー早くちょうだい！」

「……どうぞ」

質問を無視されて頭を抱えたが、特に断る理由もなかったので、クッキーを一枚渡した。

少年は嬉しそうにクッキーを食べ、目を輝かせる。

「美味しい！　これ、お城に行けば食べられるの!?」

「これは私が焼いたものだから、お城に行けばってことはないわね。でも、お城の料理長はもっと美味しいクッキーを焼くわよ」

料理長の焼くクッキーはとても美味しいのだ。今日は自分が焼いたものを持ってはきたが、基本は彼の作るものの方がいいと私は思っている。

「ふうん。僕、この味大好きだけどな。というか、王妃様ってお菓子作りをするんだね」

「ええ。趣味みたいなものかしら」

「ほんと意外。てっきり下手（へた）の横好きかと思っていたのに、カレーもクッキーも美味しいんだもの」

「あらあら」

辛辣（しんらつ）すぎる批評に苦笑する。王妃なんて普通は料理をしないものだから、そう思われても仕方ない。

「さすがに不味（まず）いものを作っていたらお店は出せないから」

「そうだよね。うん、でも本当に美味しいよ。何枚でも食べたいくらい」

少年の目が残っていたクッキーを見ている。ロックオンされた事に気づき、袋ごと差し出した。

「全部あげるわ。今日はお友達と一緒ではなかったの？」

カレーパンの列に並んでいた友人の姿が見えないと思ったのだ。

「お友達？　……ええと、あ、うん！　一緒じゃないよ。僕ひとり！」

「そう」

男の子が袋を開け、クッキーを次から次へと口に放り込んでいく。

ひとりなら全部食べてもいいのかなと思いながら見ていると、男の子が視線を向けてきた。

「何？」

「ううん、ただその胸の薔薇が綺麗だなと思って。僕、それも欲しいなあ。というか、忘れてた。そっちが本命だったんだ」

「……本命？　……っ!?」

男の子が無遠慮に手を伸ばしてくる。反射的に後ろに飛び退いた。

その手が私の左鎖骨辺りを狙っていると気がついたからだ。そこにあるのは王華。

私は今、王華が見えない服を着ている。それなのにまるで見えているかのように正確に手を伸ばす男の子に警戒した。

とはいえ、何かの思い違いかもしれない。私は慎重に口を開いた。

「……ば、薔薇ってなんの話かしら」

「？　なんのって……その胸の青い薔薇だけど。王妃様の胸に刻まれているやつ」

「……」

思い違いでもなんでもなく、彼が見ていたのは王華だった。

見えないものを見ている男の子に、自然と身構える。

「あ、あなた……誰？」

これは普通の男の子ではない。そう思ったが故の問いかけだったが、彼には通じなかった。

キョトンとした顔をしている。

「僕は僕だよ。で、その薔薇、くれないの？」

私は無意識に王華のある場所を手で押さえた。

「……これは人にあげられるものではないの。私と夫を繋ぐ大切な証だから」

「そっかー」

気の抜けた声。私は反射的に声を上げた。

「カイン！　アル！」

悠長に会話をしている場合ではない。子供だと侮ってもいけない。

何かが変だ。そう思った私は近くにいるはずのふたりの護衛を呼んだ。

フリードを呼ばなかったのは護衛を呼んだ方が早いと判断したのと、まだそこまでの危険を感じていなかったから。

実際、ふたりはすぐに駆けつけてくれた。

「どうした、姫さん!!」

「王妃様!?」

一瞬で姿を見せたふたり。彼らの姿を見てホッとした私は男の子に目を向けた。

「え……？」

今まで目の前にいたはずの男の子が消えていた。

どこにもいない。

魔法や魔術を使った感じもなかった。一瞬、目を離した。その隙に完全に姿を消していたのだ。

目を丸くする私にカインが鋭く聞いてくる。

「どうした、姫さん！　何かあったのか！」

「い、今、男の子が」

「男の子ですか？　そんなの、どこにもいませんけど」

アルが首を傾(かし)げる。私は慌てて言った。

「い、今までここにいたの。カインもアルも気づいていたでしょ？　ふたりが出たすぐあとに、男の子がこの店に入ってきたって」

「いや、この店に近づいた奴はいなかったはずだぜ」

カインが不審げに眉を寄せる。アルも珍しくカインに同意した。

「ええ。僕も見ていません。僕たちが外に出てから今まで、誰もこの店には入っていないはずです」

「……嘘。じゃあ、さっきの男の子は？」

背筋に寒気が走る。

てっきり、カインたちが分かって見逃したと信じていただけにゾッとした。

怯(おび)えつつも、ふたりに再度確認する。

「……少し前に、カレー店の前で騒ぎを起こした男の子がいたのを覚えてる？　その子がいたんだけど」

「あの子供か……。いや、子供なんて見なかったな。閉店している店だからか皆、素通りしていたぜ」

「……じゃあ、私が見たのは幻？」

いや、幻のはずはない。

だって、渡したクッキーがなくなっている。

男の子にあげたクッキー。それが彼が確かに存在した証拠となっていた。

まるで幽霊でも見た気分になっていると、突然目の前が光る。魔術陣が出現し、フリードが姿を見せた。

「リディ！」

彼は私に気づくと、すぐに強く抱きしめた。

「リディ、良かった……。無事？」

「ぶ、無事だけど、どうしてフリードが？」

まだ呼んでいなかったのにと目を丸くすると、アルとカインが異口同音に言った。

「念話で呼んだ」

「神剣から声を掛けました」

「そ、そう」

どうやらふたりともフリードを呼ぶべきと判断したようだ。

カインが言う。

「姫さんが嘘を言うわけがないからな。オレとこいつに気づかせず、姫さんに接近できたやつがいる。十分、呼ぶ理由になるだろ」

「腹立たしいですが、僕もこいつと同意見です」

ふたりに説明され、小さく頷く。フリードが私を抱きしめる腕に力を込めた。

「良かった。何事もなくて。ふたりから同時に連絡が来た時には焦ったよ。リディに呼ばれた感じはないのに『緊急事態だ』って言われたから。……呼んでくれれば良かったのに」

フリードが不満そうにこちらを見てくる。どうやら私が呼ばなかったことが納得できないらしい。

「ご、ごめん。ふたりを呼んだ方が早いかなって思って。もちろんいざという時は、フリードを呼ぼうと思っていたよ」

「本当に？」

「もちろん。それにアルがいないと、ここまで直接は跳べないんでしょう？　それならどちらにしても最初にアルたちを呼ぶ、で正解なんじゃない？」

私を目標にして直接跳ぶことができるようになったフリードだが、今はまだ、アルを介さないとその方法は使えない。

フリードもその自覚はあるようで、悔しそうにしていた。

「……できるだけ早く、アルの助けがなくてもリディの元へ行けるようにする。やっぱりリディには一番に頼られたいから」

「頼ってるんだけどな」

今日に関しては、そこまで危険を感じなかったが、本当にヤバイと思った時は、多分反射的にフリードの名前を呼ぶと思うのだ。

自分が相当、フリードに依存している自覚はある。

「それで？　詳しく話を聞かせてくれる？」

フリードが私を抱きしめたまま聞いてくる。私は頷き、何が起こったのか話した。

「最初は普通……というか、クッキーが欲しいって言われただけだったの。それが何故か、服で隠れているはずの王華を欲しいって言い出して……これはおかしいって思ったから」

「……ふたりを呼び戻したってわけか。お前たちはリディの言う子供の姿を見ていないのだな？」

フリードが鋭くふたりに尋ねる。

カインが真顔で答えた。

「ああ。見ていないって誓えるぜ」

「僕も知りません。いきなり呼ばれて、むしろ何事かって感じでした」

アルもカインと同じ答えだ。やはり彼らはあの少年を見ていないということで意見が一致していた。

「なんだったんだろ……」

「リディは何もされていないんだね？」

「え、うん」

首を傾げているとフリードに再度確認された。

「触れられそうになったけど躱したし、何もされていないよ」

「そう……。リディ、その少年の名前は分かる？」

「……えっ……分からない」

そういえば、名前を聞いていなかった。

「東の町に住んでいるとは言っていた。でも、誰かまでは知らないし、具体的な住んでいる場所も分からない」

どこの誰か分かれば、直接尋ねて行って確認もできたのに、これは完全な私のミスだ。

というか、いつもの私なら名前を聞いていたから、どうして聞かなかったのか自分で自分のことが理解できなかった。

「おかしいな……。普段なら、名前を聞くんだけど」

しかも二回も会ったのに。一度目は仕方ないにしても、二度目は確実に聞くだろう。

己の行動が信じられず首を傾げていると「戻ったぞー」という暢気な声が聞こえて来た。

どうやら兄が戻ってきたようだ。

店内に入ってきた兄は、フリードに気づくと「なんだ。もう来たのか」と驚いた様子を見せた。

「来るにしても、もう少し後になるかと思っていたぜ」

「何を暢気なことを言っているんだ、アレク。今、リディが危険な目に遭いかけたというのに」

「は？」

兄がフリードに抱きしめられている私を見る。

「お前、大人しくしとけって言ったのに、言いつけを破ったのかよ！」

「人聞きの悪いこと言わないでくれる⁉　私はちゃんと言われた通り、ずっと店の中にいたから！」

断じて悪いことはしていないと反論する。

していないことで怒られる筋合いはないからだ。

経緯を説明すると、兄は眉を寄せ「それって、その子供も行方不明事件に巻き込まれたってことじゃねえのか」と言ってきた。

「え、どういうこと？」

「ほら、前に話しただろう？　東の町で行方不明事件が起こっているって。目の前で話していたのに、忽然と姿を消す。お前が経験したことと同じじゃねえ？」

「……本当だ」

いきなり姿が消えたことを怖いと思っていたが、確かに兄の言う通り、行方不明事件と同じだ。

となると、あの子は自分の意思で姿を消したわけではなく、行方不明事件に巻き込まれたと、そういうことなのだろうか。

となると――。

「大問題じゃない!!」

「大問題だよ！ なんだよ、お前。あれだけ関わるなと言ったのに、早速ピンポイントで遭遇してるんじゃねえよ!!」

「私のせいじゃないでしょ!? え、あの子、どうなったの!? ねえ、兄さん。行方不明になった人って、まだひとりも見つかっていないって言ってたよね？」

怪しい言動は気になるけど、それより事件に巻き込まれたという事実の方が問題だ。

しかも子供。

知らなかったとはいえ、みすみす行方不明にさせてしまったなんて、大人として非常に責任を感じる。

焦る私に兄が言う。

「ああ、ヒントすらねえよ」

「じゃあ、あの子も？ どうしよう……。私、ご両親に説明しにいかなきゃ。目の前にいたのに何もできなかったんだもの。説明して謝らなくちゃ……」

「お前の責任じゃねえだろっつっても納得できないよな。……仕方ない。とりあえず、まずはその子供の家を探すか。フリード、お前も手伝えよ」

　頭を掻(か)きながら、兄がフリードに言う。

　フリードも厳しい顔つきで了承した。

「分かってる。どちらにせよ、その子供には詳しい話を聞かなければならなかったところだ。東の町に詰めている警備隊を動かそう」

「そうだな。それが早いか」

　フリードの提案に兄が頷く。

　町の安全を守るためにいる警備隊。いつも巡回している彼らなら少年の家もあっさり見つけてくれるだろう。

「……ごめんなさいって謝っても許してくれないよね」

　絶対に親は心配しているし、事件に巻き込まれたと知れば、卒倒するのではないだろうか。

　私ができるのはひたすら謝ることと、事件を解決して助けますと約束することだけだ。

「ううう……本当に申し訳ない」

　ほんの一瞬でも彼から目を離してしまったことが悔やまれる。

　後悔していると兄が慰めるように肩を叩(たた)いてきた。

「……その子供には悪いけど、俺は消えたのがお前でなくて良かったって心から思ったぜ」

「兄さん。そういうことは言っちゃ駄目だよ」

　首を横に振る。兄も神妙な顔をしていた。

「分かってる。でもお前が消えた時のフリードの方が俺は怖いんだよ」

「……それは」

「つーか、普通に王妃が行方不明って、大事件なんてもんじゃすまねえからな？　行方不明事件は夕方に起こるって話だから油断していたぜ。普通に昼間でも起きてるじゃねえか。しかも室内でとか、どうやって防げって言うんだよ」

兄がぼやく。彼の言うことはその通りすぎて、言い返せない。

「はあ……じゃ、ちょっと行ってくるな」

髪を掻きながら兄が外へ出て行った。警備隊に連絡を取るのだろう。フリードが残っているのは、私の身を案じてのこと。

「……リディ、大丈夫？」

何も言わない私の顔をフリードが覗き込んでくる。私が何を気にしているのか、たぶんフリードは分かっているのだろう。心配そうな顔をする彼に私は頷き、その腕を掴んだ。

「大丈夫、ではないけど、分かってるから。私にできることは、一刻も早くあの子を親御さんの元に返してあげることだよね」

「それは警備隊や騎士団員に任せることだよ。私としてはこの事件が解決するまで、リディには東の町を彷徨いてほしくないというのが正直なところだね」

「……そう、だよね」

フリードの言葉は尤もだ。

何せ兄も言った通り、屋内ですら事件は起こったのだ。時間も場所も関係ないなんて恐ろしい。一体、東の町に何が起きているのだろう。

フリードたちと一緒に兄の帰りを待つ。

どうか少年の家が見つかりますようにと祈ったが、その祈りは届かなかった。

かなりの人員を割いて彼の家を探したのだが、なんと誰一人、あの子供のことを知らなかったのだ。

カレー店で一緒に並んでいた友人だと思われる子も発見したのだが、彼ですら「そんな子いた？」と言ったのだから驚きだ。

名前も分からない。当然、親なんて見つかるはずもない。

まるでその存在が最初からいなかったかのように、全て(すべ)の痕跡が消えていた。

「……一体、どういうこと？」

報告を受け、フリードと顔を見合わせる。

私の記憶には確かにあるのに、存在しないとされている子供。

カレーパンを喜び、クッキーを喜んだ子供を私は覚えているのに、それを町の人は知らないと言う。

「捜しても見つからないんじゃ仕方ない。帰ろう、リディ」

フリードに促され、納得できないながらも頷く。

お城に帰っても、謎は謎のままですっきりしない。

兄は明日、もう一度少年の家を探してみると言っていたが、到底見つかる気がしなかった。

だって、そもそも誰も彼を知らないのだ。知らないものを見つけることはできない。

皆が私の無事を喜んでくれる中、狐(きつね)につままれたような気持ちでベッドに入る。

何かが起こっている。

私の知らないところで大きな何かが。

勘でしかないけど、そんな気がしてならなかった。
嫌な予感は当たるものだ。
私のその思いは次の日の朝、早速現実のものとなった。

8・彼女と王華

「ううう……」

覚えてはいないけど、悪夢に魘された気がする。

呻きながら目を開けると、朝の光が差し込んでいた。

睡眠時間はそれなりに取れた。というのも、昨日は凹んでいる私を気遣ってくれたのか、フリードが手を出さなかったのだ。

お休みのキスだけして、あとは抱きしめられて寝ただけだった。

――別に気にしてくれなくていいのにね。

私を抱きしめ、寝息を立てるフリードを見つめる。

普段はチャンスがなくても抱きたがるくせに、私がちょっとでも弱った顔を見せると、すぐに「今日はやめておこう」と言うのだ。

フリードらしい気の使い方だなとは思うが、私はどちらかと言うと「全部忘れさせてあげる」と言われたい派なので、実は見当違いだったりする。

とはいえ、それを教えないのは自分で気づいてほしいと思っているからだったりするけど。

いつの日か「悲しいことは私が忘れさせてあげる」と泣いている私を少々強引に押し倒してもらいたいものである。

基本的に優しいフリードには無理そうだけど。

「フリードのせいで、完全に性癖を歪められたよねえ」

えいっとフリードの鼻を押す。彼と出会ってから、私のフェチは花開きまくって大変なことになっているのだ。

軍服フェチはもちろんのこと、腹筋フェチも発覚したし、ちょっと強引にされたいというどうしようもない癖まで開花させられた。

全部フリードのせいだ。

まあ、責任を取ってもらっているから良いのだけれど。

軍服を着てほしいと言えば着てもらえるし、腹筋も触り放題なので、特に問題はない。

フリードの顔をぺしぺしと触っていると、擽ったかったのか、彼がクスクスと笑い始めた。

「リディ、何してるの」

「ん？　私の癖を歪めたフリードにお仕置きをね。おはよう」

「おはよう。癖って……リディの軍服好きは私のせいではないと思うんだけどな」

フリードはそう言うが、残念ながら賛同できない。だって。

「フリードの軍服姿を見て色々自覚したんだから、フリードのせいだと思う」

そういうことだ。

きっぱりと告げ、おはようのキスをしてから身体を起こす。グッと伸びをした。

フリードが「あれ……？」と困惑した声を出す。

「どうしたの？」

「いや……いつもなら感じるリディとの繋がりが……え……？」

フリードが呆然とした顔で私を……正確には王華のある場所を見た。つられるように私も視線を落とす。今日はネグリジェを着ていたのだ。襟ぐりは開いているので王華は見える。

「えっ……？」

あり得ない光景に目を疑った。

大きく咲き誇った王華、それが綺麗さっぱり消えていたのだ。

私の胸には何もない。昨日までは確かにあったものが姿を消している。思わず、フリードに言った。

「何これ！　フリード知ってる!?」

「知るわけがない！　だって王華は消えない……！」

私も焦ったが、フリードの声も私に負けないくらい動揺していた。

「だよね!?　そもそも一生に一回の儀式って話で、魔術刻印だもんね？　デリスさんだって消せないって言ってたのに……なんで!?」

何度見ても、見慣れた大きな青薔薇の痣は見あたらない。

王華は魔術刻印で、魔女であるデリスさんの力をもってしてもどうにもならないもののはずなのに、何故か綺麗に消えている。

フリードが目を見開き、信じられないと首を左右に振った。

「……いつもあるリディとの繋がりが殆ど感じられない」

「え、それって本当に王華が消えたってこと……？」

大問題である。

そもそも王華はヴィルヘルムの正妃の証として、国民どころか世界中に知られている。それがなく

なりましたでは、邪推する者も現れるだろう。色々な意味でまずい。

「え、え、え……どうしよう。っていうか、どうしてこんなことになっているの？」

「信じられない。一度王華の儀をすれば、相手との繋がりは一生消えないはずなのに、どうして……」

私も混乱しているが、フリードも大概だ。

ふたりでどうしよう何が起こったと狼狽え、ようやく気がついた。

「フリード、アルを呼び出して聞いてみよう」

初代国王を知っていて千年を生きるアルならこういう事態にも対応できそうだし、なんなら原因も教えてくれそうだ。

フリードもハッとした顔をし、慌ててアルを呼び出した。

「アル、出てこい」

フリードの呼び出しに、すぐさまアルは応じた。

本体かつ寝床にしている剣から元気よく飛び出してくる。

「おはようございます、王様。王妃様。ご機嫌如何ですか？　ちなみに僕は最高です。何故って？　それは決まってます。最推しであるおふたりを朝イチから見られたこと。これ以上素晴らしいことって世の中に存在しますか？　ありませんよね！」

いつも通りのアル節に、フリードが眉を寄せた。

「御託はいい。リディの王華が突然消えた。彼女との繋がりも途絶えている。アル、何か知っているか」

「へ……」

アルが目を瞬かせる。そうして私の胸元を見た。

「えっ⁉　王妃様。王華はどうなさったのです⁉」

「私も聞きたい。朝起きたら消えていたの。フリードも理由を知らないみたいで。アルは何か知ってる？」

「……ちょっと、良いですか？　王妃様に触れても？」

「……許可する」

嫌そうに顔を歪めたフリードだったが、さすがにそうは言っていられないと思ったのか、渋々ながら許可を出した。

アルが王華のあった辺りにそっと触れてくる。私も医者に触診される面持ちで大人しくしていた。

「……」

しばらく肌に触れていたアルだったが、やがてひとつ頷くと私から離れた。何故かフリードを見つめる。

「お話しする前にひとつ、質問をしてもよろしいですか？」

「なに？」

フリードが顔を顰める。不快げに言った。

「……その質問は、結論よりも先に聞かなければならないものなのか」

「僕にとっては」

アルがキリッとした顔で答える。その真剣な顔つきに、フリードも表情を戻した。

「……分かった。何が聞きたい」

「失礼を承知でお聞きします。現在、王妃様には王華がない状態です。王様との繋がりも途絶えてしまっている。そんな状況ですが、王様。――王妃様に対する愛に変わりはありませんか？」

「は？」

「え？」

　ふたり目を丸くする。アルが気まずそうに私たちから目を逸らした。

「――あまり知られていませんが、実は王華には恋や愛といった感情を増幅させる効果もあるんですよ。何せつがい以外に王華の儀を行うこともありますからね。王族なんです。王華を与えたは良いが、つがいではないから子作りしたくない……とか許されないでしょう？　だから少しでも相手を愛おしく思える感情があるのなら、王華がそれを増幅させる……と、そんな感じになっています」

「……」

　王華にそんな効果があったのか。

　全く知らなかったとフリードを見れば、彼も愕然としていた。どうやら彼も知らなかったようだ。

「相手がつがいでなくとも子孫を残すための苦肉の策です。で、今の王様にはその増幅効果が全くない状態。王妃様に対する愛情はどうですか？　僅かにでも変化はありますでしょうか」

　何故か、若干ワクワクした様子のアル。フリードは間髪を入れずに答えた。

「あるわけがないだろう。私のリディへの愛は唯一無二、絶対かつ永遠のものだ。増えることはあっても、減ることはない」

「ほほう」

「だが、感情の変化はある。せっかくあった私のものだという証が消えて、気が狂いそうなほど苛立っているからな。アル、どうして私の華は消えた。納得のいく説明ができるのだろうな」

言葉通り、声が非常に苛立っている。

王華が消えたことがよほど腹立たしいらしい。彼は毎日、私の胸にある王華を見えて悦に入っていた人だから、それがなくなったことが許せないのだろう。

私としても、王華がなくなったことに表現できないほどの寂しさを感じていた。

フリードの妃だという誰の目にも明らかな動かぬ証。それが消えたことが、自分でもびっくりするほどショックだったのである。

「フリード……」

キュッとシャツの裾を握る。フリードがさっと私を引き寄せた。

「大丈夫だよ、リディ。王華があろうがなかろうが、リディのことは死んでも離すつもりはないし、いつだって心から愛しているから」

「フリードってば」

いつもと変わらない愛情に満ちた眼差しに心底安堵した。

王華には恋や愛といった感情を増幅する効果がある。

そう聞いて、フリードの今までの態度のどれくらいが嵩増しされたものなのだろうと僅かながらにでも思ってしまったからである。

フリードが私を好きだということは疑っていない。でも、王華による嵩増しがあったと聞かされては、落ち着いてはいられなかったのだ。

アルが重ねて聞いてくる。

「本当ですか？　全く、一片も変化はありませんか？　嘘はダメですよ？」

「くどい」

フリードが一刀両断する。アルが感心した口調で言った。

「さすがは王様ですね。普通なら、下手をすれば気持ちの半分くらいは冷めてしまってもおかしくないんですよ。それが全く、と。さすがです」

「え、そうなの？」

想像していたよりも増幅量が多くて吃驚した。フリードも目を見開いている。

「半分？　それは本当か？」

「はい。まあ、普通は一度与えてしまえば王華は消えませんから、気づかないですけどね。それくらいは増えているはずです」

「……フリード。本当に変化はないの？」

さすがに半分と聞けば、多少の疑いは出てしまうが、私の質問にフリードは両手を握り、強く訴えてきた。

「いや、ないよ。半分なんて聞いたから余計に『ない』と断言できる。リディへの愛は昨日までと変わらない……いや、不安げなリディを見て、更に愛情は増しているよ。私の愛が減ってしまうかもって不安になったのかな。ごめんね、不安にさせて。リディのことは世界中の誰よりも愛おしく思っているし、私以外の誰の目にも触れさせたくないくらいに愛しているよ。リディとふたりきりでお互いだけを見つめて生きることができたらどんなに素晴らしいだろうって思ってる」

「……あ、うん、いつも通りのフリードだ」

一片のよどみもなく語られた言葉に、不安だった気持ちが一瞬で霧散した。

フリードに変化はない。それを確信できたのである。

「愛してるよ、リディ。私の愛はいつだってリディだけのものだ。王華なんかに左右されてたまるものか」

目を優しく細めながら告げ、フリードが顔を近づけてくる。触れるだけのキスを受け入れると、無意識にしていた緊張が解けていった。

「フリード……」

「はああああ……！　あああああああ!!　尊い！　これを尊いと言わずして、なんと言えばいいのでしょう。不安がる王妃様に優しく寄り添う王様。僕、感動しました。王様の愛は無限大。王華に縛られ、測られるようなちんけなものではないと、そういうことですね！　ええ、そうだろうと信じていましたとも！　だって王様ですからっ！」

「……あの……ねえ」

せっかくうっとりとしていた気持ちが、一瞬ですんっとなってしまった。

鼻息も荒くアルが叫ぶ。

そんなアルをフリードがムンズと掴んだ。

「質問には答えたぞ。さあ、さっさとリディの王華について、お前の知っていることを話せ」

「もちろんですともっ！　王様の百点満点の答えを聞いて大満足。いくらでもお話しします！」

「……」

むふーんと小鼻を膨らませるアルをなんともいえない気持ちで見つめる。

深刻な顔をして『聞かなければならない』みたいに言っていたが、本当はアルがただ萌えるために聞きたかっただけなのではと疑ってしまったのだ。

アルが私たちの前で、器用に指を一本立てる。

「では、ご説明しましょう。王妃様の王華は消えている。実際、繋がりも途絶えている……ように見える。でも厳密には王華がなくなった……ってわけではないんですよね」

「なくなったんじゃないの⁉　こんなに跡形もなく消えているのに？」

フリードも信じられない様子でアルに詰め寄った。

「どういう意味だ。説明しろ」

「ええと、そもそもご存じの通り、王華って消せるようなものではないんです。だって神である王様が考案した魂に根付く術式ですよ？　できたら逆に吃驚します」

「だが、お前は消えたと」

フリードが疑問を呈する。私も何度も首を縦に振った。

「表面的に消えているだけです。先ほど王妃様に触れて分かりました。王妃様は今もちゃんと王様と繋がっている。ただその繋がりは途絶えたと表現するのが正しいほど薄くなってしまっていますけどね」

「……表面的に消えている状態」

「はい。そのせいで、王華の機能が全く働かなくなっています。王様、性衝動がいつもより強くなっていませんか？　神力の制御も今は難しくなっているはずです」

「……それは」

フリードが気まずげな顔をする。アルはやはりという顔で頷いた。

「ま、そうでしょうね。ですが神剣がありますし僕もいますから、何もなかった頃よりはマシだと思います」

「そうなの？」

視線を向けると目を逸らされた。どうやら自覚があるようだ。

黙ってしまったフリードの代わりに尋ねる。

「えっと、確認させてね。今のフリードは私に王華を授ける前の状態ってこと？」

以前フリードに聞いた。私に王華を与える前は、神力制御が上手くできず、強い性衝動に振り回されていたと。

つまりは、仮面舞踏会で出会った時のフリードということか。

確認すると、アルは「その通りです」と答えた。

「とは言っても、申し上げた通り全く同じというわけではありませんよ。僕がいるのもそうですし、何より王様には王妃様というつがいがいますから。つまり、性衝動は今まで通り王妃様にしか向かないということです。そこはご心配なく！」

「別に心配していなかったけど、説明してくれてありがとうね……」

フリードの愛が変わらない以上、私以外に性衝動が向くとは端から思っていなかったが、説明されると苦笑いするしかなかった。

「え、でも、じゃあ、王華が戻らないと、今まで以上に求められる状況が続くとか、そういう？」

今でも大概なのに？　と言いたくなるのを堪えて、アルに聞く。

「はい。少なくとも王華で抑えていた分を性行為で発散させる必要が出てくるわけですから、王妃様には頑張っていただく必要があります」

「嘘でしょ……」

愕然とする。フリードもさすがに顔色を変えた。

「それは……執務に差し支えるな」

その言葉で、執務に差し支えるレベルでエッチしないとダメというのが分かり、顔が引き攣った。

「いや、いやいやいやいや、無理。普通に無理だから。……あ、あと聞きたいんだけど、王華の恩恵がないってもしかして、私がエッチしたあとピンピンしているのも？」

「はい、なくなります」

「嘘おおおお！」

無慈悲な宣告に、思わずベッドに突っ伏した。ダンダンとベッドを叩く。

フリードではなく私が受けている王華の恩恵。それはフリードといくらエッチしても、あそこが痛くならなかったり、体力があまり減らなかったりするというもの。

絶倫という言葉も裸足で逃げ出すフリードに付き合わなければならない私にとっては必須すぎる能力である。

それがなくなっていると聞き、ゾッとした。

「無理無理無理無理。そんなの普通に抱き潰される……」

彼と出会った最初の頃は、毎回腰が砕けるかと思うくらい抱き潰されていたのである。それをデリスさんの薬でなんとか回復させていた。

「え……あの日々をもう一度ってこと？　遠慮したいんだけど」

己の顔色が悪くなったのが言われなくても分かった。

エッチしすぎでお腹と腰が痛いとか、二度と経験したくない。

私はアルを両手で掴むと、ブンブンと前後に振った。

「どうやったら元に戻るの!!」

死活問題なので必死である。

「王華が消えたわけではないんでしょ？　戻す方法は!?」

ここまで状況が分かっているのなら、解決方法もあるはず。そう思い、アルを今度は縦に振ると、彼は目を回しながら言った。

「王妃様～。僕を振っても何も出ませんよぅ……」

「何か出して！　具体的には王華が戻る名案を!!」

「リディ、必死だね」

ブンブンとアルを振り回していると、フリードが暢気に言った。思わず彼をきっと睨む。

「フリードこそ落ち着きすぎじゃない!?　王華がなくなったんだよ？　もっと焦るべきでは!?」

「焦ってはいるんだけど、リディの慌てぶりを見ているうちに落ち着いたというか……」

「ええー……」

「それはそうとしてアル。ここまで色々知っているということは、解決策も当然分かっているのだな？　リディの王華を戻す方法は？」

「そんなの、消した張本人に戻させる以外ありませんよぅ……」

目をグルグルにしたアルが、フリードの問いかけに答える。フリードと目を見合わせた。

「張本人？」

「王華を消した犯人がいるのか？」

私とフリードの問いかけに、アルは「ハイ」と肯定した。

「正確には奪った、ですけどいますよ」

「……犯人は？」

「精霊ですね。というか、精霊しかいないでしょう。表面的にとはいえ、王華を奪うことができるなんて。おおかた最近、目覚めた奴の誰かじゃないですか？」

「精霊……」

目を丸くした。

長い間『いる』と言われつつも、皆の前に姿を見せなかった精霊。その精霊が私の王華を奪っていったというのか。

「どうやって？」

「まあ方法は色々ありますよ。どうせ王妃様の王華を見かけて『綺麗だからもらおう』くらいのノリでやったんだと思います。精霊って、自分の欲に正直ですから。全部は無理でもできるところまで盗っていった……が正確なところだと思います」

「そのせいでリディの王華は消え、私との繋がりが限界まで薄まっている……ということか」

「その通りです。本当は全部奪いたかったんでしょうけど、さすがに神の術式を完全に切り離すことはできなかったんでしょうね。ま、当たり前だと思います。僕にだってできませんから。王様と王妃様の繋がりは魂に根付くもの。ここはどうやったって引き離せませんよ」

ふふん、と何故か胸を張るアル。フリードが眉を寄せながら言った。

「……腹立たしい話だな。私とリディの繋がりに水を差された気分だ。アル、犯人の精霊の名前は」

「え、そんなの分かりませんけど」

当然のように聞いたフリードに、アルも当然のように答えた。

「え」と目を見開く私たちにアルが口を尖らせる。

「分かるわけないじゃないですか。だって考えてみても下さいよ。精霊って、気づかれていないだけで結構な数がいるんです。そいつらが何をしているかなんて分かるわけがないんです」

「で、でも……」

「王妃様だって、自分以外の人間がどこで何をしているのかなんて分からないでしょう？　同じですよ」

「……」

そう言われてしまうと、確かに納得はできるが、犯人は分かりませんでは困るのだ。

「王妃様こそ、盗られたってことはどこかで僕以外の精霊と会っているはずなんですけど、それこそ心当たりはないのですか？」

「……分からない」

アルの言うことは尤もだったが、本気で分からなかった。

というか、アル以外の精霊なんてまだ見たことがなかったので、どこで盗られたのかさっぱりなのだ。

「私、精霊と会ったことなんてないと思うんだけど」

「会ってないのに奪われるなんてことはありませんよ。今朝起きたら王華がなくなっていたというのなら、直近……そうですね。昨日、一昨日辺りで会っているはずですけど」

「一昨日はお城にいたし、昨日は東の町へ行ったけど精霊なんてどこにも……」

覚えなんてない。そう言おうとしたが、ハッと気がついた。

アルに尋ねる。

「ね、ねえ。質問なんだけど、他の精霊ってどんな姿をしているの？」

「唐突ですねえ。僕はこの姿に誇りを持っていますから変わりませんが、以前も言いました通り、力の強い精霊ならわりとコロコロと姿を変えますよ。丸い光の球に見えることもあれば、人間が想像するような羽を持った姿にもなります」

「……人に変身したりとかは？」

慎重に尋ねた。

私がもしかしてと思ったのは、昨日会った少年のことだ。

私の目の前で忽然と姿を消した少年。誰も彼を知らず、家も家族も分からない。

行方不明事件に巻き込まれたのだと思い込んでいたが、その前に彼が私の王華を見て「欲しい」と言っていたことを思い出したのだ。

あの時の彼の様子は何かおかしかった。

「……少年。子供の姿になったりはする？」

「リディ、それってもしかして」

フリードも気づいたのだろう。ハッとしたように聞いてきた。

アルが淡々と答える。

「はい、もちろん可能です。誰かに化けたり、みたいなことはありませんが、人型になることはできますよ」

「……やっぱり。じゃ、じゃあ、姿を消したりとかも当然できるよね？」

「はい」

肯定の返事を聞き、あの少年が精霊だったのだと確信した。

アルが目覚めたことにより、活動を再開し始めた精霊。そのひとりが昨日出会った子供だったのだ。

考えてみれば、あの少年は色々とおかしかった。

カインとアルの目を掻い潜り、服で見えなかったはずの王華を欲しいと言い、一瞬で姿を消した。

そして行方不明事件についてだが、兄は言っていたではないか。

時間は夕方。建物内では起きていない、と。

てっきり私たちは無差別に事件が起こっているのかと思ったが、そうではない。

行方不明事件とは全く関係なかったのだ。

「彼、行方不明事件の被害者じゃなくて、精霊だったんだ」

導き出した結論を口にする。

フリードも私に同意した。

「……他に心当たりもないのなら、おそらくリディの推測通りなんだろうね」

「王華が欲しいって言ってた。触ろうとしてきたから逃げたけど……え、私、結局触られなかったんだけど、それでもダメだったたってこと？」

「精霊に目をつけられたのならアウトです。どこかのタイミングで奪われたのでしょう。それに昨日の王妃様はずいぶんと意気消沈していらっしゃいました。気もそぞろでしたし、知らない間に何かされても気づかなかったのでは？」

「……」

子供を事件に巻き込ませてしまったと落ち込んでいたことを指摘され、黙り込んだ。

確かに昨日は彼のことがずっと気に掛かっていて、他は疎かになっていた気がする。

「可能性はあるわ」

目を伏せる。アルが慌てて言った。

「すみません。王妃様は悪くありません。悪いのは、王妃様の契約精霊でありながら、他の精霊に手出しを許してしまった僕なのですから」

「でも……」

「誰が悪いかと言っていても意味はない。その精霊を捜し出し、リディの王華を戻させる。私たちがするのはそれだけだ」

アルとどちらが悪いと言い合いをしていると、フリードがぴしゃりと窘めた。

「幸いにも王華が消えたことによる不具合は、そこまで問題ではない。アル曰く、本当に消えてしまったというわけでもないいみたいだし」

「はい、それは僕が保証します。精霊が奪った王華はあくまで表面的なものにすぎません。本質的なところは何も変わっていない。王様と王妃様は繋がったまま。だから、精霊が『返す』と言えば、王妃様の元に戻ります」

フリードの視線を受け、アルが答える。

「ね、大丈夫だよ」

「そうかなあ。わりと不具合、あると思うんだけど……」

悪いが賛同できない。

だってフリードの絶倫具合に拍車が掛かっているのは、大問題だと思うからだ。

あと、今の私の身体が王華仕様でないところも。

王華が戻るまで、大変な日常が待っているのではと恐れ戦いていると、フリードが自信たっぷりに言った。

「ないよ。だって私の愛は何も変わらずリディの元にあるのだから。ただちょっとよりリディを抱きたくなっているだけで」

「そこが問題なんだよね」

あと、アルがいるとはいえ、神力制御が難しくなっているというところは無視しても大丈夫なのだろうか。普通に困る話だと思うのだけれど。

それを指摘するとフリードは「しばらく戦争はないと思うし、リディを抱けば基本的には解決できるから大丈夫」と恐ろしいことを言ってきた。

なんということだ。

フリードの神力制御が私の肩に重くのし掛かっている。

「い、いや、大丈夫って……私が大丈夫じゃないんだけど」

主に私のあそことかお腹とかが大ダメージを受ける。

王華のない恐ろしさに震えていると、フリードがしょぼんとした顔で言った。

「え、リディは協力してくれないの？」

「……」

縋るように見つめられ、狼狽える。基本、彼に惚れきっている私が断れるはずがなかった。

「リディ」

「う」

そんな顔で見ないでほしい。無理なんて言えないのだから。

私は諦観の念に駆られながら、天井を見上げた。目を瞑る。

「きょ、協力する……」

相変わらず好きな男に弱すぎる。

そしてその自覚がある以上、端から答えなんてひとつしかなかった。

——そう、そうだよね。私がフリードを拒絶できるはずないよね。

だって大好きなのだ。誰よりも愛している。だから彼の求めには全力で応えたいし、そもそも考えてみれば今だって大概な乱れに乱れた性生活なのだ。多少増えたところでそう変わらない……はず。

それに夫の欲は私が受け止めるのだと結婚する時に決めた。

ここで逃げたら、あとで自分が後悔する。

「……リディ」

パアッと表情を明るくさせるフリードを見れば、やっぱりやめるとは言えないし、言いたくない。

こうなれば、一刻も早く犯人の精霊をとっ捕まえる。そうすれば王華が戻るから、少なくとも身体は楽になる。

私はフリードの手を握り、真剣に告げた。

「ぜっっっったいに一刻も早く精霊を見つけようね!!」

そうでなければ身体がもたない。

フリードが嬉しげに私を抱きしめる。

「うん。早くリディの王華を元に戻そうね。私の華はいつだってリディにあってほしいから」

「僕も！　僕も協力しますよ！」

アルがハイハイと手を上げてアピールする。

前代未聞の王華がなくなるという大事件。

そのわりに悲壮な気持ちにならないのは（別の意味で悲壮な決意を抱いてはいるけど）、フリードの気持ちが私にあると信じられるからなのだろう。

王華があってもなくても、フリードは変わらない。

彼は私を愛してくれている。

それが分かっているから、焦りはしても笑っていられるのだと気づいていた。

精霊の仕業で王華が消えた――。

その事実を誰に知らせるか。それが問題だったが、私たちは相談して、最低限の人にのみ知らせることにした。

妃の証である王華がなくなったなんて皆に知れ渡れば、どんな噂話（うわさばなし）をされるか分かったものではない。

「宰相とアレク、あとはカーラ辺りには話しておいた方が良い」

「そうだね」

フリードの提案に同意した。

彼の側近である兄と宰相である父なら、何かあっても上手く立ち回り、協力してくれるだろう。

それにカーラには私の着替えを担当してもらっているので、教えないわけにはいかなかった。

まずは父たちに話すことを決め、部屋着に着替える。

父たちを呼び出すと、やってきた彼らは、話を聞いて顎（あご）が外れんばかりに驚いた。

「お、お、お、王華が……」

「嘘だろ。そんなことあるのか？」

ギョッとする兄にフリードが不機嫌そうに頷く。

「実際あるのだから仕方ないだろう。それに、失われたといっても表面的にであって、私とリディの繋がりが断たれたわけではない。犯行はアル曰く、精霊によるもの」

「……解決方法は分かってんのかよ」

兄がおそるおそる聞いてくる。フリードは端的に答えた。

「該当の精霊を見つけ出し『返す』と言わせること」

「なるほどな。それで――どの精霊が犯人なのか分かっているのか？」

兄の目が鋭くなる。フリードも同じくらい鋭い目をして返事をした。

「……もちろん。昨日、リディの目の前で消えた少年。どうやら彼が精霊だったらしい」

「……マジか。だからいくら家を探しても、見つからなかったのか。その少年のことも皆、知らないって言ってたしなあ」

「おそらくは」

フリードが肯定する。

父も難しい顔をして考え込んだ。そうして私たちを見る。

「これはゆゆしき問題です。王華が消えるなど、いまだかつてなかった重大事件かと」

父の顔には焦りがある。

まさかこんなことになるとは思わなかったとその顔には書いてあった。

「王華がなくなったと知られれば、口さがないことを言う者も現れるでしょう。この件は解決するまで最低限の人間にのみ知らせるべきかと思います」

「分かっている。お前たちとあとはカーラにのみ知らせるつもりだ」

「……女官長ですか。娘の世話をしているのでしたな。ただ、口止めは必要です」

父とフリードが難しい顔で話を始める。兄が呆れたように私を見た。

「お前……ほんっと問題を起こすプロだよな」

「私のせいじゃないし、私が望んだことでもないんだけど」

「分かってるって。でも王華が消えるとか、普通にあり得ないからさ」

「私だって吃驚したもん」

溜息(ためいき)を吐(つ)く。アルがふよふよと羽を動かし、こちらに来た。

「大丈夫ですか、王妃様」

「うん、平気。でもアルがいてくれて良かったよ。でないと、なんでこんなことが起きたのか分からないままだったもの」

彼がいたお陰で、犯人が精霊だということが分かった。

普通なら思いつきもしなかったはずだ。

ただ、あの少年がどこに消えたのかは依然分からないままだけど。

行方不明になっていなかったのは良かったが、どこにいるのか居場所を探すのが大変だ。

まずは彼が消えた東の町をくまなく調べて、あとはカレー店にも現れたことを考えて、南の町も調査する。

気の遠くなりそうな話だが、しらみつぶしに探していくしかない。

「では、女官長を呼びましょうか」

父たちの話が終わり、カーラが呼ばれた。父が簡潔に事情を説明する。

王華がなくなったと告げると、彼女は絶句していたが、すぐに立ち直り、ハキハキと告げた。

「分かりました。問題解決までの間、王妃様のお世話は私ひとりでいたします。ドレスもハイネックのデザインを選ぶことと致しましょう」

「ごめんなさい、カーラ。迷惑を掛けるわ」

普通は数人でする世話をカーラひとりに任せるのは申し訳なかったが、彼女は首を横に振った。

「私の部下は皆、信頼できる者たちですが、まだ若く、どうしたって口は軽くなります。どこから話が漏れるかも分かりませんから私がひとりでお世話し、王妃様の秘密を守るのがよろしいでしょう」

「そうね」

「何かあれば、いつでもお呼び下さい。すぐに伺えるようにしておきますから」

「ありがとう」

カーラの気遣いが有り難い。

思えばカーラは、私が城に来た時から優しくしてくれた。今も変わらず親切にしてくれる彼女に、私は深い信頼を置いている。

父が頭を下げる。

「では、私たちはこれで。陛下のお仕事も、王華が戻るまではできるだけ減らすように努めます。ですからどうか、王華を戻すことを何よりも優先なさって下さい」

兄も真顔で言った。

「緊急事態だからな。代われる仕事は代わってやるよ」

「……すまない」

「謝らなくていいから、さっさとその精霊とやらを見つけてこいよ。ったく、ふたりして辛気くさい顔してさ。お前らはいつも通り鬱陶しいくらいイチャイチャしていればいいんだよ」

面倒そうに言い捨てた兄だが、その声は温かかった。

ふたりが部屋を出て行く。

カーラも「皆に根回しをしておきます」と言って出て行った。

アルは落ち着かないのか、部屋の中をフラフラと飛んでいる。

「カインにも話さないとね」

フリードに告げる。カインは私の忍者だ。言わないわけにはいかない。

同意を得られたので、カインを呼んで事情を説明する。

話を聞いたカインは「どの精霊が王華を盗ったのか全く皆目見当もつかないってことだよな？」と聞いてきた。

「そうなの。それが一番の問題かな」

しかもアル曰く、精霊は姿を変えられるらしいのだ。私たちが知っているのは、子供の姿だけ。それ以外の姿を取られて見分けられる自信はない。

「どこを捜せば良いのかもさっぱりだし、本当に困ってる……」

心当たりのある場所をしらみつぶしに当たっていくしかないわけだが、相手は精霊。そんな方法で見つかるのか、正直不安だ。

フリードも同じ気持ちなのか、苦い顔をしていた。

「せめてどの辺りにいるかくらい分かれば……」

「ね」

「それ、ばあさんに占ってもらう、じゃダメなわけ？」

「え……」

カインの指摘に目を瞬かせた。

カインは首を傾げ「だから」と言う。

「ばあさんに占ってもらえば良いんじゃね？　精霊が今、どこにいるのかピンポイントではなくても大体の場所なら分かるんじゃないかって思うけど」

「……」

「まあ、占ってくれるかは聞いてみないと分からないけどさ。聞くくらいはいいだろ、別に」

当たり前のように告げるカインだが、目から鱗が落ちた気分だった。

確かに魔女のデリスさんなら、聞けばある程度まで捜す範囲を狭めてくれそうだ。

ダメと断られる可能性はゼロではないが、駄目元で聞いてみる価値はある。

「そう……そうだね」

近く、イチゴ大福を持ってお礼に行こうと思っていたこともある。

そのついでにちょっと尋ねてみるくらいは許されるのではないだろうか。

「フリード……」

夫を見ると、彼も「確かに」と賛同してくれた。

「デリス殿なら、何らかのヒントをくれるかもしれない。困った時ばかり頼るみたいで申し訳ないけど緊急事態だし……リディ、デリス殿を訪ねてみよう」

「うん」

「もちろん十分にお礼は用意する」

「私もイチゴ大福と……あとおはぎも作るよ。イチゴ大福は戴冠式の時のお礼だもの。一緒にするのは失礼だから」

「そうだね」

ふたりで頷きあう。

カインのお陰で方針が決まったので、早速デリスさんのところへ行くことにした。

とはいえ、出掛けるのは午後になってからだ。

午前中は厨房で、お土産にする大福とおはぎを作らなければならないから。

「別に魔女なんて頼らなくてもいいと思いますけどー」

アルだけはデリスさんを頼ることに否定的だったが、それは彼女のことをあまり知らないからだ。

デリスさんが如何に頼りになる人なのかを説明すると「王妃様たちがどうしてもって言うのなら、別に反対しませんけど」なんて不満そうにしつつもそれ以上は言わなかった。

フリードも仕事があったが、大部分を兄たちが代わってくれたお陰で午前中のうちにあらかた終わった。カインとアルを連れ、デリスさんの家に向かう。

「こんにちは」

久々のデリスさんの家。

ノックと挨拶をすれば勝手に扉は開いた。

中に入る。壁沿いにある地下に伸びるらせん階段を下りると、デリスさんが待っていた。

「よく来たね」

如何にも魔女といった黒いフードを被った小柄なおばあさん。

長い杖を持ち、優しい目をした彼女こそヴィルヘルムの誇る薬の魔女、デリスさんである。

世界に七人しかいない魔女のひとりで、有り難くも私は友人として親しくさせてもらっている。

「突然お邪魔して、大丈夫でしたか？」

「うちに来るような物好きはあんたたちくらいしかいないから気にしなくていいよ。それより、ずいぶんと大変なことになっているようじゃないか」

デリスさんがチラリと王華のある辺りに視線を投げかけてくる。

私の身に何が起こっているのかすでに知っているようだ。

さすが魔女と思いつつ、まずはと手に持っていた箱を差し出した。

「その話はあとでさせて下さい。まずはお礼を言わせてほしくて。戴冠式ではありがとうございました。お陰で思い出に残る式になりました」

戴冠式の時のことを思い出す。

バルコニーでのお披露目の際、デリスさんを始めとした付き合いのある魔女たちが来て、お祝いをしてくれたのだ。

私たちを祝福し、国中に青い薔薇の花びらを降らせてくれた。

「とっても素敵でした」

まさかデリスさんたちが来てくれるとは思わなかったので驚いたが、祝ってもらえたことは嬉しかった。

お礼の気持ちを込めて、イチゴ大福の入った箱を差し出すと、彼女は「ありがたくもらっておくよ」と言って、受け取ってくれた。

「良かったら、アマツキさんやメイサさんと食べて下さい」

「あいつらが来るかは分からないが、一応声は掛けるよ。ほら、突っ立ってないで座りな。重要な話があるんだろう？」

　デリスさんに促され、近くにある大きな机に並べられた椅子に座る。

　とはいっても着席したのは私とフリードだけだ。カインは私の背後に立っているし、アルは部屋の中を好き勝手に飛んでいる。

「それで？　今日来たのは礼のためだけじゃないんだろう？」

　人数分のお茶を出しながらデリスさんが聞いてくる。

　デリスさんのお茶は苦かったり辛かったりすることもあるが、最近では比較的普通の味がするものが出てくる機会が多い。

　今日はどうだろうとコップの中を覗いてみると、緑色をしていた。

　緑茶かなと辺りをつけて、口に含む。

「おいしい……」

　想像通りのお茶の味にホッとしたが、後ろでカインが「まっず!!」と叫んでいたので、多分カインのお茶にだけ細工がされていたのだろう。

　最近のデリスさんはわりかしそういうことを平気でやる。

　フリードを見れば、彼のお茶は私と同じで普通だったようで、平然とした顔をしていた。

　コップを置き、デリスさんを真っ直ぐに見つめる。

「お伺いしたいことがあります」

「ほう。その消えた王華についてかい？」

　笑いながらデリスさんが答える。フリードは小さく頭を下げた。

「慧眼、恐れ入ります」

「ま、来ると思っていたからね」

デリスさんが私たちの事情を知っていることについては驚かない。今までに何度も同じようなことがあったからだ。

私たちの知らない世界を生きるのが魔女という存在。そういうものだ。

「詳しく話してみな」

「すでにご存じかもしれませんが――」

デリスさんに促され、フリードが事の経緯を説明する。彼女はふんふんと頷きながら、最後まで話を聞いてくれた。

「なるほど。見事にしてやられたということか」

話を聞き終えたデリスさんが感想を述べる。そうして私に目を向けた。

「王華のあった場所を見せてみな。少し胸元を寛げるだけでいいから」

「はい」

言われた通り、少し服を下げて胸元を見せる。

デリスさんは立ち上がると私の側へやってきた。

「少し触るよ。いいかい？」

「どうぞ」

デリスさんの冷たい指が肌に触れる。しばらく何かを探るような顔をしていた彼女だったが、やがて指を離して自席に戻った。

「どうでした？」

「ま、その精霊が言った通りだね。王華は完全になくなってはいない。あんたと夫の繋がりはきちんと残っているよ」

「そう、ですか」

デリスさんの言葉を聞きホッとした。

アルを疑っていたわけではないが、やはり少しは不安だったのだ。

それなりに付き合いの長いデリスさんに太鼓判を押してもらえると安堵する。

「ベリッと上張りだけ剥（は）がされた、みたいな感じだね。王華は特別な術式で、普通の精霊には触れるものではないと思うが……いやあ、ずいぶんと器用にやるものだ」

感心したようにデリスさんが言う。

「これは相当高位の精霊がやったのだと思うよ。そもそも人型を取れていたんだろう？　かなりの力がなければ人型は取れないからね」

「確かにアルも力の強い精霊なら変化はできると言っていましたけど」

アルに目を向けると、彼は飛び回ることに厭（あ）きたのか、私の方にやってきて、頭の上に着地した。

デリスさんが確信を持って告げる。

「少なくとも普通の精霊にはできないね。だからその時点で、どの精霊が犯人かある程度絞られる」

「……絞れるんですか!!」

思わず身を乗り出す。

下手をすれば、ヴィルヘルムにいる精霊をしらみつぶしに当たっていかなければならないのかと思っていただけに、聞き逃せなかった。

デリスさんが私たちに尋ねてくる。

「そうだね。……あんたたちは、精霊にどんな種類がいるのか知っているか？」

「不勉強ですみません。恥ずかしながら、あまりよくは知りません」

見栄を張っても意味はないので、正直に答える。

ウィルなら詳しいだろうが、私は興味なかったのだ。

基本的に魔法や魔術を上手く使えない私は、その系統のことにあまり興味を抱けなかった。

フリードは知っているのか、さっくりと答えていた。

「精霊は大きく分けて四種類。炎の精霊、水の精霊、風の精霊に土の精霊……。そう聞いています」

「そうだね、間違っていないね。例外的な存在として光の精霊と闇の精霊もいるが、それは今は考えなくてもいい。それじゃあ、この四種類の精霊が、どのようにして生まれたのかは知っているかい？」

「……知りません」

フリードが首を横に振る。デリスさんは私の頭の上にいるアルに視線を向け「その精霊が四種の精霊の大元だよ」と言った。

「大元？」

「言っただろう。リディの頭の上にいるその精霊は始まりの精霊と言われていると。大昔、彼の強い感情から四体の精霊が生まれた。それが後の炎、水、風に土の精霊の王になったと伝えられている」

「……えっ、アルから精霊の王が生まれたんですか？」

「ああ」

思わず頭の上にいるアルを掴み、まじまじと見つめる。アルは「いやですよ、王妃様。照れます～」とか暢気なことを言っていたが……え、精霊王？

「アルって精霊王の生みの親なの!?」

「はあ、まあそうなりますね」

気の抜けた返事が来る。すごい話のはずなのに、アルのせいで緊張感が全くない。

デリスさんが更にとんでもないことを言った。

「千年前、ヴィルヘルム初代国王は、始まりの精霊だけではなく、四人の精霊王も従えていたんだよ。始まりの精霊は剣に宿り、初代国王のいる王城を守り、四人の精霊王たちはそれぞれ東西南北に分かれ、各町を守っていた。王都の四つの町が『北の町』みたいに呼ばれるのはその頃の名残だね。精霊王たちは『北の精霊王』『東の精霊王』『南の精霊王』『西の精霊王』とそれぞれ号で呼ばれていたから」

「へえええええ……」

「懐かしいですねえ」

アルはのほほんと言うが、ものすごい話である。

デリスさんが続ける。

「四人の精霊王たちからは更に多くの精霊が生まれたが、当然、その精霊たちは彼らほどの力は持っていない。できることなんて、些細な悪戯程度だよ。もちろん人間からしてみれば、十分天災と呼べるだろうけど。……私が言いたいのはね、王華を表面的にだろうが消すには、悪戯レベルでは足りないってこと。始まりの精霊か、それに準ずる力を持つ四人の精霊王。彼ら以外に初代国王の編み出した魔術刻印をどうにかすることはできない。純粋に力が足りないんだ」

「……力が足りない」

非常に説得力のある言葉だった。

「だから王華が消えたのなら、犯人は始まりの精霊か四人の精霊王の誰かに絞られるというわけさ」

「なるほど」

改めてアルを見つめる。私の視線を感じたアルが慌てて弁明した。

「僕は違いますからね⁉　王妃様の王華を奪ったりなんてしていません！」

「分かってる。でも、そうなると四人の精霊王の誰かが犯人ってことになるよね」

「遺憾ながら、そういう話になりますねえ。まあ、うんと頑張れば普通の精霊にもなんとかなるんじゃないかなって僕なんかは思うんですけど」

「バカをお言いでないよ。無理に決まっているだろう」

ピシャリとデリスさんが窘める。

「王華に触るなんて、私たち魔女にもできないことなんだ。それを不完全にとはいえ、消してしまえる。単なる精霊にできてたまるものか。神の作った完璧な術式だよ⁉」

「……まあ、それは否定しないけど」

どこか不満げなアル。そんな彼に私は尋ねた。

「ねえ、アル。精霊王についてもう少し詳しく教えてくれる？　アルから生まれたって話だけど」

「はあ、まあ。王様も聞きたいですか？」

「そうだな」

話の矛先を向けられたフリードが答える。アルは気が向かないという顔をしつつも口を開いた。

「分かりました。お話しします」

そうして私たちの前に飛び上がり、話し始める。

「えっと、まず間違えないでほしいんですけど、そこの魔女は精霊王を僕が生んだ、みたいに言ってましたが、そもそも彼らが生まれたのって偶然なんですよね。ほら、アレです。くしゃみしたらなんか生まれた、みたいな」

「そんな適当なの？」

それで良いのかと目を丸くしたが、アルは何でもないような顔で言った。

「実際、そんなものなんですって。予期せぬところから生まれたというか。まあ、僕から分かたれたものという認識は間違ってはないです。あと、今いる精霊たちを彼らが生み出したのもその通りですね。僕は全く関与していません」

「そうなんだ……」

「彼らは僕から生まれたとは思えないくらい身勝手で、好き放題やっていました。でも悪戯好きで人間に迷惑を掛けまくる彼らを問題視した王様が、彼らを捕まえ、支配下に置いたんです。つまり、契約したってことですね」

「初代国王はアルとは別に四人の精霊王とも精霊契約したってこと？」

「そうです。王様は特別な方ですからね。それも可能だったんです。彼らは王様に命じられ、それぞれ各町を守護することになりました。とはいえ、彼らが王様に従っていたのは、逆らっても勝てないから。僕のように王様を慕っていたわけではないんです」

「へえ……」

それは意外だ。

アルから生まれたというくらいだから、同じように初代国王を慕っているものだとばかり思っていた。

「王様が亡くなったあと、僕は王様が生まれ変わるのを待って剣の中で眠ることにしましたけど、彼らは違いました。契約がなくなったのを良いことに、これ幸いと飛び出していったんです。とはいえ、僕が眠りに就いたことで、彼らも強制的に眠ることになりましたけどね」

「始まりの精霊がいなければ、王といったところで彼らも何もできないということさ」

「へえ、アルすごいんだね」

デリスさんが更に詳しく説明してくれる。アルがえっへんと胸を張った。

「そうでしょう、そうでしょう。僕はすごい精霊なんです～」

「……すごい精霊のわりに、格下の精霊がリディに近づく気配を察知できなかったのか」

「うっ……」

フリードが鋭すぎるツッコミを入れてくる。アルはやらかした自覚があるのか己の胸を押さえていた。

「も、申し訳ありません、王様。その件につきましては……」

「いいわけはいらない。続きを」

「はいっ。ええと、そんなこんなで皆、眠ってしまったんですけど、僕が目覚めたことで、徐々に起き出してるんですよね。ただ、どうしているのかは知りません」

「肝心なところは分からないと。役に立たないな」

吐き捨てるフリードにアルが泣きそうになりながら訴える。

「だって！　たとえばですけど、王様だって自分の身体から出た体液がその後、どうなっているかなんて分からないでしょう!?　それと同じですよう！　一旦、分かたれてしまえば、最早(もはや)僕とは無関係。何をしているかなんて、分かりようがありません！」

たとえが酷(ひど)いが、アルの言わんとしていることは分かる。

頭痛がすると思いながらも纏(まと)めた。

「ええと、つまりアルから分かれた精霊王たちは、フリードに仕える気はないってことなのかな」

出て行って、今も姿を見せないということは、そういう意味だろう。

確認すると、アルは「そうですね」と言いながら私の疑問に答えた。

「王様に仕えていたら、好き勝手できませんからね。王様が生まれ変わったことは知っていても『前世は前世、今世(こんせ)は今世』って感じで知らんふりしているのだと思います」

「うわ……はっきりしてるなあ。でもどこにいるのか分からないっていうのは困るね」

「精霊ですから。あ、でも基本的に自分のテリトリーにいるんじゃないですかね？　たぶん、ですけど」

「テリトリーって？」

「それぞれが守護していた町ですよ。目覚めてすぐは百パーセントの力も出せないでしょうし、テリトリー内に潜んでいる可能性が高いです」

「ふうん」

「ま、中には今世の王様たちがどんな感じか気になって、ちょっかいを掛けてくる奴もいるかと思いますけど」

「……うん？」

首を傾げた。たんま、と手のひらを向ける。

「ちょっと待って。ちょっかいを掛けてくるの？」

「はい。だって気にはなるでしょう？　前の主の生まれ変わりですよ？」

「それはそうかもだけど……ねえ、もしかして私の王華を盗った精霊って、本当に王華が欲しかったわけじゃなくて、ちょっかいを掛けついでに王華を盗っていった……とか、可能性ある？」

おそるおそる聞いてみる。アルはあっさりと肯定する。

「普通にあります」

「え」

「精霊王たちは普通の精霊たちより好奇心旺盛ですからねえ。できそうだからやっちゃえ、くらいの感覚ですよ。あるある、全然あります」

「……嘘」

私も驚いたが、フリードもギョッとした顔をした。

ちょっかいを掛けついでに王華を盗るとか、やることがえぐすぎる。

「う、うーん。聞いた感じだとデリスさんの言う通り、犯人は精霊王の誰かで間違いなさそうだね。ねえ、アル、ちょっかいを掛けそうな精霊王に心当たりはないの？」

「基本的に全員やりそうといえばやりそうですけど……うーん、でも場所的に、東の精霊王あたりとかの可能性が高そうですねえ」

「東の精霊王ってことは、東の町にいる？」

「はい。食欲の権化なので、食べ歩きをしているかと」

「食べ歩きをしてるの!?」

「美味(おい)しいものなら何でも好きなんですよ、東の精霊王は。食への執着がすごいです」

「……食への執着」

思い当たることがあった。

カレーパンを欲しがったり、クッキーを欲しがったりした昨日の少年が、アルの言った東の精霊王の特徴にぴったり嵌(は)まっているような気がする。

しかも昨日、少年は『ずっと東の町にいる』的な発言をしていた。

少年の台詞(せりふ)としては少し違和感があったが、精霊王としての発言だったとするなら、納得できる。

「……犯人、東の精霊王の可能性が高そう。昨日の子もずいぶんと食に執着していたっぽいし」

ポツリと呟(つぶや)く。フリードも同意した。

「そうだね。ただ、決めつけてしまうのはよくないよ。別の精霊王の可能性もゼロではないわけだし」

「うん。ねえアル、他の精霊王たちは食に執着があったりする？」

念のため聞いてみる。アルはあっさり否定した。

「いいえ。それぞれ執着するものは違いますよ。人間の食べ物に興味を持っていたのは東の精霊王だけだったはずです。彼は人間の作り出すものが好きなんです」

「フリード」

夫の名前を呼ぶ。私の言いたいことが分かったのか、彼は真顔で告げた。

「分かった。東の精霊王を第一被疑者として捜してみよう」

「うん！」

デリスさんとアルのおかげで、とりあえず、今後の方針が決まった。

ホッとしつつ、デリスさんにお礼を言う。

「ありがとうございました。その……調子の良いことを言っている自覚はありますが、もうひとつお願いしても良いですか？」

「なんだい？」

言ってみろと促され、おそるおそる告げた。

「えっとですね、東の精霊王が今どこにいるのか、占えたりしません？」

「ふはっ、ふははははっ！」

我ながら図々しいお願いだと思いながら告げると、デリスさんが爆笑した。

でも、捜さなければならないのは人間ではなく精霊なのだ。魔女の力を借りたいと思っても仕方ないだろう。

何が楽しいのか笑い続けるデリスさん。

フリードが私に続いて言った。

「もちろんお礼も用意しています。私たちは一刻も早く王華を取り戻したい。そのために手段は選んでいられないのです。もし可能であればお願いします」

「お願いします」

フリードと一緒に頭を下げる。

「……」

デリスさんが笑いを収め、私たちを見る。そうして申し訳なさそうに言った。

「悪いけど、占いはしてやれない」

「え……」

「手伝ってやりたいのはやまやまなんだけどね。おそらく始まりの精霊が目覚めたことと関係があるのだろう。ここのところ、古い気配がどんどん濃くなって、占いをしてもまともな答えがでないんだ」

「古い気配、ですか」

「ああ。何が起こっているのか、こちらも聞きたいくらいだよ」

トン、と指で机を叩くデリスさん。彼女が『無理』と言うなんて相当だ。

「もう少し気配が落ち着けば、また見えるようにもなるんだろうが、少なくとも今は難しいね」

「分かりました。無理を言って申し訳ありません」

元々駄目元でという話だったし、犯人の目星がついただけでも有り難いのだ。

これ以上は求められない。

そう思っていると、フリードが金貨の入った袋を取り出し、恭しくデリスさんの前に置いた。

「失礼でなければ、お受け取りいただけると有り難いです」

「なんのつもりだい？　占いはできないと言ったばかりだと思うけど？」

デリスさんが怪訝な顔をする。私も意味が分からなかったが、フリードは言った。

「助言をいただいたお礼です」

「大したことを言った覚えはないよ」

「我々は助かりましたので。――それに」

フリードが話を区切る。そうして困ったように言った。

「こちらは占いをしてもらう対価として用意したものですが、このまま持ち帰るのは少々格好がつきません。妻が世話になっている礼だと思って受け取っていただければ助かります」

苦笑しながら告げるフリードにデリスさんが目を丸くする。呆れたように言った。

「黙っていれば分からないものを……。無駄な金を使う必要はないだろうに」

「無駄ではありません。必要経費です。それにこれはあなたのために用意したもの。持ち帰るのも違うと思ったのですよ」

さらりと告げるフリードは本気でそう思っているようだ。デリスさんが彼を真っ直ぐに見つめる。

「対価が得られないのにあんたは金を出すと、そう言うのかい？」

「精霊王についての情報は十分すぎるほど対価になり得ます。アルの話だけではたぶん、東の精霊王というところまで辿り着けなかったでしょうから。それにあなたはリディの友人でしょう？　妻の友人にならこれくらいしても構わないと、そう思うのですよ」

静かに告げるフリード。デリスさんは彼をまじまじと見つめた。

「……リディの友人だから、ね。相変わらず、妻に甘い男だね」

「惚れていますから」

「知っているよ。……本当にねえ。王華があってもなくても変わらないくらいに惚れているとか、相当なものだよ。普通はこうはいかない」

「お褒めいただき、光栄です」

「褒めているんじゃない。呆れているんだ」

デリスさんが溜息を吐く。そうして目の前に置かれた袋に手を伸ばした。

「分かった。これは有り難く受け取っておくよ」

「そうしていただけると助かります」

「あ、すみません。私からも。さっきのイチゴ大福とは別に、おはぎも持ってきたんです。これもどうぞ」

せっかくなら私のおはぎも食べてもらおうと机の上に出す。

デリスさんが呆れたように言った。

「全く夫婦揃(そろ)ってあんたたちは……。また何かあったら来ると良い。占いはできないが、今回みたいな助言ならしてやれるから」

「ありがとうございます」

デリスさんから助言をもらえるのは有り難い。

しかしどうやって精霊王を見つけるべきか。その問題が解決していないのは困りものだ。

だって見つからない間、王華の効果は得られないわけで、その分、私が彼に付き合わないといけないのだから。

アルがいるから以前と全く同じではないだろうけど、実際、どのくらい増えるのだろう。今も大概だという自覚があるだけにゾッとする。

「ううう……何か良い案はないかなあ」

嫌とかではないが、一時しのぎになるものがあれば助かるのだ。そう思い、ハッとした。

「そうだ！　前にデリスさんからもらった、性欲を抑える薬!!」

パチンと指を鳴らす。

あの薬があれば、フリードの性欲も多少はマシになるのではないだろうか。

以前私がフリードに渡し、彼が従兄のアンドレに使ったもの。まだ在庫はあったはずだし、少しでも負担が軽減されるのなら非常に助かる。

これは名案。そう思ったが、呆れ顔のデリスさんに止められた。

「やめときな」

「え、なんでですか？」

どうして止められるのか分からず尋ねると、彼女は「もう忘れたのかい」と言った。

「忘れた？」

「あんたは王華がない間、夫の性欲を多少でも抑えたいと思って、あの薬を使おうと考えたんだろう？」

「はい」

事情を知られているデリスさん相手に誤魔化す必要はない。

正直に返事をすると、彼女はフリードに目を向けながら言った。

「言ったはずだ。あの薬には副作用があると」

「……そうでしたね。えっと確か……副作用は人それぞれ違うとか」

デリスさんの言葉を思い出しながら告げる。

「その時、こうも言ったはずだよ。その男はたぶん、副作用が性欲として返ってくるって。確かに一時しのぎにはなるだろうが、そのあとあんたがより大変な目に遭うと思うが……それでも良いのかい？」

「……えっ」

「普通に相手をした方がマシだと思うよ。こんなものは基本倍返しになるんだから」

「……ひえっ」

倍返しという言葉に息を呑む。

フリードが机に両肘を突き「ああ」と暢気に頷いた。

「そういえばあったね。デリス殿からリディがもらった薬。リディがそうしてほしいって言うのなら飲むのも吝かではないけれど」

「い、要らない！」

慌てて首を横に振った。

一時しのぎができたところで、そのあとでより酷い目に遭うのなら、意味がないと思ったのだ。

というか、一時しのぎができるかもという点だけ思い出した己が間抜けすぎる。デリスさんは副作用の話もちゃんとしてくれていたというのに。

「薬はやめておきます……」

「そうしときな。その方があんたのためになると思うよ」

「はい……」

萎(しお)れながらも返事をした。結局、薬なんかに頼るなという話なのだ。

現状を打開したければ、東の精霊王を見つけるしかない。

「もう……なんでよりによって王華を盗っていくの……」

王華なんて、私とフリード以外には意味のないものなのに。

溜息交じりに文句を言うと、アルがキョトンとした顔で言った。

「え、だから意味なんてないんですって。ただ欲しくなったから。そんなもんじゃないですか？」

「そんなノリで盗らないでほしいかな!!」

盗られた方の迷惑も考えてほしい。

頭痛がすると思いながら叫ぶと、フリードは私を抱きしめ「一日も早く王華を取り戻そうね」と力強く言ってくれた。

9・死神と視線（書き下ろし・カイン視点）

姫さんの胸にあった王華（おうか）が消えた――。

普通ではあり得ないはずの事件が起こり、憂慮したオレたちはばあさんに相談しに行った。

ばあさんはいつもながら的確な助言をくれたが、帰り道にそれは起こった。

――っ!?

何者かの視線を感じたのだ。強烈な気配に、ゾクリと背中を震わせた。

今、誰（だれ）かがオレを見ていた。

人通りの多い、午後の大通り。

オレの前には、姫さんとその旦那（だんな）がいて、手を繋（つな）いで歩いている。

そのすぐ隣にふよふよと飛んでいるのは、気に食わない後輩のミニドラゴン。

町を行き交う人々はそんな彼らを尊敬と憧れを持った目で見つめたり、気安く声を掛けたりしている。

いつも通りの光景。その中で起こった出来事。

視線は姫さんたちを見てはいなかった。見られていたのは間違いなくオレだ。

しかもそれはほんの一瞬。オレだから気づけたのだと断言できる。

――誰だ？

姫さんたちの後ろを歩きながら、意識を広げる。

おかしな動きをしている者はいない。

シェアトかとも思ったが、気配が彼とは違う。

恐ろしいことに、その視線の主はシェアトより……いや、オレより手練れだった。

ほんの一瞬、視線を向けられただけ。それでも分かる。

そいつは強い。オレが敵うレベルじゃない。

「……うっそだろ」

思わず声が漏れる。

オレにだって赤の死神として、長年暗殺者のトップに君臨してきたプライドがある。

誰よりも強いという自負があるのだ。

だが少し前に見た姫さんの旦那の祖父。そして今回の視線の主と、ここのところ立て続けに己より強い者の存在を感知してしまい、正直頭を抱えたい気分だ。

次から次へと強者がゴロゴロと現れる現状。姫さんの護衛としては、うかうかしていられない。

もし何かあった時、オレひとりでは守りきれないかもしれない。

一度、どこかで鍛え直す必要があるのではないだろうか。

とはいえ、暢気にしている後輩ドラゴンもいるし、そこまで焦る必要はないかもしれないけど。

腹は立つが、あの後輩ドラゴンは己を優秀だと言い張るだけのことはあり、実際かなり頼もしい。

それこそ姫さんの護衛を任せて、敵を追っていけるくらいには信用できる強さを持っているのだ。

それに強いと言えば、姫さんの旦那がいる。

彼はそれこそ誰よりも強い。

万が一の時は、彼が姫さんを守るだろうから、オレより強い奴が現れても、そこまで焦る必要はない——とそこまで考え、首を横に振った。

——いや、それは違うよな。

姫さんの護衛はオレなのだ。他の誰かを当てにするようでは護衛失格。

敵が強いのならそれ以上に強くなる。

主を守るためならなんでもする。

それがヒユマの在り方だ。

とはいえ、今の視線は姫さんではなくオレにあったので、どうするべきか悩むところなのだが。

「……いや、もしかしたら敵かもしれない。やっぱり鍛え直すべきだよな」

ギルドを抜けたので、暗殺者時代にしていた修行はできない。

自己鍛錬しかないか……そう考えたところで、アベルのことを思い出した。

アベルはオレと同じヒユマの人間。

彼ならオレの知らないヒユマの修行法も知ってるかもだし、視線の主を捜す手伝いも頼めるだろう。

金を払えば、だけど。だが依頼料さえ支払えば、彼はきちんと仕事をしてくれる。

「ちょっと相談してみるかな」

ひとり呟く。その声を聞きつけたのか姫さんが振り返った。

「どうしたの、カイン」

「いや、なんでもない」

姫さんに不安を与えたくないので、さっと表情を作る。姫さんは「ふうん」と首を傾げたが、それ以上は聞いてこなかった。

今の姫さんに、不穏なことを聞かせたくない。

ただでさえ、王華が消えるというあり得ない事態が起こって動揺しているのだ。

これ以上、姫さんが不安になるような話はしない方が良い。

——視線も一瞬だけだったし。

しかも狙いはオレだったのだ。

だからか、姫さんの旦那も後輩ドラゴンも気づかなかった。彼らにとって何より重要なのは姫さんだ。

姫さんに害意が及ばないのなら気づかなくても仕方ないし、オレも同じだから彼らを責めようとは思わなかった。

——そう、そうだよな。オレが警戒しておけば、問題ないよな。

もし、姫さんに関わりそうなことが起こったら、その時は報告しよう。

今の状態で報告するのは時期尚早。

一応の方針を決め、息を吐く。


「……小童（こわっぱ）が。何が赤の死神か。これでヒユマの当主を名乗っているとは情けない」

視線の主がまだ見ていたことに、オレは最後まで気づかなかった。

10・彼と愛情（書き下ろし）

「じゃあリディ。私は執務に戻るよ。たぶん、一時間ほどで帰れると思う」

「はーい、いってらっしゃい」

魔女デリス殿の家から帰ったあと、リディを部屋に送り届けた私は、彼女にそう言い、自室を出た。

部屋にはカインが残っている。彼とは念話契約もしているから、何かあればすぐに連絡をくれるだろう。

王華がない状態のリディをあまりひとりにはしたくなかったが、できる仕事は片付けておかなければならなかった。

「王様、王様」

「……お前はリディについていないのか」

何故かアルが私についてきた。

今はリディの守りを少しでも強固なものにしておきたい時。それをアルも分かっているはずなのに、こちらに来たのが不思議だった。

「戻れ。お前にはリディの護衛を任せているはずだ。職務放棄するつもりか」

隣を飛ぶアルを睨みつける。アルは両手を前に出し「めっそうもありません！」と告げた。

「ちょっと王様にお聞きしたいことがあっただけです。それを聞いたら王妃様の元に戻りますから」

「……リディの前では言えないことか」

「……まあ」

言葉を濁され、立ち止まった。

アルに視線を向ける。

「何が聞きたい」

「僕が聞きたいのはひとつだけです。……王様はああ言ってましたけど、王妃様への気持ち、減りましたよね？」

「は？」

「だ、だって。王華に愛情を増幅させる効果があるのは本当ですから」

「……」

「だから王華の機能がほぼ消えている状態の今、増幅分がなくなっていないとおかしいんですよ！　それなのに王様ってば『変わってない』なんておっしゃるから」

「……なんだそんなことか。くだらない」

何を聞かれるのかと身構えただけに拍子抜けだった。

「先ほども告げたはず。リディへの気持ちは変わらない」

「本当に？」

疑わしげに私を見てくるアルだが、一切嘘(うそ)は吐(つ)いていない。

敢(あ)えて言うのなら、朝、起きた時に抱いた違和感。

いつもあるリディとの繋(つな)がりを感じられなかった焦り。

あれが一番アルの言う『気持ちが減った』に近かったのかもしれないが、リディの胸にあった王華がなくなったのを見た途端、それも全て吹き飛んだ。

私の華がなくなった驚きと怒りで何も考えられなかったし、何よりも王華がなくなったと気づいた時のリディの顔。その顔を見て、たまらないほど胸が苦しくなったから。

おそらくリディは自分がどんな顔をしていたのか気づいていない。

ほんの一瞬だったが、なんとも不安そうな、泣きそうな顔をしていたのだ。

私の華がなくなったショックが隠せなかったのだろう。

正直、そのリディの顔を見た瞬間、今まで以上の愛おしさが私を襲った。

不安になっていることにすら気づいていないリディを抱きしめたい。

大丈夫だと何度でも言ってやりたい。

可愛いリディにほんの少しだって不安を与えたくない。そんな気持ちでいっぱいになったのだ。

「私の愛はいつだってリディにある。増えることはあっても減ることはない」

「断言しますね～」

「当たり前だろう。どこに減る要素があるというのか」

確かに彼女を好きになった切っ掛けは一目惚れだ。

彼女を見た瞬間、恋に落ち、なんとしても得なければと必死になった。

理由もなく、好きになったのだ。

その状態なら確かに、王華が消えれば多少気持ちが小さくなることもあるかもしれない。

だけどそれは始まりで、切っ掛けでしかない。

リディという人物を深く知るようになり、私は底なし沼に落ちるかのように、彼女にのめり込んでいった。

天真爛漫な人で、私を好き放題振り回してくれるところ。

嘘を吐くことなく誠実に接してくれるところ。

私を王族ではなく、ひとりの男として見てくれるところ。

何もなくとも構わない。追われることがあっても共に生き、養ってあげると笑って言ってくれるところ。

私の前に立ち、その身を挺し、守ってくれようとするところ。

つまらない不安を抱く私に「大丈夫」といつだって笑って抱きしめてくれるところ。

数え上げればキリがない。

私はとっくの昔にリディという女性自身に心底惚れ込んでいて、多少何かが起こったところで「だからどうした」としか思わないのだ。

気持ちが減る？　全く意味が分からない。

むしろ不安がっているリディを見て、愛おしさが膨れ上がったから、愛情の度合いで言えば増えたくらいだ。

「リディの不安を早く取り除いてやりたい。一日も早く王華を元に戻さなければ」

そしてそれは私のためでもある。

そう言うと、アルは目を潤ませ「さすがは僕の王様です！」と拍手してきた。

「王妃様に対する絶対の愛。王華がなくなってそれがどうなるのかと心配していましたが、全くの杞憂でしたね」

ふんふんと鼻を膨らませるアルを白けた気持ちで見る。

「分かったらこれ以上くだらないことを聞くな。リディが悲しむ」

こんな話をしていたなどと知れば、リディは心を痛めるだろう。

本当は気持ちが減っていたかもしれないなんて、不安がっている彼女に言う必要のないことだし、事実と反するだけに聞かせたくなかった。

そう思ったがアルは「それはどうでしょうか」と懐疑的だった。

「王妃様ですよ？　どっちかと言うと、嬉しいって感じると思いますけど」

「嬉しい？」

どういうことだと眉を寄せる。

アルが澄まし顔で言った。

「何があっても王様の愛は揺るがないって分かったってことなんですから。王妃様ならそちらを重視するでしょう？」

「それは……そうかもしれないが」

「あ、ちなみに女性側に王華による愛情の増減はありませんから、心配なさらず。まあ、あったとしても王妃様もあんまり関係なさそうですよね。それはそんな気がします」

うんうんと頷くアル。

どうやら満足したようだ。

「それでは僕は王妃様のところに戻ります。質問に答えていただきありがとうございました。王妃様のことはしっかりお守りしますのでご心配には及びません！」

そうして私に向かって手を振ると、部屋に戻っていってしまった。

「なんだったんだ……」

わざわざ追いかけてきてまで聞く必要があったことなのか。

全く意味が分からない。

首を傾げつつも、執務室に足を進める。

今はアルの訳の分からない行動を気にしている場合ではない。

一刻も早く執務を終わらせ、ひとりで不安にしているだろうリディの側に戻ってやることこそが何より私に求められていることだと理解していた。

「陛下、お疲れ様でした」

「ああ」

私でなければならない仕事だけを片付け、執務室を出た。

宰相とアレクは残業するようだ。彼らには申し訳ないが、王華が戻るまでは今の体制で頑張ってもらうより他はないだろう。

「すまない」と謝ると、アレクは「仕方ないだろ」と笑ってくれた。

「本当にアレクは良い男だな」

普段、面倒だなんだと言うがそれは口ばかりで、実際は真面目で有能な男だ。

リディがアレクを慕うのも当然だと思う。

——まあ、リディは認めはしないだろうけど。

いまだリディは素直に兄の有能さを認めるのが癪なようだ。

アレクもアレクで、妹に対してはわりと雑な対応をするので、似たようなものだとは思うけど。ただそんなふたりのわかり合っている様子を見ていると時折嫉妬してしまう。

私はいつだってリディを独り占めしたいのだ。たとえ兄だろうと、腹立たしいと感じてしまう。

「私もまだまだだな」

リディに愛されているのは分かっているのだから、どんと構えておけばいい。分かっているのにできないのだから、私も大概器の小さな男だと思う。

「っ……！」

足を止める。

突然、体内の神力がぐにゃりと大きく渦巻く感覚に襲われた。それに比例するようにぐんぐんと体温が上がっていく。

「か……は……」

気持ちが悪い。無意識に胸を押さえる。

神力が体内で暴れていた。思うように力を制御できない。この感覚は知っている。王華を得る前にはよくあったものだ。

「くっ……」

王華が機能していない状態であることはアルから聞いて理解していた。だが、実際に昔散々悩まされた感覚に襲われると、ゾッとする。

本当に王華がなくなってしまったのではないか。

リディとの繋がりが消えてしまったのではないかと、酷く恐ろしい気持ちになるのだ。

「リディ……」

今すぐリディが欲しい。

愛しい人を抱いて、安心したい。精を吐き出し、この苦しみから解放されたい。今はもう、まともに息をするのも辛かった。

「神剣の助けがあってさえ、この状態か……」

以前よりも神力の保有量が増えているからだろうとは思うが、なかなかに厳しい。

身体が震えている。立っているのもやっとの状況の中、息を乱しながらもなんとか気力を振り絞り、意地と根性だけで自分の部屋へと辿り着いた。

転がり込むように中へ入る。

室内ではリディがアルと話していたが、私が倒れた音を聞き、慌ててこちらに駆け寄ってきた。

「フリード!?　どうしたの!?」

膝をつき、心配そうに私を見つめる妻を手を伸ばして捕まえる。その唇に己の唇を押しつけた。

「へっ!?」

柔らかな唇に触れただけで呼吸が楽になった気がするから不思議なものだ。

私はリディにもう一度口づけ、彼女に言った。

「抱かせて。もう限界なんだ」

「へ……へ!?」

目をパチクリさせるリディを見つめる。可愛くて、欲しくて、今すぐ全部奪いたくて仕方なかった。

「リディが欲しくておかしくなりそう。頭は茹だっているし、気持ち悪いし、神力は全然落ち着かないしでグチャグチャなんだ」

「え、いや、それより、今フリード、倒れて……」

おろおろとするリディの首元に顔を埋める。彼女の匂いを思いきり息を吸い込み、首筋に齧りついた。

「ひゃんっ」

甘い声に興奮する。

「大丈夫、リディを抱けば全部解決するから」

「か、解決って……え、今のフリードの状況って、もしかしなくても王華が消えてるから?」

いつもと違う私の言動に驚いていたリディだったが、すぐに思い当たってくれたようだ。

頷き、リディを抱き上げる。

すでにアルは姿を消していた。どうやら空気を読んだらしい。そういうところは有り難いなと思いながら、寝室へと移動する。

熱い息を吐き出した。

「良いよね」

「身体、すごく熱いしヤバそうなのは分かるから良いけど……なんかフリード、飢えてない?」

私を窺ってくるリディ。少し怯えているようにも見えるのは、もしかしてがっつかれるとでも思われているのだろうか。そんなことは……あるかもしれない。

だって身体が燃えるように熱い。

今すぐ溜まりに溜まった熱を吐き出したくてたまらなくて、しかもそれをしていい相手が腕の中にいて、止まれるはずがなかった。最早期待は最大値まで膨れ上がっているし、股間は痛いくらいに張り詰めている。

今すぐにでも突き入れたい。

「そりゃそうでしょう。今は王華の助けがない状態なんだから。いつもより衝動が強く出ていて、リディを抱きたくて仕方ないんだ」

リディをベッドの上に寝かせ、逃がさないようその上に覆い被さる。

彼女は驚いたような顔をしていたが、すぐに私の背中を抱きしめた。

「……いいよ。協力するって言ったもんね」

「リディには負担を掛けてしまって申し訳ないけど」

無理をさせてしまうのは分かっていたが、手加減できる気はしなかった。

そんな私にリディは優しく笑い掛けてくる。

「気にしないで。他の人に向く方が嫌だもん。私だけっていうのならいくらでも付き合うよ」

「リディ」

紡がれた言葉に、胸が痛いくらいときめいた。

王華があろうがなかろうが、関係ない。リディはいつだってこうして、私の心を雁字搦めにしてくるのだ。

彼女への愛は深まる一方で、どうしたら『減る』なんてことが起こりうるのか分からない。

キスを強請(ねだ)るように目を瞑(つむ)るリディに顔を寄せる。

最初から口内に舌を差し入れ、積極的に唾液を啜(すす)った。

彼女も私にしがみ付き、応じてくれる。

「ふっ、んっ、ん……」

「可愛い……」

リディを抱いていると思うだけで、グルグルと重く、濃くなった神力が鎮まっていくように感じた。

ドレスに手を掛ける。仕方ないことだが、いつもとは違う王華の見えないドレスにモヤモヤ感がどうしても出る。

それは実際にドレスを脱がした時、より一層大きくなった。

リディの胸に大きく咲き誇っていた王華。情事の際、いつも口づけていた私の華が綺麗(きれい)さっぱり消えている。その事実は、私の心を大きく抉(えぐ)った。

「……」

「フリード？」

動きを止めた私を不審に思ったのか、リディが名前を呼んでくる。

それに「なんでもない」と返事をし、胸の膨らみに手を伸ばした。

このなんともやるせない気持ちをリディにぶつけるのは間違っている。王華が消えて、泣きそうな顔をしていた彼女を覚えている。辛(つら)いのは同じだ。

「リディ、愛しているよ」

乳房を優しく揉みしだきながら、もう片方の胸に舌を伸ばす。チロチロとまだ丸い先端を舐めると、リディは甘い声を漏らした。

「あっ……」

可愛い声に気持ちが昂ぶる。柔らかかった乳首が舐めしゃぶるたび、どんどん硬く尖っていく。尖りきった先端に誘われるように口に含んだ。強めの力で吸い立てると、リディは強請るような声で啼く。

「あっ、あっ……んんっ……気持ち良い……」

「リディは乳首を吸われるのが好きだものね。ほら、もっとしてあげる」

「やあんっ」

再び乳首を食みリディの快感を高めていく。

ビクンビクンとリディが身体を震わせる。彼女の肌はすでにしっとりと熱く、汗ばんでいた。

「はあ、はあ……」

足を広げさせる。淫唇は閉じていたが、指を這わせるとすぐに薄らと花開いた。

花びらの中は濡れており、吸い付くように私の指を招き入れる。

「んっ……」

蜜壺に指を入れ、彼女の弱い場所を丹念に刺激する。隘路は柔らかく解れており、このまま挿入することもできそうだ。

そしてそう思ったらもう我慢なんてできなくて、もっと丹念に前戯しなければと思う気持ちが『抱きたい』に塗りつぶされていく。

——リディ、リディ、リディ……可愛い。挿れたい……。

彼女の中に今すぐ自身を埋め込みたくてたまらない。いつもなら耐えられる衝動が、全く制御できないのだ。

本能のままリディを食らい尽くしたくて仕方なかった。

「リディ」

指を引き抜き、愛しい妃の名前を呼ぶ。

自分でも驚くくらい声が蕩けていた。吐き出す息も熱く、下半身はどくんどくんと脈打っている。

上着とシャツを脱ぎ捨て、トラウザーズを寛げる。熱くなった肉竿を引き摺り出した。

「ごめん。もう我慢できない。挿れていいかな……」

「フリード……?」

「衝動が抑えきれないんだ。今すぐリディを貫きたい」

ギュッと目を瞑り、己の欲望を告げる。リディは驚いたような顔をしたが、すぐに首を縦に振った。

「いいよ」

「リディ」

「王華がないって、そういうことだもんね。分かってるから大丈夫」

「……」

「私のこと、好き?」

「大好きだし愛してるし、リディ以外はどうでもいい」

甘い声で紡がれた質問に即答する。リディは満足げに頷いた。

「うん。その答えが聞けるのならＯＫ。……きて」

リディが両手を広げ、私を招く。

その手を掴み、身体を折り曲げてキスをした。

肉棒を握り、淫唇に押し当てる。亀頭が泥濘に呑み込まれていった。それだけのことが、震えるほど気持ち良い。

まるで初めてリディを抱いた時のように、彼女のこと以外は何も考えられなくて、衝動のまま思いきり屹立を押し込んだ。

「あああああっ……！　フリードッ……！」

「くっ……気持ち良い……」

リディが快感を逃がすように仰け反る。彼女の中が大きくうねり、私のものを食い締めてきた。痺れるような気持ち良さに襲われる。

「リディ……リディ……」

愛しさが膨れ上がる。リディの足を持ち、律動を開始した。無数の襞が肉杭を逃すまいと吸いついてくる。

「ひゃっ、あっ、あっ……！」

リディの感じ入った声が心地良い。

屹立から伝わってくるリディの熱が、私の神力を宥めてくれる。

その心地よさは筆舌に尽くしがたいものがあった。

「はあ、はあ……」

可愛い。愛おしい。もっと啼かせたい。

太くなった雄で膣奥を擦り上げれば、リディはイイ声で啼いてくれて、その声だけで達しそうになった。

私に好き勝手揺さぶられたリディがシーツを掴む。その目は涙が滲み、少し赤くなっていた。

「フリード……」

「リディ、愛してる。すごく、気持ち良いよ」

「うん、うん……私も……」

「嬉しい。ね、もっと強くしてもいいかな」

言いながらリディの弱い場所を切っ先で擦る。手を伸ばし、膨らんでいた陰核を刺激した。

「きゃあっ……！」

指の腹で陰核を転がすと、リディは悲鳴のような嬌声を上げた。連動するように隘路が肉棒を締め付けてくる。連続して陰核を攻めてやれば、彼女は呆気なく絶頂に至った。

「や、あ、あ、あ……イくっ……！」

薄い腹が激しく波打つ。膣壁が肉棒を圧搾した。あまりの締め付けに、こちらも精を吐き出してしまう。

「……く」

勢いよく白濁が注ぎ込まれた。リディの身体は絶頂の余韻でピクピクと痙攣している。中は精を一滴も逃すまいと締め付けてきて、心地良いことこの上なかった。

「リディ……」

上半身を倒し、リディに口づける。その唇を割り開き、舌を絡めた。

「ん……んんっ……」

いつの間にか、リディの両手が私の背中に回っている。

唾液を交換する濃厚なキスを楽しみながら、吐精を終えた。

「……あ」

自分の身体の変化に気づく。

精を吐き出したおかげか、少し身体が楽になっていた。とはいえ、いつもに比べれば微々たるものでしかないが。

すでにムラムラとした気持ちが湧き上がっている。衝動に逆らわず、ふたたび腰を動かした。

「あっ、フリード……待って……私、まだイったばかりで」

リディが私の胸を押し、ふるふると首を横に振る。だが、欲に呑まれた私には、そんな仕草も愛らしいだけにしか思えない。

「知ってるよ。中、まだ小さく痙攣しているものね。でも、ごめん。待てない」

「ひゃあっ」

半分だけ肉棒を引き抜き、くるりとリディをひっくり返す。

後背位となったリディは、慌てて枕を引き寄せた。

「もっとリディをちょうだい」

「ひあっ!?」

後ろから肉棒を突き上げる。背中の裏側に弱い場所があるリディは、誘っているとしか思えない甘い声を上げ、枕の上に突っ伏した。

腰だけを突き上げた姿は色っぽく、見ているだけでも腰にクる。

「リディ、可愛いね。愛しているよ」

「ひゃっ、フリード……あっ、あっ、あああっ……！」

彼女の細い腰を掴み、遠慮なく腰を打ちつける。肌と肌がぶつかる激しい音が室内に響いた。一度目と殆ど変わらない硬度を誇る肉棒でゴリゴリと同じ場所を攻めると、彼女はまた呆気なくイった。

「や、やあ……そこばっかり……だめ、イく、イくのっ……あああああ……っ！」

白い背中を震わせる。

中はギチギチに私を締め付けていて、気を抜けば私までイってしまいそうだ。

「は……」

熱い息が零れる。滑らかな背中に手のひらを這わせた。それだけでリディは「ひんっ」と可愛らしく喘ぐ。

彼女の喘ぎ声は天上の調べだ。陶然とした心地に襲われる。

「まだ、まだだよ」

「ひゃあ……！　ああ……ああ……！」

抽送を激しくすると、声が大きくなった。枕に突っ伏すリディに手を伸ばす。

可愛く尖った乳首を二本の指で擦ってやると、彼女は「やああんっ」と首を振った。

「だめ、それだめえ……気持ち良い……」

「中、すごいことになっているよ。私を呑み込んで離さない。ドロドロに溶けているのに吸盤のように吸い付いてくるんだ。もっと私のことが欲しいって言っているように聞こえるよ」

ガツガツと淫肉を穿ちながら囁く。リディは息も絶え絶えになりながら、私の行為を受け入れていた。

蕩けた媚肉が心地良く雄を締め付けてくれる。気持ち良い吐精感に陶然としながらリディに告げた。

「リディ、イくよ」

「うん、うん……」

腰を打ちつけられながら、リディが何度も首を縦に振る。抽送の速度を上げると、秘裂から私の放った白濁が滴り落ちた。卑猥な光景に興奮し、肉棒が体積を増す。

リディが可愛らしい声を上げる。

「あっ、あっ……硬い……また大きくなった……ああんっ」

「それだけリディが好きだってことだよ……また一番奥にたっぷり出してあげるからね」

「んっ……」

私の声に反応したのか、リディが背筋を震わせた。その動きに合わせ、膣奥を抉る。

「あああああああっ!!」

一際大きな声を上げ、リディが達する。強烈な締め付けに、私も素直に滴りを吐き出した。

膣内が複雑に蠢いている。グリグリと奥に亀頭を押しつけると、リディは「あっ、あっ」とまた可愛い声で啼き出した。

ぺたりと髪が肌に張り付いている。それを指で掬いとり、キスを贈った。二度吐き出した程度では到底収まらない。

グッと腰を押し込み、何度も奥をグリグリと叩く。

「ふっ、あっ、んっ……フリード……」

「可愛い声……気持ち良い？」

「ん……」

目元を赤く染めて頷くリディがとても可愛い。

また少し体勢を変えさせる。側位にし、後ろからリディの足を持ち上げた。

「あんっ……」

「少し疲れたでしょう。今度はゆっくりしようね」

リディを後ろから抱きしめ、腰を緩く動かす。後背位ほど強い刺激にならないのが良いのか、リディは先ほどより少し余裕があるようだった。

「んっ、んっ、んっ……気持ち良い……」

「そうだね。リディにくっつけるし、この体位もなかなか良いよね」

リディが振り返り、キスを強請る。

腰の動きは止めないまま、要求に応じた。二度吐き出した精が残っているせいか、リディの中は滑りが良く、更に気持ち良くなっている。

「リディ、好きだよ」

「私も」

何度もキスをし、腰を揺らす。互いの身体は汗だくで、密着しているというのに酷く心地良い。

「リディ」

上機嫌で彼女の背中や首筋にキスを贈る。

乳房をやんわりと揉み込み、天辺(てっぺん)を指で擽(くすぐ)れば、リディは可愛い声で啼いてくれた。

満足したので三度目となる吐精をする。今度は顔を見ながらしたいと思い、正常位に戻した。

「リディ、次はリディの顔を見ながらしたい」

半分ほど抜いていた肉棒を押し込めながら告げる。

「分かった……ん……でも……そろそろ、休憩も……欲しい……んあっ」

抽送を始めたせいで、リディの言葉が途切れる。

リディを見れば、彼女はかなり疲れている様子だった。

「分かった。じゃあ、あと五回したら休憩にするね」

「え、五、五回？」

聞き違いかという顔をするリディに私は言った。

「だって、全然足りないし。本当ならノンストップで朝までしたいところなんだ。でも、私もリディに休んでもらいたいって気持ちはあるから、間を取ってみたんだけど」

「……間……間とは……？」

「ダメかな」

実際、嘘は吐いていないのだ。精を吐き出すたびに少しずつ体はマシになってはいるが、やめればすぐに戻ってしまうのだろうなという感覚はある。

できるだけリディを抱いておかないと、明日の仕事に差し支えるのは確実だった。

私の言葉を聞いたリディが口元を引き攣(ひ つ)らせる。そうして意を決したように告げた。

「わ、分かった……。五回終わったらで……いい」

「良かった」

合意を得られたことにホッとし、腰の動きを速めていく。

その後、約束の五回したあと要望通りに休憩を挟んでみたが、リディからは「いつもよりもねちっこかった」と涙目でお叱りを受けた。とはいえ、これくらいしなければ治まらないのも事実なので「ごめんね」と言ってキスで誤魔化し、あとはもう有耶無耶にしてしまうべく、再度ベッドに押し倒した。

翌朝、執務に向かう私にリディが「絶対に……一刻も早く王華を戻してもらわないと……私が……抱き潰される」と呻いていたが、確かにそうかもしれない。

だって朝まで抱いてもまだ足りないと心と身体が訴えているのだから。

リディには悪いが、しばらく彼女には睡眠不足を覚悟してもらわなければならないだろう。

「リディ、愛してる」

ベッドで呻く彼女にキスを贈る。

腰とお腹を押さえていたリディだったが私の言葉を聞くと「知ってる。私も好き」と当然のように返してくれた。

11・彼女と王華のない夜会（書き下ろし）

王華を奪われて、数日。

事態は全く、なーんにも変わってはいなかった。

犯人だとみられる東の精霊王。彼を見つけなければならないのだけれど、その足取りはようとして掴めず、暗礁に乗り上げていたからだ。

東の町をくまなく探しても、少年の姿は見つからない。

いい加減、お手上げ状態だ。

いっそのこと、こちらからではなく向こうからやってきてはくれないだろうかと思うほど、手詰まり感があった。

「どこにいるのかなあ」

今日も収穫なし、と呟く。

フリードの「本当だね」という声も心なしか萎れていた。

「ここまで手がかりがないと、さすがに」

「ね」

フリードに至っては、執務の大半を兄たちに変わってもらっている状態なのだ。

いつまでも続けられるわけでもないし、本気で困っていた。

しかも。

「今週末は、王家主催の夜会があるし……」

頭を抱える。

週末に行われる王家主催の夜会は、フリードが即位してから初めて行われる催しだ。

国中の貴族が出席する、大規模な夜会。

戴冠式以来の国家行事ということもあり、注目度はかなり高い。

そんな夜会に、私は王華なしで出席しなければならないのだから、頭を抱えたくなるのも仕方ないことではないだろうか。

「どうしよう」

王華がないことは知られたくない。

だから胸元が見えないドレスを着て出席するしかないのだけれど、邪推する者がいそうで嫌なのだ。

何せフリードが王華を見せつけたいタイプであることは、皆が知っているので。

見せつけたいはずの王華を隠して出席する王妃。

あることないことを噂(うわさ)されるのは間違いなかった。

「気持ち的にはいっそ欠席したいけど……！」

王家主催の夜会で、王妃が欠席など許されるはずがない。しかもフリードが即位して初の夜会だ。

出席は最早(もはや)義務とさえ言える。

ソファで、ああでもないこうでもないと唸(うな)っていると、隣に座ったフリードが腰を抱き寄せながら言った。

「私としてはいっそ欠席してもいいと思うけどね」

「ダメでしょ、それ」

当の主催者がそれでは困るのだ。

じゃあ、休もうかなと気持ちが傾いてしまう。

「やめて。ぐらついてしまうから」

「いいんじゃないかな。リディが変な噂に晒(さら)されるくらいなら、欠席でいいと思うけど？」

「フリードが主催する初の夜会で妃(きさき)欠席って大問題だと思う」

「そう？　私にはリディの方が大切だから、別に気にしないよ」

さらりと告げるフリード。

彼が本気で言っているのが伝わってくる。

本当に彼は私が良ければそれで構わないと思っているのだ。それを知っているだけに「うん」とは言いづらかったりする。

彼の肩に額を押しつけ、グリグリとしながら呻(うめ)いた。

「ううう」

「週末までまだ時間はあるし、ギリギリまで悩めばいいよ。ちなみに私は欠席に賛成だからね」

「だからやめてってば……」

眉(まゆ)が勝手に下がる。

王華がなくなって数日。それは思っている以上に私の精神にダメージを与えていた。

普段は気にさえしていなかった青い薔薇(ばら)。それが己の胸元にないことが、どうにも寂しくてやりきれない気持ちになる。

与えられた当初は『おしゃれな入れ墨』くらいにしか思っていなかったはずなのに、今ではフリードからもらった宝物だとまで思っている……というか、想像以上に自分が王華を大切に思っていたことに気づかされた。

私がフリードの妃だという目に見える証。それがなくなったことが悲しくて仕方ない。

「フリードの方が意外と平気そうだよね……」

王華がなくなった当初は怒り狂っていたフリードだが、今はすっかり落ち着いている。

私の方がよっぽど気にしているくらいだ。

自分の華がなくなったと怒っていたのに、どういうことだろうか。

恨めしげにフリードを見る。彼は唇にキスを落とすと、柔らかな表情で言った。

「別に平気ってわけじゃないし、一刻も早く戻したい気持ちはあるけどね。私とリディの関係は何も変わらないし、焦っても意味はないかなって」

「それはそうなんだろうけど」

「それに日常生活もなんとかなってるから、それもあって焦っていないのかも」

「……」

続けられた言葉に無言になった。

日常生活がなんとかなっているのは当然だ。だってその分、私が彼に付き合っているのだから。

そのプレイは王華があった時よりねちっこく、非常に体力を消耗する。はっきりいって大変だ。

おかげで神力の制御はできているらしいが、毎度デリスさんの体力回復薬に手を伸ばす私のことは忘れないでもらいたいところである。

今もフリードは怪しい手つきで私の腰を撫で回していた。

間違いなくこの後は押し倒されるのだろう。事情は分かっているから応じるつもりではあるが、このままではエッチ三昧で、生活に支障が出てくるのではないだろうかと怯えてもいる。

「リディ」

フリードが猫なで声で私を呼ぶ。

彼を見れば、欲に塗れた目が私を見ていた。

息も荒く、体温も高くなっている気がする。

「ね、そろそろ抱きたいんだけどいい？」

我慢が利かないのだと告げるフリード。私は頷き、彼の首に己の腕を回した。

「——いいよ」

仕方ない。

ダメの選択肢はそもそもないし、夫が苦しむ姿は見たくない。

大人しく身体を預けると、フリードが嬉しそうに私をソファに押し倒す。

「愛してる、リディ」

狂おしいほどの熱量が籠もった声が響く。それと同じくらい熱い唇が落ちてきた。

心地良く受け入れ、目を瞑る。

——夜会、どうするかなあ。

悩みは尽きない。

結局、結論は出せず、持ち越しとなった。

抱き合ったあと、彼は執務に戻っていった。

私もデリスさんの薬を飲み、なんとか体調を回復させた。

悩みの種はやはり週末の夜会だ。

ひとり悩むのもどうかと思った私は、王城内を適当に散歩することに決めた。思い詰めるのはよくない。歩きながらの方が名案が出てくるかもと思ったのだ。

「ん？」

王族居住区から出てしばらく。てくてくと廊下を歩いていると、登城してきた貴族令嬢たちが歩いてくるのが見えた。

令嬢たちは三人。

「……」

深い意味はなかったが、咄嗟に柱の陰に隠れる。

護衛としてついてきていたアルが首を傾げた。

「王妃様？」

「いや、なんとなく……」

どうして己の居城で隠れてしまったのか自分でも甚だ疑問ではあったが、勝手に身体が動いたのだ。

今更出て行くのも格好がつかない。

そう思っていると、令嬢たちが話しているのが聞こえてきた。

「——ねえ、最近の噂、知ってる？」

——噂？

なんのことだろうと耳を澄ませる。盗み聞きがよくないのは百も承知だが、時には情報収集も必要。ここは許してもらいたい。

令嬢たちが声を潜め、こそこそと話す。

「知ってるわ。王妃様の話でしょう？　ここ数日、胸元が詰まったドレスをお召しになっているって、皆、不思議がっているから。今まで、王華が見えるデザインのドレスしかお召しにならなかったのに、一体何が起こっているのかって、社交界では噂の的よ」

——うわ、やっぱり！

話の内容を聞き、思わず天を仰いだ。

赤いドレスを着た令嬢が「これはお父様がおっしゃっていたのだけれど」と前置きする。

「もしかして、陛下と王妃様は喧嘩(けんか)をなさったのではないかって。だから王華の見えないドレスをお召しになっているのでははって話よ」

「え？　溺愛の噂が絶えなかったのに、喧嘩？　ここにきて？」

「ええ、私もそう思ったのだけれど、お父様が『夫婦とは色々あるものなのだ』って。お母様も頷いていらっしゃったから」

「そうなの……」

——そうなのじゃなーい！

凄まじいまでのデマを聞き、思わず心の中でツッコミを入れた。

王華が見えないドレスを何日か続けて着ただけで夫婦喧嘩をしていると疑われるとか、さすがに予想外が過ぎる。

しかも『夫婦とは色々あるものなのだ』とかそれっぽいことを言われたら、なんとなく信じてしまうではないか。

実際、話を聞いたふたりの令嬢たちは「夫婦って大変なのね」とかなんとか言っている。

「じゃ、じゃあ、今のおふたりはラブラブではないってこと？」

「おそらくは。どちらが原因で喧嘩なさっているのかは分からないけど、お互いに距離を置いていることは間違いないって話よ」

令嬢が、噂話をまるで真実であるかのように告げる。

私としては頭を抱えるばかりだ。

——えー？　距離を置くどころか、いつもよりも一緒にいるくらいなんだけど。

主にエッチをするのと東の精霊王捜しのために。

ついさっきだって一緒にいた……というか、ソファでエッチしていたし、ラブラブ度合いもいつも通りだ。

だが、実情を知らない令嬢たちはそれっぽい話を信じきっている。

「仲が良いって話だったのに」

「ええ。相当酷い喧嘩みたいだから、あとひと月ほどは続くんじゃないかってもっぱらの噂よ。どうやら次の夜会にも王妃様は出席されないみたい。陛下おひとりでの参加って話よ」

「まあ。戴冠なさって初の夜会なのに欠席？」

「ええ。せっかくだからそのタイミングで、陛下に愛妾（あいしょう）を勧めてみるってお父様はおっしゃっていたわ。今なら陛下も話を聞くくらいはして下さるんじゃないかって」

——はあ!?

カッと目を見開く。

あまりの話に、つい声を上げてしまうところだった。

フリードに愛妾？　一体、どうしてそんな話が蒸し返されている。

愕然（がくぜん）としていると、私がいると気づきもしない令嬢たちは愛妾の話題で盛り上がり始めた。

「陛下は愛妾を持たないと宣言されてはいるけど、今の状態が続くのならそれも仕方ないと考え直されるかもしれないわね」

「ええ、そうなれば、私たちにもチャンスが来るかもしれないわ。もちろん王妃様を敬い、立てる必要はあるけれど、愛妾になれれば陛下の寵愛（ちょうあい）をいただける」

「素敵！」

「本当に。実は私、ずっと陛下に憧れていたの」

「私もよ」

キャッキャと楽しそうにしながら、令嬢たちが去って行く。

とんでもない話を聞いてしまった私は、呆然（ぼうぜん）とその場に立ち尽くしていた。

「お、王妃様？　えっと、今のは単なる噂ですよ？」

アルが気遣わしげに声を掛けてくる。

私は俯き「ウフフ」と笑った。アルがちょっと怯えている。どうやら私の声が怖かったらしい。

「分かってる、分かってるよ、アル。真実は私が一番知っているもの。彼女たちの話に惑わされたりなんてしない」

「よ、良かった。さすがは王妃様です。冷静な判断力、感服いたします」

「そうでしょ」

私の返答にアルが胸を撫で下ろす。私は彼に目を向け、確認するように告げた。

「……つまり私はフリードと絶賛喧嘩中で、その喧嘩はひと月以上続くと思われているってことだよね。ふーん。で、ここぞとばかりに愛妾を勧めようとしている人がいるってわけだ。たかが王華の見えないドレスを数日着ていただけで？　それだけでここまで邪推されるの⁉　あり得ないでしょ‼」

「うわ、全然、冷静じゃなかった！」

ひぃ、とアルが叫ぶ。私はアルを捕まえ、ブンブンと上下に揺さぶった。

「当たり前でしょ！　どうやったら冷静になれるって言うの！　あんな話を聞かされて！」

令嬢たちが本気でさっきの話をしていたのは、実際に聞いたから分かる。

そして、同じようなことを考えている人は残念なことにたぶんもっと大勢いるのだ。

大体、こういう話は尾ひれがついて大変なことになるものだから。

きっとすでにどうしようもないところまで話は広まっているのだろう。

貴族がゴシップ好きなのは知っている。それが即位したばかりの国王とその妃なら、余計に楽しいはずだ。彼らの口はタンポポの綿毛よりも軽い。フワフワだ。

「お、王妃様、お怒りになるのはよく分かります。僕も腹立たしい気持ちでいっぱいです。ですが、

ここは一旦落ち着いて――」

「フフ、ウフフフフ」

「こっわ。更に迫力を増してるじゃないですか。……でも、そうですよね。お気持ちはよーく分かります！」

私を宥めていたアルだったが、何を思ったのか、さっくりと手のひらをひっくり返した。

私と同じようなテンションで拳を振り上げる。

「王様には王妃様しかいない。その事実を知ろうともせず、妙な噂話で盛り上がるとは許せません！そうですよね⁉」

「う、うん。どうしていきなり私の味方になったのかは分からないけど、その通り」

「僕は常に王妃様の味方ですよぅ。ええ、分かりました。こうなったら僕自ら粛清に乗り出しましょう。とりあえずは先ほどの令嬢たちを黒焦げにすれば宜しいですか？」

「は？　よろしくない。全然宜しくないからね？」

一緒に怒ってくれるのは嬉しいが、そういうのは望んでいない。

それに――。

「人任せにするのは嫌だから、ちゃんと自分でやる」

「ほう？　ご自分で粛清なさると」

「だから粛清とかじゃないから」

違う違うと首を横に振る。アルは「じゃあどうするんですか」と口を尖らせた。

「簡単だよ。次の夜会に出て、自ら噂を払拭するの！　フリードは私のってところを存分に見せつける！」

ドヤ顔で告げると、アルはパチパチと拍手をした。

「おおー！　さすがは王妃様。泣き寝入りとは無縁ですね。心強いです！」

「フフ、私は売られた喧嘩は倍、ううん、借金してでも買う主義なの。うん、夜会に欠席とか生温いことを考えている場合じゃなかった。何が何でも夜会に出て、王妃ここにありと皆に見せつけないと！」

「いえーい！　好戦的な王妃様、格好良いです！」

「任せて！」

どんと己の胸を叩く。

でも、これくらいはしなければならないと思うのだ。

でなければ、愛妾とか言ってくる馬鹿が出る。

ない袖は振れないので王華を見せつけることはできないが、私たちのラブラブぶりを見せれば、それなりに効果はあるだろう。

目には目を、歯には歯を。やられっぱなしは性に合わない。

「私、夜会に出るから！」

決意を固め、宣言する。

アルが「素敵！　それでこそ王様のつがい！」と持ち上げ始める。

一連の流れを天井から見ていたカインが額を押さえながらフリードに連絡していたらしいが、鼻息も荒く盛り上がっていた私が気づくはずもなかった。

「ということで私、夜会に出るから」

部屋に戻り、高らかに告げる。

カインから呼び出されて戻っていたフリードも、同意見なのか賛同してくれた。

「うん、そうしよう」

「フリードに愛妾とか、許せないからね」

「私も許せないよ。リディへの愛を疑われているようで腹が立つ」

目を吊り上げて文句を言うと、フリードも全くだと同意した。

苛立たしげに言う。

「カインから聞かされて驚いたよ。私とリディが仲違いをしていると思われているとか」

「数日、王華が見えないドレスを着ただけでだよ？　信じられない」

「本当だね」

キュッとフリードが私を抱きしめる。胸に擦り寄り、目を閉じた。

フリードが愛おしげに告げる。

「私たちはこんなにもラブラブだっていうのにね」

「そうだよ」

「私がリディ以外の女性に興味がないってことは、皆が知っているものと思っていたんだけどな」

アルがまるで見てきたかのような顔をして告げる。

「その手の輩（やから）は分かっていても、虎視眈々（こしたんたん）と機を窺（うかが）っているんですよ。隙（すき）があれば見逃さない」

「……実に腹立たしい」

抱きしめられた腕に力が籠（こ）もった。

顔を上げ、フリードに宣言する。

「そういうわけだから、夜会には出席するし、私たちがラブラブだって見せつけるために、その日は大いにベタベタするから」

「大歓迎だよ。私もいつも以上に愛情表現をすることにするね」

人前でイチャつくのはあまり褒められたことではないが、今回だけは全力で遂行する。

喧嘩しているなんて根も葉もない噂は、次の夜会で完璧に払拭するのだ。

そして愛妾とか言ってくる貴族たちを黙らせる。

「フフ……私とフリードのラブラブぶりに驚くがいい」

「王妃様、その言い方、悪役っぽいですよ」

アルが指摘してきたが、知らない。

愛妾なんて無理だと思わせてやらなければならないからだ。

私はそれほど愛妾の件について、深く怒っていたのである。

夜会当日。

私はハイネックのドレスに身を包んだ。ボルドーカラーは普段あまり着ない色だが、レースが使われているのと細身なのもあり、いつもより大人っぽく見える。

「リディ、今日も綺麗だよ」

フリードの賛辞を戦闘モードの笑顔で受け取り、その手を取る。

今から私は戦場に赴くのだ。気合は十分。全ての敵を叩きのめしてやるという気迫に満ちていた。

「行くよ」

フリードと共に、大広間へと入室する。

アルは来ていない。「絶対楽しいので、ひとりで思う存分おふたりを観察したいんです！」と言っていたからだ。

皆の前でキャアキャア騒がれても困るのでその方が有り難いが、最近のアルは「専属の護衛とは？」と言いたくなるくらい私から離れる機会が多い。

自分から言い出したことなのにどういうことか。自由すぎる。

とはいえ、カインがいるから困りはしないのだけれど。

今回の件についてもカインには話したし、父と兄にも説明しておいた。

妙な噂話が出回っていると告げれば、彼らは揃って目を逸らした。

すでに知っていたのだろう。

それなら話が早いと、全力でイチャイチャすることを宣言した。

ふたりともしょっぱい顔をしていたが「確かに手っ取り早い」と最終的にはゴーサインを出してく

れた。

「噂なんてどうしようもないからな。実物を見せて『違う』と分からせるのが一番早い……が、やりすぎるなよ？」

兄には釘を刺されたが知らない。私はやる時はやる女なのだ。

とにかくこれで私たちを止める者は誰もいない。

入場すると、すでに会場には全員が揃っており、私たちが来るのを今や遅しと待っていた。

皆が注目する中、一番奥に据えられた玉座へ向かう。

その途中、私のドレスを見て「やはり……」「噂は本当だったのか」的なヒソヒソ声が聞こえてきてとても不快だったが我慢した。

感情にまかせて暴れることに意味はないと分かっていたからだ。

「リディ」

玉座に着く。

深呼吸をして感情をできるだけフラットにしていると、フリードが私の名前を呼んだ。

「何？」

「――今夜もリディは可愛いね。愛してるよ」

「ひえっ⁉」

振り返ったタイミングを上手く狙われ、頬にキスされた。

予想していなかった先制攻撃に変な声が出たが、私よりも出席者たちのどよめきの方が大きかったので、なんとかギリギリ王妃の威厳は守られた。

「フ、フリード？」

「今夜は遠慮しなくていいって話だから。せっかくの機会だし、皆にたっぷり牽制しておこうかなってね」

ウキウキで告げるフリード。

私はぽかんと口を開け、彼を見つめた。

私を王妃の席に座らせながらフリードが言う。

「だって可愛いリディは私のものだって皆に知らしめたいから。ほら、リディに色目を使う不埒な輩がいないとも限らないし」

「相変わらずだね、フリードは。そんな人いないっていうのに」

不埒な輩は私ではなく、フリードを狙っているのである。

「そう？　ならいいけど。だってリディに近づこうなんて愚か者がいたら、自分が何をやらかすか、自信がないからね」

「え」

「八つ裂きにしても足りないし」

恐ろしいことを平然と言わないでほしい。

話を聞いていた参加者たちの顔が引き攣っている。声音から冗談で言っているわけではないと気づいたのだろう。

——う、うーん。イチャイチャする予定が……！

腕を組んだり、必要以上に近づいたりして「ほら、仲良し」とやるつもりだったのに、最初から予定が狂いまくっている。というか怖がらせてどうする。

恐ろしい台詞を言ったという自覚のないフリードが、普段の調子で夜会の開催を告げる。張り詰めた雰囲気は少し緩んだが、まだ皆の緊張は残っているようだ。

宮廷楽団が音楽を奏でる。一曲目は私とフリードが踊ることになっているので、彼のエスコートでダンスホールへ進み出た。

フリードのリードで踊る。

彼がグッと身体を引き寄せてきた。

「へっ⁉」

距離が近い。思っていなかった至近距離に目を見開くと、フリードが笑っていた。

「フリード？」

「イチャイチャするんでしょう？　これくらいした方がよくない？」

どうやらダンス中にも仲の良さをアピールしようという作戦らしい。

確かにダンスは恋人同士で踊ると、必要以上に距離が近くなってしまうことが多いから、仲の良さを見せつけるにはちょうどいいかもしれない。

「な、なるほど。皆が見ている今がチャンスってことだよね」

どうせならより多くの人に「国王夫妻は仲良しだ」と思ってもらいたい。皆が注目するダンスは絶好の機会だ。

うむ、と頷き、気合を入れる。フリードがクスクスと笑い出した。

「何で笑うの」

私は真剣なのにと思いながら睨むと、彼は「ごめんごめん」と軽く言った。

「別に馬鹿にしたわけじゃないよ。ただ、イチャイチャしようって言ったのに、真剣な顔になるから。それじゃあ意味がないんじゃないかなって思っただけ」

「……それは、確かに」

ラブラブな雰囲気とは正反対だ。

「仲が良いって思われたいなら、可愛い顔を見せてくれなくちゃ。でも、リディの可愛い顔なんて私以外に見せたくないけどね」

「う……でも、可愛い顔なんて言われても分からない。どんな顔をすれば良いのかな」

「普段通りで良いんだよ」

「普段通り……」

逆に難しく思えてきた。

フリードのリードでくるりとターンする。抱き留められ、彼の顔が近づいた。

唇が触れそうな距離感にドキドキする。

「フリード……」

「ほら、その顔。真っ赤になって可愛い」

「えっ……」

「ふふっ、少し顔を傾ければキスできそうだね。――してもいいかな」

低い声で囁かれ、顔が熱くなったのが自分でも分かった。

慌てて言う。

「だ、だめ。いくらなんでもそれはやりすぎだから」

ダンス中に妃にキスするとか、さすがに戯れが過ぎる。

国王のやることだから、誰も怒りはしないだろうが……いや、後で父辺りが「やりすぎです」とか言って雷を落としそうな気もするな……。

フリードが残念そうに言う。

「なんだ、残念。こういうのも楽しいかって思ったのに」

「……嫌とは言わないけど、その後がひたすら恥ずかしいからやめてね」

「嫌ではないんだ」

おや、という顔をされる。私はムッとして言い返した。

「当たり前でしょ。好きな人にアピールされて嬉しくないわけないと思うの」

「リディ」

フリードの声が弾む。その声音に応じるように言った。

「大好き」

「……どうしよう。今すぐ、寝室に連れ込みたい気分なんだけど」

「夜会は始まったばかりだからそれはやめてね。あと、まだ全然イチャイチャできてないから。最低でも噂を払拭するまでは会場に居座るつもりだから、フリードもその予定でいて」

「分かったよ、愛しい人。……でも、もう大丈夫かなと思うんだけど」

「そう？」

のっけからフリードがトップスピードで来ているなとは思うが、これくらいならまだ序の口だろう。

「この程度じゃ、諦めないんじゃない？」

「そうかな」

「そうだよ」

「そっか」

至近距離で話しながら、最後のターンをなんなく決め、ダンスを終える。

私たちを見ていた兄が「誰が最初からそこまでやれと言った」と頭を抱えていたが、大したことはしていないと信じきっている私が気づくことはなかった。

夜会が始まり、二時間ほどが過ぎた。

すっかり会場の雰囲気は緩んでいる。参加者はそれぞれダンスをしたり、談笑したり、軽食を楽しんだりと、各自自由に過ごしていた。

私たちは玉座の近くで、そんな皆の様子を眺めつつ、大臣たちと話していた。

次から次へと挨拶に来るので、意外に忙しい。

私は予定通りフリードの横にぴったりと張り付き、仲良しアピールをしていた。

とはいえ、フリードの邪魔をしたりはしない。

いくら目的があったとしても仕事の邪魔をするのは違うと分かっていたからだ。

それに定期的にフリードがちょっかいを掛けてくるので、私が何もしなくとも、結果的にアピールはできるのである。

具体的には腰を抱き寄せたり、瞼や頬にキスしたりと、そういう行動を取ってくる。

ついでに砂糖を煮詰めたような甘ったるい声で「リディ」と呼んでくるものだから、私たちと話している大臣たちの方が顔を赤くしていた。大臣のひとりが額の汗を拭いながら言う。

「へ、陛下は相変わらず、王妃様と仲がおよろしいようですな。仲違いなどはなさらないので？」

「もちろん」

上機嫌で私にキスをしたフリードが答える。

「私はリディを愛しているからね。彼女が望むことは何でも叶えてやりたい。仲違いとは程遠いところにいると思うよ」

遠回しに、喧嘩の噂はデマであることを伝えるフリード。

私もここぞとばかりに乗っかった。

「そうだよね。喧嘩なんて殆どしたことないもんね」

「したとしても、秒で私が謝るからそもそも長続きしないし」

「私だって自分が悪いと思ったら謝るよ。フリードと仲違いなんてしたくないもん」

喧嘩なんて何も良いことがない。仲良く笑っていられるのが一番なのである。

「そうだよね。——それなのに、このところ妙な噂が回っているらしい。まったく、広めるにしてももう少しマシな嘘があっただろう。私とリディが喧嘩をしている、なんて、私たちを知っているものが聞けば、笑い飛ばして終わりな話だぞ」

後半、フリードの声が低く冷たくなる。

実際、似たようなことはあったのだ。

私の友人であるレイド。彼女も今回の噂話は聞いたらしいのだが「本物を知っていて、信じるはずがないだろう。君たちは喧嘩したとしても五分と保たない。むしろ保ったら吃驚だ」と笑っていた。

その彼女も今日の夜会に出席しているはずだが、姿が見えない。

早々に部屋に戻ってしまったのだろうか。

それとも想い人の姿を見つけたか。

レイドはアベルというサハージャの元情報屋に惚れ込んでいて、恋人になるために絶賛アタック中なのだ。


――それなら邪魔をしちゃダメだよね。

レイドの恋を心の中で応援し、目の前にいる大臣たちとの話に集中する。

大臣たちは冷や汗をかいていて、どうやら彼らも私とフリードの仲違いを信じていた部類であったことが分かった。

「ま、全くもって陛下のおっしゃる通りで」

とかなんとか言っている。

彼らは「そ、それでは私たちはこれで」としどろもどろに言い訳しながら逃げていったが、まさか大臣たちにまで噂が回っているとは思わなかった。

「結構広まっているみたいだね」

「本当に。早めに気づけてよかったよ」

フリードが眉を寄せる。彼としても大臣たちまでくだらない噂を信じているとは思っていなかったのだろう。

とはいえ、今日はだいぶイチャイチャして見せたから、噂はデマだったと気づいてもらえるだろうけど。

わずか数日、王華を見せなかっただけでこれとは、先が思いやられる。

「陛下、ご挨拶をさせていただいても宜しいでしょうか」

ふたりで溜息を吐いていると、年頃の令嬢を連れた貴族がひとりやってきた。

眼鏡を掛けた老年期に入った男性。

彼はエミュー侯爵。隣にいるのは彼の娘で、数日前、愛妾がどうのと噂話をしていた令嬢たちのひとりである。赤いドレスを着ていた人だ。

彼女は期待に満ちた顔をしていて、何を望んでいるのか一目で分かった。

私たちが噂とは違って喧嘩していないことは理解しただろうに、どうやら期待の方が勝ったらしい。

肘でフリードを小突く。彼はすぐに私の言いたいことを察し、頷きを返してきた。

「エミュー侯爵か。久しぶりだな」

「戴冠式では直接ご挨拶はできませんでしたから。あれから数ヶ月、すっかり国王としての威厳を湛えられ、臣下としては喜ばしい限りです」

フリードを讃えるエミュー侯爵とその隣に控える娘を観察する。

彼らが噂を広めた張本人……というわけではないだろうが、私からしてみれば似たようなものだ。

特に愛妾の件は許していない。

彼らはどうやってフリードに話を持っていくつもりなのか。それとも仲違いしていないようだから、今回は引き下がるのか。

出方を窺っていると、フリードが私の肩を抱き寄せてきた。

「リディ、何を見てるの」

「えっ……いや、なんでも」

慌てて返事をする。フリードが分かりやすく不満を口にした。

「よそ見しないで。リディにはいつだって私を見てほしいと思っているのに。あまり私を構ってくれないようなら部屋に閉じ込めてしまうからね」

言われた言葉を聞き、ほほうと思った。

間違いない。これは親子に対するフリードのアピールだ。私とは喧嘩をしていない。相変わらずラブラブであると示しておこうということなのだろう。

なるほどそういう話ならと私もフリードに甘く返す。

「それでフリードが満足するならいいよ」

「リディ、本当に？」

「でもフリードはやらないでしょう？」

「うん。したいけどね」

イチャイチャしつつ、エミュー侯爵を盗み見る。彼は眉を寄せ、残念そうな顔をしていた。

フリードの態度で、愛妾の話をしても無理だというのを理解したのだろう。

このまま黙って引き下がってくれれば。そう思ったが、エミュー侯爵は意を決したようにフリードに話し掛けた。

「その、陛下。ひとつお伺いしても宜しいでしょうか。こたびの王妃様の装い、とてもお美しくお似合いになられているとは思うのですが、肝心の王華が見えておりません。陛下は王妃様の王華が美しく映えるドレスがお好きだというのが、我々臣下の認識でしたが、違ったのでしょうか。数日前より、王妃様の装いが普段とは違うこと、言葉にはしなくとも、皆、気にしております」

なんと、私のドレスについて直接フリードに聞いてきた。

元を正せば、噂話は私が王華の見えないドレスを着始めたことからきている。

エミュー侯爵としては、喧嘩が嘘ならどうしてフリードの趣味とは明らかに違うものを私に着せているのか聞いておきたいというところなのだろう。

意外と根性が据わっている。

内心感心していると、フリードが強く私を引き寄せた。エミュー侯爵に目を向ける。

「そのことか」

「何か理由でもおありになるのでしょうか」

周囲の人たちが私たちに注目しているのが分かった。そんな中、フリードがゆっくりと口を開く。

「確かにお前の言う通り、私はリディに王華の映えるドレスを着てもらいたいと思っている」

「……はい」

返事をし、ゴクリと喉仏を動かすエミュー侯爵。いつの間にか、周囲はしんと静まり返っていた。

皆、話をやめ、興味津々の様子で私たちを見ている。

フリードがことさらゆっくりと告げた。

「しかし、今は難しい」

「難しい？　それはどういう意味でしょうか」

フリードはどう答えるつもりなのか。

エミュー侯爵だけでなく、私も彼を凝視した。彼とは特に打ち合わせはしていない。

フリードがなんと言うのか気になっていると、彼は甘ったるい視線を私に向けてきた。

「ここだけの話にしてほしいのだが、実は、女官長に怒られてしまってね。『王妃様の肌に、陛下の残した痕があって、とてもではありませんが肌見せできるような状態ではありません』と。私はそこまで強く痕をつけたつもりはなかったのだけれど、妃愛しさのあまり、無意識にやってしまったのかもしれなくて。特にここ数日は、いつもより強く残っているみたいで、肌見せできるドレスは禁止されてしまった。それで仕方なくこのような形のドレスを着てもらうこととなったんだ」

「……え」

エミュー侯爵がとても間抜けな声を出した。

私もまさか『そういう』理由を出してくるとは思わず、硬直する。みるみるうちに己の顔が赤くなっていったのが分かった。

「フ、フリード……！」

「本当はいつものドレスを着てもらいたいけど、自業自得のようなものだからね。しばらく妃を可愛がらなければ痕も消えると分かってはいる。だけど、それは無理な相談だし……ね」

流し目を向けられ、ドキッとする。顔も甘ければ口調も甘い。フリードの色気が大爆発していた。

「愛しい女性に自分の触れた痕を残したいのは男の性(さが)だし、どうしようもなくて。今後もリディが今のようなドレスを着てくる日があると思うが、その時は『そういうこと』と理解してもらえると嬉しい。本当に、私も不本意なんだよ。やはり彼女には私の華を誇示してもらいたいからね」

「ねえ、リディ」と愛おしげに名前を呼ばれ、私は顔を真っ赤にしたまま頷いた。

「う、うん」

「今夜も無理をさせてしまうかもしれないけど、許してくれる？　リディが可愛くて止まれないんだ。私の大切な妃。愛しているよ」

手を取られ、甲にキスされる。

甘さ全開で囁かれ、恥ずかしさのあまり涙が出てくるかと思った。

「フリード」

やられっぱなしではいられないぞと意を決し、彼の服の裾を引っ張る。背伸びし、彼だけが聞こえる小声で言った。

「私も愛してる」

「フフ、私の妃は照れ屋だね。つまりはそういうことだから。理解してくれたかな？」

圧力あるフリードの念押しに、エミュー侯爵が小さく返事をする。

「……よく、分かりました……」

「これに懲りたら、妙なことは考えないように。今回は未遂だから咎めはしないが、次はない。私はね、リディを悲しませることは絶対にしたくないし、しないと決めているんだ」

「……陛下」

まさか、と言わんばかりにエミュー侯爵が目を見開く。フリードはにこりと笑って話を終わらせた。

「以上だ。下がっていい」

「……失礼致します」

エミュー侯爵が頭を下げ、フリードから離れる。娘が「お父様!?　話が違います」と騒ぎ出したが「今の忠告と牽制が理解できないお前には荷が重い。諦めろ」と逆に娘を諌めていた。

どうやらエミュー侯爵はそれなりの人物らしい。

フリードの忠告を聞き、愛妾の話を出しもせず、一度で引き下がれるのだから大したものだ。

フリードもここまであっさりエミュー侯爵が言うことを聞くとは思っていなかったらしく「拍子抜けだな」と呟いていた。

「もう少し粘ってくるかと思ったけど」

「私も」

「彼、少し目を掛けても良いかもしれない。ああいうタイプで使える男は少なかったから、興味はある」

本気で感心しているらしい。

別に彼に対して遺恨もないし、フリードの仕事に口出しする気もないので「役に立ってくれる人ならいいね」とだけ返しておいた。

「おい、お前ら」

「あ、兄さん」

フリードと話していると、兄が声を掛けてきた。

その隣には父がいる。

「どうしたの?」

「どうしたのじゃねえんだよ。お前らが全力で牽制するから、皆、当てられちまったじゃねえか」

「ええ？」

「おかげで、国王夫妻不仲説は一瞬で消えたけどな。……フリード、お前もう少しマシな理由は思いつかなかったのかよ」

兄が渋い顔をしてフリードに文句を言う。それに対し、フリードは肩を竦めて言い返した。

「我ながら嘘がどこにもない素晴らしい理由だと思ったが、ダメだったか？」

「嘘がないってお前なあ」

兄が呆れている。

「カーラによく痕を残すなと怒られているのは本当だし、こう言えば、引き下がるかと思ったんだが。何せ不仲だと思われていたわけだから」

「そうだな。聞いていられなくて皆、引き下がったな。お前が相変わらず、リディを溺愛していることがよく分かった話だったな」

「それならよかった」

計画通りだとフリードは満足げだ。

「やりすぎなんだよ。皆、聞かなきゃよかったって顔をしてたからな？」

確かに兄の言う通りかもしれない。

それに今気がついたが、これから王華が隠れるドレスを着るたびに「王妃様……今日も陛下に痕を残されたんだ……」みたいに思われるわけである。

「うわ……うわああああああ」

今更ながらに恥ずかしくなって両手で顔を覆う。

とはいえ、これで変なことを考える人たちを一掃できたと思えば安いものなのかもしれないけれど。

周囲を見回せば、女性たちが羨ましげに私を見ていた。

「どうかなあ、皆、諦めたかな……」

「普通はあんなもん見せつけられれば、叶わぬ夢だと悟るだろうけどな。フリードは男の俺から見ても良い男だし……ま、そのうちご令嬢方の気持ちもおさまるだろ」

「そのうちって……」

それでは困る。ムッとすると兄が揶揄ってきた。

「なんだ。フリードに他の女を宛がわれそうになっている現状が、そんなに腹立たしいのかよ？」

「当然でしょ。フリードは私のなんだから」

言い返すと、フリードが「リディ」と嬉しそうに名前を呼んだ。

私をギュウギュウに抱きしめ、兄に言う。

「ところでアレク。用事も済んだことだし、そろそろ私たちは退出するよ。私はいい加減、リディとふたりきりになりたいんだ」

「ま、そこそこ誤解も解けただろうし、時間も時間だから構わないだろ。な、親父」

「そう、だな。んんっ、お疲れさまでした、陛下」

誤魔化すような咳払いをした父の耳は少し赤かった。

フリードが皆に退出することと、引き続き楽しんでくれるよう告げる。

王族専用の出入り口へふたりで向かう。

皆が私たちに注目しているのが分かった。確認すれば、名残惜しそうにフリードを見ている令嬢たちもそこそこいる。

——ふーん。

兄によればそのうち諦めるだろうとのことだったが、とんでもない。私は今、叩き潰したいのだ。

相変わらず戦闘モード状態だった私は「よし」と小さく呟き、立ち止まった。

「フリード」

「リディ？」

名前を呼ぶとフリードも足を止めた。不思議そうな顔をする彼ににっこりと笑い、クラヴァットを思いきり引っ張る。

「え」

予想していなかったのだろう。狙い通りフリードが姿勢を崩す。上手くタイミングを見計らい、踵を上げた。

「えいっ」

チュ、と唇に触れる。

しんと会場中が静まり返った。

フリードを見れば、彼は驚きのあまりか目を丸くしている。だけどすぐに腰に手を回してきた。

三秒ほど唇を押しつけるだけの拙いキス。それでも効果は抜群だったようだ。

唇を離す。途端、堰を切ったように会場中から悲鳴が聞こえてきた。

「きゃあああああ！」

黄色い声もあれば、ショックという感じの声もある。悲喜交々(ひきこもごも)だ。

「リディ」

私を見つめるフリードを放置し、動揺している令嬢たちの方を向く。

目を細めて思わせぶりに微笑(ほほえ)めば、彼女たちは今度は声を呑(の)み込んだ。

さっとその顔が青ざめていく。

「……よし、ＯＫ。行こっか。フリード」

言葉にしなくても、皆、私の言いたいことを分かってくれたようである。

物わかりがよくて結構なことだ。

フリードの手を握り、歩き出す。今度こそ立ち止まらず大広間を出た。

王族居住区へ向かう。満足感に浸(ひた)りながら歩いていると、フリードが私の名前を呼んだ。

「リディ、えっと、今のって」

「牽制。フリードは私のだから懸想(けそう)しないでねって」

「……」

「兄さんはそのうち諦めるだろうなんて言ってたけど、そのうちなんて待てないし。ああすれば、皆、理解してくれるかなって思ったからやってみたんだけど……やりすぎた？」

一応、怒られれば謝るつもりはある。

特に父と兄にはやりすぎだと、あとでこっぴどく叱(しか)られるだろう。でも、いいのだ。

私はやりたくてやったのだから。反省も後悔もしていない。

そう思いながらフリードを見ると、彼は怒るどころか嬉しげに笑っていた。

「いや。吃驚したけど嬉しかったよ。リディもこういうことをしてくれるんだって」

「するよ。私が買った喧嘩を倍にして返すタイプだってフリードも知ってるでしょ」

「よーく知ってるけど、まさかこう来るとは思わなかったんだ」

「すぐに腕を回して応じてきたくせに」

指摘すると、フリードは柔らかく目を細めた。

「そりゃあ、リディからのキスを拒むなんてあり得ないからね」

百点満点の返事に、私は「うむ」と頷いた。

「これにてミッション完了？」

「そうだね、ばっちりなんじゃないかな。私もいつも我慢していることができて楽しかったし」

「確かに。フリードも楽しそうだったね」

私が言えたことではないが、やりたい放題だった。

「うん。リディに不埒な視線を向ける男を追い払いたいっていつも思っていたからね。こうしたら諦めるかなとか普段考えていることを実践できて楽しかったよ」

「そっか。あ、じゃあ、あの王華の見えないドレスを着ている言い訳も？」

「いや、あれはどう答えようか迷って……そういえば、カーラによく叱られるなと思い出したから」

「……フリード、痕を残すの好きだもんね」

しみじみと呟く。

フリードは基本、痕を残す時はドレスに隠れるところにしてくれるのだけれど、盛り上がるとその限りではなくなる。

そうすると肌見せが綺麗なドレスは着れなくなり、カーラが眉を顰(ひそ)めるわけだ。

「王妃様を愛おしく思うのは大変結構ですが、あとのことを考えていただかなくては困ります」と。

そのたびにフリードはもごもごと言い訳をし、カーラに雷を落とされている。

うちの女官長は強いのだ。さすがのフリードも太刀打ちできない。

しかし、普段と少し違うことをしただけで不仲説が出るとか、本当に勘弁してもらいたい。

それだけフリードが魅力的な人で、皆が狙いたがっているということなのだろうけど。

「リディ？」

微妙に不機嫌になっていると、フリードが顔を覗(のぞ)き込んでくる。私は彼を見上げ、その顔をまじまじと見つめた。

「フリードが素敵な人なのは私も認めるところだけど、だからといって、狙わないでほしいよね。未婚ならともかく、フリードはもう結婚しているんだから」

しかも「愛妾は要らない」と宣言しているのだ。それなのにちょっと何かあればすぐに「撤回させよう」みたいな話になるのが気に入らない。

フリードは国王で、ごく少人数以外はつがいの話を知らない。だから余計そうなるのだろうが、腹立たしい限りである。

「ほんっと余計なお世話だよ。フリードの子供は全員私が産むんだから放っておいてほしいのに」

「リディ……」

フリードが目を瞬(しばたた)かせる。そんな彼に私は尋ねた。

「何か間違ってる？」

「何も間違っていない。リディの言う通りだよ。私の子はリディしか産めないし、そもそも私はリディ以外を愛せないから」

「だよね」

「リディだけがいればいいんだ。他は必要ない」

「うん」

引き寄せられ、抱きしめられる。

うっとりとしていると、今までどこにいたのか、アルがひょっこり姿を見せた。

その目はキラキラと輝き、鼻は大きく膨らんでいる。興奮しているのが丸分かりだった。

無駄に馬鹿でかい声で叫ぶ。

「王妃様っ！　不肖アル、王妃様の勇姿をしかと拝見させていただきましたッ！　さいっこうの萌えをありがとうございます！　ああっ！　生きててよかった！」

興奮冷めやらぬようで、そこら中を飛び回っている。

「王様の牽制もニヤニヤものでしたが、やはり最後の王妃様の行動に全てを持って行かれましたよね！　クラヴァットをグッと引き寄せ、王様にキス！　この人は私のものって感じがすごく良かったです！　あれで諦めきれていなかった令嬢の心も確実に折れたかと」

「そのつもりでやったんだから、諦めてくれなかったら困るよ」

「バッチリでしたよ。は～ん。全力マウントを取る王妃様、最高。あのシーンだけ記録して、何度でも見返したいくらいです」

「……そういうのはやめてね」

アルなら精霊パワーとかいって、普通にやりかねないと思うので釘を刺す。

アルは「残念です」と言いながらも楽しそうだった。

何故(なぜ)かフリードが笑い始める。

「フリード？」

「いや、私もさっきのリディの行動は、何度でも見たいなと思って」

「もう……」

フリードまで何を言い出すのか。

睨(ね)めつけると、彼は「ごめんね」と謝りつつも残念そうに言った。

「だって本当に嬉しかったから。こんなことをしてもらえるのなら、多少不仲説を出されるくらい構わないかなと思えるくらいには心が躍ったんだよ」

「いや、構うんだけど。私は絶対に嫌だからね」

不仲説なんて二度とお断りだ。

溜息を吐き、フリードを見る。まだ笑っている彼のクラヴァットを引っ張った。

「リディ？」

目をパチクリさせるフリードに、お望み通りキスをひとつ。

唇を離し、至近距離で告げた。

「フリードが希望するなら、これくらいいくらでもしてあげるけど？」

お安いご用だと言うと、何故かフリードの頬がジワジワと赤くなった。

赤くなった頬を腕で隠すも、全く隠しきれてない。

「フリード？」

「……うん。やっぱりリディって、時々すごく男前だよねって思って。……愛してるよ」

「うん、私も」

応じるように笑う。

「あっ、あっ、あっ……」

アルが顔を赤くし、ふるふると震え始める。とても汚い雄叫び（おたけ）を上げた。

「エンダアアアアアアア!!　イヤアアアアアアアアア!!」

そうして「尊い!!　国王夫妻最高！　推し!!」と早口で叫びながらものすごい勢いで飛び去り、曲がりきれず廊下の突き当たりにぶつかっていった。

12・兄と顚末（書き下ろし・アレク視点）

「……あいつ、やりやがった」

フリードと一緒にリディが大広間から出て行く。

その背中を見送りながら、俺は額を押さえていた。

隣を見れば、父も胃の辺りを押さえている。

「……親父」

「……あの馬鹿娘め」

唸るような声が聞こえ、まあそうなるよなと思った。

フリードが即位して初の夜会。

王華が消えるというハプニングもあり、欠席もやむを得ないと思われた妹は、まさかの出席を選択した。

理由を聞けば『フリードに愛人をという動きがあるから』とのこと。

その噂は俺も親父も知っていて、所詮は噂だと放置していたが、妹は許せなかったようだ。

「私、次の夜会では全力でイチャイチャするから！」

そう宣言し、夫であるフリードも賛同した。

その時点で俺と父は天を仰いだ。夜会は大変な騒ぎになるだろうと確信したからだ。

だって妹がその気になって無事に終わったことなど過去に一度もない。

ただ、国王夫妻が喧嘩中という噂が長く蔓延るのは好ましくない。

親父もそこは同意見だったので仕方ないと許可は出したが、ある意味予想通りと言おうか、妹は思いきりやってくれた。

最初はまだ良かったのだ。

フリードが嬉しげにイチャイチャしていただけだったから。

とはいえ、頬にキスしたり、過剰なまでの近さでダンスを踊ったりと大概やりすぎだった気もするが、まあそれだけなら目を瞑れた。

所有印云々の話も……まあ、ギリギリ許容範囲だった。フリードならあり得そうだと皆が一瞬で納得できた理由だったからだ。

だから、このバカップルめ……と呆れるだけで済ませられた。

だが、退出する間際、リディが動いた。妹は何を思ったのか、突然フリードのクラヴァットを引っ張り、皆の面前でキスするなんてことをやってのけたのだ。

皆が唖然とする最中、たっぷり三秒はキスをした妹は、フリードに秋波を送っていた令嬢たちに笑みを送り、やれるものならやってみろとばかりに牽制してみせた。

まさかあんな行動に出るとは思わなかったから本気で驚いたが、困ったのはあのふたりが去った今だ。

完全に会場は混乱状態となっている。

「好き放題やるだけやって去って行くとか……勘弁してくれよ」

フリードに未練があった令嬢たちを見れば、皆、プルプルと震えているし、涙目になっている。

自分たちの期待を見抜かれたことが怖かったのだろう。

あとは、いくら期待をしても無駄だと理解させられたという感じだろうか。

リディがキスした時、驚きはしたもののフリードはすぐに腕を回し、妹に応じてきた。

妹が女性たちに無言の牽制をした時も、その後ろでひどく嬉しげに笑っていた。

あんなフリードはなかなか見られるものじゃない。

フリードとリディ、先ほどのふたりの行動で、今日の参加者は全員が痛感させられただろう。

フリードに愛妾を勧めても無駄だし、リディがそれを許すような女でもないということを。

だってあのふたりだ。

フリードはそもそもリディ以外を撥ね除けるし、妹もそれは同じ。たとえ「国のためなのです。王妃様からも愛妾を娶るよう陛下に進言をお願いします」と言われたところで、中指を立てて「一昨日来やがれ」くらいのことは言い返すだろう。

売られた喧嘩は倍以上の額で買って叩き返すやつなのだ。

妹のメンタルの強さは知っていたが、まさかここでそれを見せつけてくるとは思わなかった。

「あれが新米王妃ねえ……」

令嬢たちに牽制していた妹の姿を思い出す。

キスと笑顔で令嬢たちを制圧して見せた妹は、まるで十年も王妃を務めているかのような貫禄があった。

誰が一番上にいるのか、序列というものを妹はあの一瞬で彼女たちに見せつけ、押さえつけたのだ。

そもそも戦場にだって、必要があれば覚悟ひとつで赴くことができる妹だ。

美しく着飾るだけの令嬢たちが束になったところで敵うはずもなかった。

「我が妹ながら恐ろしいこった」

妹がフリードに惚れていることはよく分かっていたが、あそこまで徹底してくるとは、よほど腹に据えかねていたらしい。

父も胃を押さえつつもそこは感心したらしかった。

「……馬鹿娘めがと叱りつけたいところではあるが、侮られる方がよほど問題。今回は仕方ない。むしろよくやったと言うべきところだ」

「そうだな」

「言いたくはないが」

「そうだよなあ」

好き放題した妹に「よくやった」はさすがに言いたくない。

だが、今の一件で侮られることはなくなっただろう。

フリードに溺愛されているだけの新米王妃などいくらでも操れると舐めてかかっていた者たちも多くいただろうが、令嬢たちに向けたリディの目を見たのなら、考えを改めるはずだ。

あれは言いなりになるような女ではない。

「ま、さすがは俺の妹ってところだな」

父と同じで直接褒める気はないが、そう思う。

ぐるりと辺りを見回した。

妹に睨まれた令嬢たちはすっかり意気消沈していたし、フリードに「今度愛妾の話を出せばどうなるか分かっているのだろうな」と無言の圧力を掛けられた男性陣も俯いている。

酷い空気。

これが新国王初主催の夜会だなんて思いたくない有り様だし、それを引き起こした当人たちはとうに退出しているというのが更に酷い話だった。

「……親父、俺も退出していいか？」

こんな空気の中、留まっているのは地獄だと思ったのだが、父は首を横に振った。

「駄目だ」

「なんでだよ」

「……お前より、私が先に逃げたいからだ」

「おいっ！」

とんでもないことを言い出した父を凝視する。

「ずるくないか、それ？」

「ずるくなどない。そもそもリディの父親が誰だと思っているのだ。皆が落ち着いた後、目を向けられるのは、間違いなく私だぞ」

お前、娘にどういう教育をしているのだという顔をされると言う父だが、たぶん本音は面倒だからだ。そんなこと父が本気で気にするはずがない。

それに俺だって言わせてもらいたい。

「それを言うのなら、俺だって兄の立場なんだけど！」

「……この難局を乗り切るのも修行のひとつ。最後まで出席し、責任者のひとりとして夜会を取り仕切れ。お前ならできるな？」

「おいっ！」

「全く、ロジーナを連れて来なくて正解だった」

ぼやくように母の名前を出し、知らぬ存ぜぬとばかりにそそくさと退出していく。

その背中を呆然と見送った。

「は、何？　つまり全部俺に押しつけていくわけ？」

あり得ないと呟くも、事実として残されたのは俺だけなわけで。

「……うわ。そういうところは親父とリディ、そっくりじゃねえか」

今更ながらに父と妹が似ている事実を突きつけられた気分になり、舌打ちをする。

そうしてこうなったらと貧乏くじ仲間を増やすべく、夜会に出席しているはずのグレンとウィルを捜し出し、巻き込んでやろうと決めたのだった。

13・彼女と黒幕

王華が消えて、二週間ほどが経った。

国王夫妻不仲説は払拭できたけれど、いまだ犯人と思わしき東の精霊王は見つかっていない。

王華の恩恵のない状態でフリードに付き合うのも大変なので、いい加減、なんらかのヒントだけでも欲しいところだが、手がかりは相変わらずゼロだった。

「はー……東の精霊王って、どこにいるんだろう」

あまりにも進展がなさすぎて、ついつい愚痴ってしまう。

自室のソファに背中を預けながら溜息を吐くと、側にいたカインが言った。

「悪い、姫さん。ちょっと外して構わないか？」

「良いけど何か用事でもあった？」

アルもいるので、短時間ならカインが抜けても困らない。

だけど彼がそんなことを言うのは珍しいので、つい理由を聞いてしまった。

「デリスさんのところでも行くの？」

彼がわりと頻繁にデリスさんの家にお邪魔しているのは知っている。

だが、カインは否定した。

「いや、ばあさんのところじゃねえよ。……その、なんつーかさ、最近妙な視線を感じて」

「妙な視線？」

それはまた穏やかではない話だ。

身体を起こすと、彼は「姫さんじゃない」と言った。

「私じゃない？」

「ああ。視線はオレを見てるんだ。最初は二週間ほど前。それから外へ出ると、ちょくちょく感じる」

「……シェアトとか？」

カインに執着している黒の背教者、シェアト。

サハージャに帰国したと思ったが、またヴィルヘルムに来たのだろうか。

「いや、シェアトではないな」

「違うの？」

キッパリと断言され、目を瞬かせた。

「違う。視線の主はシェアトより強い」

「……え」

「ついでに言えば、オレよりも強い」

「カインより!?」

それって相当な強さではないだろうか。

「……カイザー様とか？」

「違う」

カインが自分より強いと言っていたカイザー様の名前を出すも、彼は厳しい表情で首を横に振った。

「知っている気配じゃなかった。また別の奴だ」

「そう……」

そんな強さを持つ人がカインを見ているとか、何か目的があるのだろうか。

「接触してはこないの？」

「見ているだけだな。オレが気づくと、気配を消してしまう。実はアベルにも協力してもらって視線の主を探しているんだが見つからない」

「アベルに？」

「ああ。正確にはアベルと、奴が契約している鳥に頼んで、だけどな」

「そっか……アベルって鳥類と会話できたんだっけ」

彼の特殊能力を思い出す。

カインが気まずげに頭を掻いた。

「姫さんや姫さんの旦那を狙っているようならすぐにでも報告したんだけどな。どうも見ているのはオレだけみたいだし。様子を窺っているうちに時間が経っちまった。悪い」

「それは良いんだけど……ということは、カインは今からその視線の主を捜しに行くってこと？」

「ああ。いい加減、どんな奴が何の目的で見ているのか知りたいからな。それに相手はオレよりも強い。放置はできないんだ」

真剣な面持ちで呟くカインを見つめる。

私も同じくらい真剣に言った。

「行っても良いけど、無事に帰ってくること。それを約束してくれる？」

「姫さん？」

「……カインよりも強い、なんて聞いたらやっぱり心配になるから。万が一、戦いなんてことになったら逃げてきて。私はまだまだカインに側にいてほしいって思ってるんだから」

無謀なことはしてほしくない。

そう言うと、カインは「分かった」と答えてくれた。

「オレとしては、逃げるなんてしたくないけどな。それが主の命令だっていうんなら従うさ」

「……ごめんね」

「謝る必要はないって。確かに逃げるのは癪だけど、惜しまれて嬉しいって気持ちもあるんだ。だから気にしなくて良い」

「……うん」

「絶対に無事に戻ってくる。だからその……行ってきます」

照れくさそうに告げられた「行ってきます」に頬が緩む。

見送りをすべく、ソファから立ち上がった。

「うん、気をつけてね。行ってらっしゃい」

「……調子狂うなあ。じゃ」

少し赤くなった頬を腕で隠し、カインが消える。

ヒユマの秘術を使って、城の外に出たのだろう。

魔法や魔術とはまた違うヒユマの秘術はかなり使い勝手が良い。

「……散歩でもしようかな」

なんとなく私も外へ出たくなってしまった。

とはいえ、さすがにカインがいない中、わざわざ城の外へ出るのもどうかと思ったので、庭に行くことにする。

「王族専用の庭なら危なくないし、それにアルもいるしね」

「お呼びですか、王妃様！　そういうことなら是非僕にお任せ下さい」

カインとの会話を面白(おもしろ)くなさそうに聞いていたアルが、きゅるんと瞳(ひとみ)を輝かせ、目の前に飛んできた。

「ありがと。じゃ、護衛をお願いしてもいいかな」

相変わらずなアルの頭を撫(な)でる。

「はい！」

威勢の良い返事が気持ち良い。

アルを引き連れ、王族専用の庭へと向かう。

「ん〜、気持ち良い。やっぱり部屋に引(ひ)き籠(こ)もっているのはダメだよね」

庭を歩きながら伸びをする。少し外に出るだけでもだいぶ気持ちは変わるのだ。

軽く一周したあと、部屋に戻ろう。なんならフリードの執務室に立ち寄って、顔を出してみるのも良いかもしれない。

そんなことを考えていると「見つけた〜！」という声がした。

「……見つけた？」

聞こえてきたのは子供の声だ。

だがここは、王族しか入れない特別な庭。義理の両親とフリード以外が来るはずのない場所で、どうして子供の声が聞こえるのか。

眉根を寄せ、立ち止まる。

「きちゃった」

「うわっ!?」

突然、目の前に男の子が現れた。いきなりの出現に顔を仰け反らせる。

「え、え!?」

少年が両手を後ろに組み、可愛らしく小首を傾げている。

それを私はただ呆然と見つめた。金色の瞳。ずっと捜していた少年だ。

なんのヒントもなく、もう見つからないのではとさえ思っていた男の子。

その彼が、あまりにもあっさり目の前に現れ、動揺が隠せない。

「き、きちゃったって、あなた、東の町で会った子よね？　私たちもずっと捜していたんだけど
――」

「うん、知ってる。的外れな場所ばっかり捜してたよね」

「っ！」

「そんなところにいないのにって思いながら見てたよ」

どうやらこちらが捜索していたことには気づいていたらしい。

でも、その時は出てこなかったのに、自分から王城に来るとはどういうことなのか。

意図が掴めなくて眉を寄せると、少年は明るく告げた。

「もらったクッキーがすごく美味しかったんだ！　でね、また食べたくなっちゃって。だからこっちから来ることにしたの。ちょうだい！」

当たり前のように手を差し出してくる。

私はその手をまじまじと見つめた。

「……クッキー？　クッキーが欲しくて自分から来たの？」

「そうだよ！」

確認すれば、目をキラキラ輝かせて頷いてくる。

王族以外立ち入れない場所にいるという事実は全く気にしていない……というか、おそらく知らないのだろう。

実に堂々としている。

「……ここ、王族しか入れない場所なんだけど」

「ふうん。それが？　人間の作った決まりをどうして僕が守らなければならないわけ？　関係ないよね」

「……っ！」

まるで自身が人間ではないと白状しているような言い草だ。

この間までは、それなりに人の子としての皮を被っていたように思うのに、今日の彼はすっかりそれを取り払っているように見えた。

「確認させて。あなた、東の精霊王、なのよね？」

「あ、やっぱり僕の正体に気づいてた？　そうだよ。今日はね、クッキーをもらうのと～、あと君を迎えにきたんだ」

「……迎えに？」

嫌な予感しかしない言葉だ。無意識に一歩下がる。

少年はニコニコと笑っていた。

「そう！　僕、君の作るお菓子が気に入っちゃって。友達にも食べさせたいなって思ったんだよね。で、それなら連れて行って、向こうで作ってもらえばいいかなって思いついたんだ！」

思いついたんだ、ではない。

すごく良い案だと言わんばかりの顔をする少年――東の精霊王を見つめる。

彼には私も言いたいことがあるのだ。

「……それより、王華を返してくれない？　あなたよね。私から王華を盗（と）っていったのって」

連れて行く云々（うんぬん）には驚いたが、こちらだって彼を捜していたのだ。

むしろ向こうから来てくれたのなら望むところ。絶対に王華を取り戻してみせると決意した。

「黙って盗っていくなんて泥棒よ。早く返して」

「えー、どうしよっかな。あ、そうだ。君が一緒に来てくれるっていうのなら、返してあげてもいいよ。辛さ『ヴィルヘルム』のカレーパンもまた食べたいけど、君、大福も作れるんだよね？　僕、大福も食べてみた～い」

やはり東の精霊王が王華を盗んだ犯人だった。

しかも王華を盗ったことを否定しないどころか、ついてくれれば返すと言っている。

――これ、どう答えるべき？

ついて行く、と答えるのは絶対にダメだ。どこに連れて行かれるか分かったものではないし、私の方にその気もない。

とはいえ「嫌」と答えたら、王華を返してもらえないかもしれない。

「……」

「はい」も「いいえ」も答えられない状況の中、東の精霊王は笑顔で私を見つめている。

こちらが「はい」と答えると疑っていない顔だ。

一体どうするべきか。

唇をギュッと噛む。

正しい答えが分からず沈黙を続けていると、今までなんの行動も起こさなかったアルが「王妃様を連れて行く!?　何言ってるの！」と大きな声で叫び出した。

「え、アル……？」

何が起こったのかと、アルに目を向ける。

アルは目を吊り上げており、珍しくもカンカンになって怒っていた。

「馬鹿、馬鹿！　本当に馬鹿！　誰がそんなことをしろって言った!?　王妃様は王様のものなのに連れて行く？　そんなの王様が許すはずないだろう！」

「えー、ダメ？　だって王妃様のお菓子、前と違ってすごく美味しいんだよ。僕、美味しいものはいつでも食べたいんだよね～」

のんびりとした口調で答える東の精霊王は、アルの叱責を歯牙にも掛けていない。

……というか、知り合い？

いや、知り合いは知り合いのはずだけど、なんというか言っていることが……。

「うん？」

これは何かおかしくないか。

「お前が食い意地の張った精霊だということは知ってる！　そうじゃなくて、どうして王妃様を連れて行くなんて発想に至ったんだ！」

「その方が楽そうだから～」

「ああもう、話が通じない!!」

「えへ。じゃあ、王妃様もらって行くね」

「え」

少年が私の方へやってくる。

ギョッとする私に彼が手を伸ばした。逃げなければ。そう思うより先にアルが「ぎゃあ！」と叫び、少年の手を払い落とした。

「ダメ、ダメ!!　それは絶対にダメだから！　ああもう、話にならない！　王様！　王様、来て下さいっ！　ほら、王妃様も王様を呼んで!!」

「え、あ、うん……」

なんだろう。

アルの言動がおかしいせいか、どうにも危機感が仕事をしない。

そして王華のない現状。フリードを呼んだところで、彼に私の危機は伝わらないのではないだろうか。それでも目を見開いたアルが怖いので、建て前だけでもフリードを呼んでみる。

「フ、フリードぉ……」

「王様！　王様!!　王妃様が!!」

「……」

「早く来て!!」

よほどアルの方が必死に呼びかけている。そしてアルとフリードは神剣とその所有者という関係で繋(つな)がっているので、彼の呼びかけには反応できるのだ。

アルの力で場所を特定できたのだろう。数秒後、地面に魔術陣が現れ、フリードが姿を見せた。

「リディ!!」

アルの声が必死だったからか、現れたフリードも相当焦っている。

彼は私を見つけると、すぐさま手を伸ばし、己の腕の中に囲い込んだ。

「リディ、無事だね!?」

「あ、うん……無事だけど……」

フリードに抱きしめられながら返事をする。

アルが「王様！」と叫び、東の精霊王を指さした。

「そいつが！　その精霊が王妃様を連れて行くなんて言ってるんですよぅ！」

「何？」

「懲らしめてやって下さい！」

私を抱きしめる腕に力が籠もる。声は低く、周囲の温度が数度下がった気がした。

空気はピリピリと震え、フリードの怒りを明確に伝えている。

「う、わ……」

己の腕を見れば鳥肌が立っていた。私ですら感じられる、逃げ出したくなるほどの殺気が渦巻いている。

フリードを見れば、視線は冷え切っていて、それなのにぐつぐつと煮えたぎるような怒りが奥底にあるのが分かってしまう。

これは間違いない。

フリードは完璧にブチ切れていた。

恐怖を呼び起こす美しくも低い声がアルに尋ねる。

「……その少年が例の東の精霊王か。私の華を奪った？」

「はい！　その通りですっ！」

「……なるほど。王華だけでは飽き足らず、私の妃（きさき）をも奪おうとしていると？」

「ひっ……」

死ぬほど怖い「なるほど」である。

自分に向けられたわけでもないのに、思わず首を竦（すく）めてしまった。

それほど今のフリードは恐ろしい。

フリードが私を片手に抱え、もう一方の手で剣を引き抜く。切っ先を東の精霊王に突きつけた。

「私のつがいに手を出そうとは命が要らないようだ。精霊であろうが関係ない。リディを狙うというのなら叩（たた）き斬る」

「ぴゃっ！」

東の精霊王が後ずさる。

端から見れば、子供に剣を向けている図にしか思えないのだが、フリードは一切容赦するつもりはないようだ。

そしてさっきまで飄々としていた東の精霊王は、明らかに狼狽し、冷や汗をかいている。

「えっ、えっ、えっ、えっ⁉」

嘘、という顔をし、何故かアルに目線を向ける。涙目になり叫んだ。

「始祖様の嘘つき〜‼　生まれ変わった竜神様は以前とは違って優しくなったって言ってたじゃないか！　こんなの昔と何にも変わらない！　怖いまんま！　知ってたら、始祖様のお願いなんて引き受けなかったのに‼」

「……ん？　お願い？」

今、とてもおかしな言葉を聞いた気がする。

反射的にアルに目を向ける。アルは必死に目を逸らしていた。その態度が非常に怪しい。

「アル？」

「ぼ、僕は何も知りませんよ。その精霊が勝手に言っているだけで――」

「嘘だ！　始祖様が昔の竜神様とは違うから大丈夫。バレても笑って許してくれる。そう言ったからやっただけなのに！　なんで僕だけ怒られるの⁉　そもそも主犯は始祖様じゃないか！」

「……は？」

うわああんと泣き喚き始めた東の精霊王。私はアルを凝視した。

「主犯？」

「ち、ちが……僕は」

「そうだよ！　王華を盗れって言ったのは始祖様だもん！　僕は始祖様のお願いを聞いただけ。何も悪くない！」

「はあああ!?　何も悪くないわけないだろ！　僕は、王妃様を攫えなんて言ってない！」

我慢ならないと言わんばかりにアルが言い返した。

しかしこれは……完全に自供した形となっている。

フリードも事情を掴めてきたのか、今度はアルに厳しい視線を向けていた。

私たちの様子が変わったことにも気づかず、ふたりは激しくも醜い言い争いをしている。

「だって王妃様のお菓子、美味しかったんだもん！　ずっとお菓子を作ってもらおうって思ったら連れて行こうって考えるのは当たり前じゃない？」

「他の人間なら勝手にすれば良いけど、王妃様はダメに決まってるだろ。王様がお怒りになることくらい分からなかったのか！」

「分かったけど、始祖様がもう昔の竜神様とは違うって言ってたから！　じゃあ、なんとかなるかって思って！」

「なんとかなるわけないだろ、この馬鹿！　そもそも僕が許さない！」

「始祖様に許してもらおうなんて思ってないもん!!」

「はあああ!?　元を正せば僕から生まれたのに生意気っ!!」

「……」

ギャアギャアと叫ぶふたりの話を聞き、なんとなく話が読めてしまった。

なるほど、今回の件、真犯人はアルだったのか。

そもそもおかしいとは思っていたのだ。

だってアルは東の精霊王より上位の存在。クッキーをもらいに来た時にカインが気づかなかったのは相手が人間ではないから仕方ないにしても、アルなら絶対に気づけたはずなのだ。

それを知らなかったと答えたあたりで「変なの」とは思っていた。

溜息を吐きながらフリードを見る。

彼が深い怒りを湛（たた）えた顔で、静かにアルの名前を呼んだ。

「アル」

「っ!? は、はいっ！ 王様」

恐ろしいほどの怒りが自分に向けられていることを察したアルが、ぴょんと空中で姿勢を正す。

フリードが地面を指さした。

「座れ」

「はいっ！」

さっと地面の上で正座をするアル。続けてフリードは東の精霊王にも言った。

「何をしている。お前もだ」

「ひぃっ」

逃げようとしていたのだろう。背中を見せていた東の精霊王にフリードが厳しい視線を向ける。

「逃げれば斬る。それでも良いのなら、逃げれば良い」

「……」

「お前が逃げるより私の剣の方が早い。それくらいは分かるな？」

「……はいぃ」

小さく返事をし、東の精霊王が震えながら振り返る。

どうやら相当フリードのことが怖いらしい。

泣きそうな顔をしてアルの隣で正座をした。

フリードはふたりの前に仁王立ちになり、冷たい目で見下ろしている。

私はその隣にそっと寄り添った。

「それで？　最初から説明してもらおうか。特にアル、隠し事は許さない」

「……そ、その……これはですね……あの、ちょっとした思いつきというかぁ。えへ、えへへへ」

「アル」

この期に及んでまだ誤魔化(ごまか)そうとするアルにフリードが鋭い視線を送る。

追及から逃れられないと悟ったのかアルは「はい……」と消え入りそうな声で返事をし、話し始めた。

「あの、ですね。僕、王様たちの元に来たのが遅かったじゃないですか。僕が目覚めた時、王妃様のお胸にはすでに成長しきった王華があって、ふたりはラブラブ。そうでしたよね？」

「？　それと今回の件、何か関係があるのか」

フリードが怪訝(けげん)な顔をする。アルは「もちろんです」と頷(うなず)いた。

「むしろ、関係しかないというか……」

「分かった。続けろ」

「はい。おふたりの関係はすでに完璧で、できあがっていた。ちょっとやそっとのことがあったくらいじゃ揺るがない。それは良いんです。それでこそ王様たちだと思いますから。……でも、でも僕見たかったんですよね」

「見たかった？　何を？」

嫌な予感しかないなと思いながら尋ねる。フリードもとても嫌そうな顔になっていた。

アルが手を組み、夢見るように瞳を輝かせる。

「おふたりの色々ですよぅ。喧嘩したり困難を乗り越えたり、時には互いの愛をちょっぴり疑ったり嫉妬したり。そういう恋愛初期に起きる様々なイベント。それを僕、どーしても見たかったんです」

「……は……はぁ？」

自然と口がへの字の形になった。

フリードも「何を言っている……」と理解できない様子だ。

「でも、今更じゃないですか。おふたりの絆は強固で、愛を疑うなんてあり得ない。でも、もしおふたりの愛の証とも言える王華がなくなったら？　そしたら王様は、王妃様はどんな反応を見せてくれるでしょう。愛が半減した中、おふたりは以前の絆を取り戻せるのか。きっと困難を乗り越え、更に深まった愛を見せてくれるはず。そう思ったら、もういてもたってもいられなくて。東の精霊王が目覚めたのは知っていたので、ちょーっと協力してもらおうかなって思いましたっ！」

後悔はないと言いきるアル。それを見て、ピンときた。

もしかしてだけど、少し前にアルが用事がある的なことを言っていたあの時に、東の精霊王と秘密裏にコンタクトを取ったのではないだろうか。

私と接触させて、王華を奪わせるために。

そのあとすぐに子供の姿の東の精霊王と出会ったから、間違っていないような気がする。

「うわあ……」

最悪だ。頭痛がする。

私たちの知らないところでアルが暗躍していたと知り、溜息が止まらない。

まあ、動機は非常にアルらしいのだけれど。

フリードがツカツカと歩み寄り、アルの頭上に拳骨(げんこつ)を落とした。

「この馬鹿」

「痛いっ……！」

涙目になるアルだが、さすがに同情はできなかった。

だってあまりにもふざけた理由だ。フリードがイライラしながらアルを睨(にら)む。

「お前は一体何を考えて……」

「だ、だってぇ。僕がやったら犯人はバレバレだし、適度に満足したところで王華を返させれば問題ないと思ったんですぅ。だって完璧じゃないですか。実際途中までは完璧でした。王華が奪われ不安になる王妃様を優しく包み込む王様。正直、あのシーンを思い出すだけでご飯五杯はいけますよね。最高でした……って、あいたっ！」

もう一発、脳天に拳(こぶし)が落ちた。

「アル……お前は」

「ううう……痛いですぅ。でも、僕だって予想外だったんですよう。そろそろ満足したことだし、王華を返させようかなと思った矢先、突然自分から突撃してきて王妃様を攫おうとするんですから。僕ね、そういうのはダメなんです。僕が見たいのはふたりのラブラブエピソードであって、攫った攫われたは……いや、王様が格好良く王妃様を助けに行くっていうのもそれはそれでアリか……うーん、もしかして止めない方が新たな萌えを摂取できたかも？　惜しいことをしたかな」

　ソワリとし始めたアル。その様子から、全く反省していないことが窺えた。

「アル」

「い、いや、ダメです。ダメです。そもそも王妃様を攫おうなんてあり得ませんよね。萌えは大切ですけど、その後の王様のお怒りを考えると、ナシですよ。冗談でやって良いことを超えている。ええ、僕、良い子だからその辺りはきちんと弁えていますとも！」

　フリードの声が怖いことに気づいたアルが必死に弁明を始めるが、全く弁えられていないことに果たして本人は気づいているのだろうか。

　もう一度、アルの頭に拳が落ちる。全く遠慮のない痛そうな音がした。

「うわああん！　痛いです！」

「痛くしているのだから当然だろう。何が弁えている、だ。自分の欲を満たすために私の華を奪っておいて、よくもそのようなことが言えたな。アル、お前はしばらく出禁だ。私が良いと言うまで神剣から出てくるな」

「ひっ！　それだけはお許しを！　おふたりのラブラブを見られないなんて僕の楽しみが……生きる糧を奪わないで下さいよ！」

「それならこんなくだらないことをするな！」

フリードが雷を落とす。アルは必死にフリードに縋り付き、慈悲を乞うていた。

「お願いですから考え直して下さい！　あれです。ちょっとした悪戯じゃないですか。精霊からしてみれば可愛いものかと。そ、それに、本当にヤバイとなったら、返させるつもりでしたよ！」

「可愛いだと？」

フリードの顔が般若のようになっている。鬼も一目で逃げ出す恐ろしさだ。

「どこが可愛いものか！」

「ひぃぃぃぃ！　ごめんなさい〜！」

情けない悲鳴を上げるアル。正座をして震えながらふたりを見ていた東の精霊王が、無理とばかりに立ち上がった。

「もう嫌だ〜！　竜神様、やっぱり怖い！　僕、悪くないもん！　全部始祖様のせいだから！　王華も返す！　返すから怒らないで‼」

ポンッと音がして、少年の姿が消える。代わりに現れたのは、アルより一回り小さい竜だった。色は緑。アルとは違う体色の小さなドラゴンが金色の目をうるうるとさせている。

「……竜」

「うわあああああん‼　僕はお菓子が欲しかっただけだもん‼」

瞳を潤ませた竜が東の空に向かって一目散に飛んで行く。

「ちょ、ちょっと……！」

まだ話は終わっていないと手を伸ばす。だがすでに竜は空の彼方だ。逃げ足が速い。

「ええー？　また捜さないといけないの……？」

王華を返してもらわなければならないのにどうすればいいんだ。

そう思い、フリードを見る。フリードは何故か飛んでいった東の精霊王に目線すら向けていなかった。

「フリード？」

逃げたら斬る的なことを言っていたのにみすみす逃がすとはフリードらしくない。

そう思ったのだが、彼はあっさりと告げた。

「王華は返してもらったからね。それなら彼に用はない。だいたい、今回の件、悪いのは全面的にアルみたいだし」

「えっ⁉」

目を見開いた。フリードが私の左胸辺りに目を向ける。

「リディは気づいていない？　あの竜が『返す』と言ったすぐあとに、いつもの繋がりを感じられるようになったんだよ。だから王華が返還されたんだなって分かったんだけど」

「え……あ、本当だ」

慌てて胸元の布地を引っ張り、中を覗(のぞ)き込むと、今朝見た時は何もなかった肌に、当たり前のように王華が鎮座していた。

「いつの間に……」

身体から、勝手に力が抜けた。

見慣れた王華が自分にあることを確認し、死ぬほど安堵(あんど)したのだ。

「よかった……」

王華のある場所に手を当て、長い息を吐き出す。フリードが私の頭を撫でた。

「アルが言った通りだったみたいだね。確かに彼が『返す』と言ったら戻ってきたよ」

「僕、嘘なんて言いませんよう」

フリードの足に縋り付きながらアルが主張する。フリードが鬱陶しげに足を振ったが、アルは頑として離れなかった。

「今の今まで私たちを騙していたくせに何を言う」

「騙したなんて人聞きの悪い。僕はちょーっとおふたりの恋愛トラブル的なものを観察したかっただけなんですって。ちょっとくらい波風が立った方が、ファンとしては楽しいものなんですよ。もちろんハッピーエンドで終わるのが前提ですけどね」

「お前……」

フリードのこめかみが引き攣っている。よほどアルにお怒りらしい。

私としては無事王華も戻ってきたことだし、もう良いかな的な気持ちになっているのだが、フリードの方はそうはいかないようだ。

「東の精霊王まで巻き込んで、己の欲を満たそうとは情けない」

「あいつら、僕の子供みたいなもんなんですから使ったっていいでしょ！　特に東のあいつは食べ物を与えればだいたい言うことを聞いてくれるから、操りやすいですし――」

「反省していないようだな」

「あう！」

もう一度、拳を落とされ、アルが情けない声を上げる。

フリードは怒りはしているが、呆れが勝ってきたようで、ひりつくような怒りの気配は消えていた。

「まったく……。アル、東の精霊王だが放置で問題はないのか。リディの王華が戻ったから見逃しはしたが、今後新たな問題が起きるようならやはり捕らえた方があとあと楽だろう」

「え、そんなの東のみならず四人とも縛っておいた方が安心に決まってますよ。契約者のいない精霊王なんてそりゃもう、やりたい放題なんですから。一番良いのは、王様が四人を捕まえて、再契約することですね。あとはそれぞれの担当エリアを守らせておけば良いんです。王都の守備も強化されますし、バッチリです！」

「……王都の守備強化か……また余計なことをされても困るし、機会があればひとりずつ捕まえてみるか」

「ぜひぜひ！　すでに四人とも目覚めているので、捜してみてください。皆、自分の担当する町で好き勝手やってますよ～。僕も協力します！」

「ええー……その情報、今出すんだ」

デリスさんの家で精霊王の話題が出た時は、話を渋る様子もあったのに、今はペラペラと話している。それを指摘すると、アルはあっさり言ってのけた。

「だってあの時は、王華がなくなった直後。すぐさま犯人を捕えられてしまったら、僕の期待したイベントが見られないじゃないですか。そりゃあ情報を出すのだって渋りますよ。本当は、東の精霊王の話だってしたくなかったんですから」

「うわ」

すごく自分勝手な理由だった。

「話の流れ上、仕方なかったので話しましたけど。今はもう王華が戻りましたから、隠すことは何もありません。何でも聞いて下さいね～」

「今すぐ四人の精霊王を目の前に連れて来い」

フリードがアルを片手で掴み、上下に振る。アルは目を回しながら「無茶を言わないで下さいよ～」と言った。

「僕にだって、できることとできないことがあります！　東のあいつは偶然コンタクトを取れる状態だっただけ。今は遮断されていますし、残り三人は最初からこちらと接触するつもりがないのか、そもそも連絡が取れませんよ！」

「なんだ、使えないな。嫌われているのではないか？」

「ち、違いますよ！　彼らは縛られたくないだけ！　彼らにとって僕は親のようなものなのですから嫌われるなんて、そんな！」

必死に否定するアルだが、なんとなく、アルの無茶振りに付き合わされたくないから四人の精霊王たちは接触を断っているのではないだろうか、なんて思ってしまった。

「じゃあ、精霊王たちがどこにいるのかは分からないんだ」

「全く分かりません！」

元気よく答えるアルを見たフリードが溜息を吐く。

「なるほど。つまり各町を回って、精霊王を捜さなければならないわけか。問題が起こる前に」

「そうなりますねえ」

「しかも精霊王って人間に化けたりしてるんだよね。ね、あのさっきの緑の竜。あれが精霊王の正体なわけ？」

　気になったので聞いてみた。

　アルより小さな緑色の竜。彼もまた私の想像する精霊の姿とは違ったが、アルから分かれた存在と考えると、ぴったりなような気もする。

「そうですよ。ただ、体色は皆、違いますけど。大きさはあんなものです。普段は違う姿を取ることも多いですけど、本来の姿は僕を模した形となっています」

「へえ」

「まずは各町へ赴いて、精霊王を捜すこと。彼らは騒動の中心にいることが多いですからね。案外簡単に見つかるかもしれませんよ」

「頭の痛い話だ」

「でも、見つけて従わせることができれば戦力アップは間違いありません。頑張りましょー！」

　アルが「各個撃破だ、えいえいおー」と拳を上げる。

　完全に自分が絶賛怒られ中であることを忘れているようだ。

　フリードも同じことを思ったのか、両手でアルのこめかみをグリグリとした。

　アルが「王様、ギブ、ギブです！」と悲鳴を上げたが無視だ。

　こちらはずいぶんと振り回されたのだから多少は反省してもらわなければならない。

「うわ〜ん！」

　アルの情けない悲鳴が空に響き渡る。

　それを聞きながら、私はとりあえずは一件落着なのかなと思っていた。

14・死神と視線（書き下ろし・カイン視点）

「マジで見つからない。どこにいるんだよ！」

街中をわざと彷徨き、姿を見せる。

そうすれば視線の主が現れるかと思ったが、そう上手くはいかなかった。

隣を歩いていたアベルが退屈そうに言う。

「なあ、死神さん。今日はもう現れないんじゃないの？　諦めようぜ。鳥たちもそれらしき人物を見ていないって言ってるしさ」

「くっそ……」

せっかく姫さんに断って町まで出てきたというのに、収穫なしというのはキツイ。

だが、見つからないものは仕方ない。

そもそも相手はこちらより上手なのだ。そう簡単にいくはずもなかった。

「オレはさ、依頼料ももらってるし構わないけど、あんまり長く王妃さんから離れるのもよくないんじゃないの？」

「分かってる。仕方ない。今日はここまでにするか」

アベルの指摘に項垂れる。

ここのところ、視線を感じることが日に日に増えていて、いい加減、その主を捕まえたかったのだ。

アベルには修行も付き合ってもらっているが、そもそも彼は戦いのセンスがない。

逃げ足は速いがせいぜい一般人より動ける程度なので、あまり役には立たなかった。

それでもひとりで黙々と鍛えるよりだいぶマシなのだけれど。

探索終了を告げると、アベルがオレの腕を引っ張った。

「なあ！　それなら和カフェに寄っていこうぜ！　ここから近いしさ」

「いや、帰った方がいいとか言ってなかったっけ？　……ま、いいけどさ。あんた、本当に好きだよなあ」

目を輝かせるアベルを見る。

アベルは和カフェにハマっていて、町に出るたび誘われるのだ。

姫さんの経営するカフェだし、行くこと自体は吝かではないけれど――そう思った時、視線を感じた。

「っ！　アベル！」

「よしきたっ！　このタイミングで来るとか、最悪。せっかく和カフェに行こうと思ったのにさ」

文句を言いつつも、彼は鳥たちに指示をしてくれる。

オレも視線の主がいる方向に駆け出した。

「今度こそ捕まえてやる……！」

いい加減、ただ見られているだけというのも苛々する。

こちらに用事があるのなら接触してくればいいのにと、そう思いながら人混みをすり抜けた。

「……どこだ」

珍しくまだ見られている感覚がする。

オレたちが近づいているのは分かっているはずなのに、ずいぶんと余裕そうだ。

それとも顔を合わせる気になったのか。それならそれで手間が省けてこちらとしても有り難い。

「死神さんっ！」

「分かってる！」

オレを追走しながらアベルが叫ぶ。今走っている通りを抜けた先。その角を曲がった先にオレたちの捜し人はいる。

「――見つけたっ！」

角を曲がり、声を上げる。

だが、そこには誰もいなかった。確かにあった気配も今はすっかり消え失せている。

「畜生、またかよ!!」

思わず、膝を叩く。

アベルも「肩透かしとか最悪」と肩で息をしながら文句を言った。全力で走って疲れたらしい。

アベルは情報収集に関連する能力は高いのだけれど、その他はイマイチだ。体力なんかはその最たるもので、いつも苦しそうにしている。

「……もう少し鍛えたらどうだ？」

「死神さんとは……違って……オレは……後方だから……必要……ない」

「今みたいなこともあるんだし、多少は必要だと思うけど」

「うるさいっての……あ、なんか紙が落ちてるぜ」

下を向いていたアベルが、そう言って紙を拾う。

何かのチラシだろうかとふたりで覗(のぞ)き込んだ。よくある白い紙には文字が書いてある。

それを読み、目を見開いた。思わず日を見合わせる。

「これ……」

「マジかよ……」

白い、何の変哲もない、ゴミと見間違えても仕方ない一枚の紙。

だけどこれは間違いなく、姿を消した視線の主がオレに残したものだった。

名前こそ書いていなかったが、間違いなくオレに宛てられたもの。

だってその内容は——。

「とりあえず、姫さんに報告、かな」

「かーっ！　和カフェに寄ろうと思ったのに!!　最悪！」

八つ当たりするように地団駄(じだんだ)を踏むアベルに苦笑し、もう一度書かれた文字を読む。

「——ヒユマ現当主を名乗る若者へ、か」

やはりシェアトではなかった。

だってこれはヒユマ当主に向けられた手紙。

そしてそれが意味するものは、視線の主はヒユマ関係者であるということだった。

15・彼女と新たな火種と騒動の始まり

「姫さん、話があるんだけど……って、うお!?」

自室でフリードと話していると、出掛けると言っていたカインが帰ってきた。

絨毯(じゅうたん)の上で正座しているアルを見て、ギョッとしている。

アルの首には『僕が黒幕です』と書かれた札が掛けられていて、たぶん、それに驚いたのだろう。

「……こいつ、何かやらかしたの」

「うん、まあ……今回の件の黒幕がアルだったというか……」

掻い摘(つま)んで先ほど起きた話をする。カインは「うわ」とドン引きした顔をしていた。

「いくらなんでもそれはダメだろ……。お前、最悪だな」

「うるさいっ！　僕は精霊の本能に従ったまで。お前に何か言われる筋合いはないいっ！」

「アル」

「はいっ！」

即座にカインに言い返したアルだが、フリードの低い声で自分が怒られていることを思い出したようだ。浮かし掛けた腰を戻し、大人(おとな)しく正座の体勢に戻った。

とても不満そうではあるけれど。

「うう……どうして僕がこんな……」

「文句があるのなら神剣から出てこなくても構わないが」

僕が
黒幕です

「まっさか☆　僕、このお仕置き大好きです～。王様と王妃様と一緒にいられるんですから、なんの文句もありませんとも！」

「それなら大人しくしていろ」

フリードに窘められ、アルがキリッとした顔で背中を伸ばす。

ミニドラゴンが正座している図というのはなかなかにシュールだが、この『僕が黒幕です』の札は私が用意したものだ。

神剣に戻れと言うフリードにアルがどうしても嫌だと泣きつき結論がでず、それならと私が代替案を出した。

首からこの札を掛けさせて、良いというまで正座をさせるのはどうか、と。

フリードはあまり良い顔をしなかったが、アルは私の案に飛びついた。

よほど神剣に戻されるのが嫌だったらしい。それなら怒らせるようなことをしなければよかったのに。

正座をするアルを見たフリードが嫌そうに言う。

「リディのやることに文句をつける気はないけど、これって仕置きにはならないんじゃないかな。むしろ私の方が嫌な気分になるんだけど」

「まあまあ、良いじゃない。たぶんだけど、どうせアルは反省しないよ。神剣に戻したところで、出したら元通り……というか今まで以上に騒ぐだけじゃないかな」

「……否定できない」

フリードが苦い顔をする。

「それくらいなら、自分がやらかしたことをこうやって皆に示す方がまだマシかなって。アル、あとでお父様と兄さんも来るから、犯人だって分かってもらおうね。カーラにも見せるからこってり絞られるといいよ」

「うう、人間に叱られるとか屈辱ですぅ」

「皆に迷惑を掛けたんだからちゃんと謝ろうね。それができたら許してあげるから」

「……はい」

アルがしょぼんとする。

基本的に彼は私とフリード以外を自分より下だと見なしているので、そういう人たちに怒られるのを嫌がるのだ。

だが、今回はかなり大ごとになったし、巻き込んだ人たちには相当迷惑を掛けてしまった。

父と兄はフリードの仕事をかなり負担してくれたし、カーラも私の世話を一手に引き受けてくれた。

少なくともアルは、彼らに誠心誠意謝らなければダメではないかと思うのだ。

そうでなければ「もういいよ」とは言ってあげられない。

アルが萎れながらも正座しているのを見て、カインが「ま、解決したんなら良かったけどさ」と息を吐く。そうして私に一枚の紙を差し出した。

「姫さん、これを見てほしいんだけど」

「紙？　チラシか何か？」

「……いや、オレ宛ての手紙……みたいなものかな」

「カイン宛て？　私が読んでもいいの？」

人の手紙を勝手にと思ったが、カインは「いいから」と促した。

「読んでくれ。——差出人は、姫さんに話した視線の主。さっき、視線を感じてアベルとふたりで追ったんだ。その先で見つけたのがその手紙だった」

「……フリードにも読んでもらっていい？」

「ああ」

カインが頷いたのを確認し、フリードにも見えるようにする。

ふたりで書いてある文字を追い、目を見開いた。

「え、これって……」

「……ああ」

カインが重苦しく頷く。

手紙にはこう書かれてあった。


——ヒユマ現当主を名乗る若者へ。

ここひと月ほど、貴君を観察させてもらった。

残念ながら今の技量で、ヒユマ当主を名乗ることは到底認められない。

もし認められたいのなら、東の町にいるそれがしを見つけ、その実力を示すべし。

期限はひと月。

ひと月以内にそれがしの前に現れなかった場合、当主の権利を放棄したものとみなす。

「当主として認めないって……」

「こう言ってくるってことは、手紙の差出人は間違いなくヒユマ関係者だと思う」

「ヒユマ関係者って……アベル以外にもいたってこと!?」

「……ああ」

苦い顔でカインが頷く。

先々代のサハージャ国王が滅ぼしたヒユマの村。

全滅し、すでに残る者はいないと思っていたのに、まだ生き残っていた仲間がいた。

普通なら嬉(うれ)しいと感じるはずだ。だがカインはそんな風には見えなかった。

厳しい表情をしている。

「嬉しくないの？」

「オレとアベル以外のヒユマがいることは素直に嬉しい。でも、こんなことを言われて喧嘩(けんか)を売られちゃあな、手放しでは喜べない」

「……」

「一族の長(おさ)だった父さんの息子。オレがヒユマの当主なんだ。それを――くそ、何が認められないだ。一体どこのどいつだよ……」

悔しそうに拳(こぶし)を握るカインを見つめる。

彼は赤い瞳(ひとみ)に決意を漲(みなぎ)らせ、私に言った。

「姫さん、オレは東の町でこいつを探して、絶対に認めさせてみせるぜ。当主として足りないなんて思われてたまるもんか。こいつの方が強かろうと関係ない。これはオレのプライドの問題だ」

「う、うん」

やる気をメラメラと燃やしているカインを見つめる。

何の因果か、このタイミングでヒユマ関係者と思われる人からの挑戦状。

かの人が待ち受けるのは東の町。

そういえば、アル曰く、東の精霊王も東の町に潜伏しているという話だ。

東の方向へと飛んでいった小さな緑色のドラゴンを思い出す。

どうせ、精霊王は捜さなければならない。

それに東の町では行方不明事件も起こっている。こちらだって解決しなければならない。

ちょうどいいといえばちょうどいいけど、今まで何もなかった東の町が、フリードが戴冠してから俄に騒がしくなってきた。

「……これはしばらく東の町に通うことになりそうだね」

フリードに目を向けると、彼も表情を引き締めていた。

東の町を巡るゴタゴタはどうやら今からが本番。

さて、どうなることかと思う私たちの足下では、反省しているはずのアルが「僕も！　僕も連れて行って下さい！」と手を挙げ、一生懸命アピールしていた。

あとがき

※ご存じかと思いますが、メタネタ注意報。書籍読了後に読むことをお勧めします。

リディ↓リ　フリードー↓フ

リ「約一年ぶりのあとがきに颯爽登場！　タイトルは王太子妃なのに王妃やってるリディアナです。よろしくお願いします！」

フ「夫のフリードリヒです」

リ「番外編を挟んだのでほんっとうに久しぶり。あと、アルが『王妃編』にはならないとか言ってたけど嘘だったね。普通に『王妃編』だし！　そして初っ端から王華が消えて散々だった……」

フ「本当にね。無事解決できたから良かったものの……」

リ「まさか犯人が身内とか思わないよね。話を聞けば『らしいな』とは思ったけど」

フ「あいつにはキツく言い聞かせておかなければ」

リ「さすがにやり過ぎだからね。あ、そういえば、結局『王太子妃編』十巻の最後に出てきた『カレ』登場しなかったね。絶対出てくると踏んでたんだけどな」

フ「まだその時ではない、ということなのかもね」

リ「そうかも。次回はカインの話っぽいし……って、もう終わり？　えっと、えっと『王妃編』いよいよ始まりました。主要メンバーは変わらず、いつものノリで頑張っていくので応援よろしくお願いします！」

フ「私とリディは何があってもラブラブです」

リ「その通り！　あ、あと鴨野れな先生のコミカライズも宜しく！　この間、婚約者編の三巻が出ました！」

フ「リディが私への恋心を自覚した巻です」

リ「まだ（仮）だから！　じゃ、そういうことで、またね！」

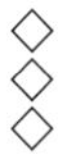

こんにちは、月神（つきがみ）サキです。『王妃編』楽しんでいただけましたでしょうか。

フラグ、色々仕込みました。カイザーも今後再登場予定です。

蔦森（つたもり）えん先生には今回ヴィルヘルム王族一同を描いていただきましたが、大変豪華で迫力あるピンナップになり、改めて「ヴィルヘルム王族、顔面圧がすごいな」と戦きました。いつも素晴らしいイラストをありがとうございます。

そして応援して下さる読者様にも感謝を。また次回、お会いできますように。

二〇二四年十二月　月神サキ　拝

王太子妃になんてなりたくない!!
王妃編
月神サキ

2025年1月5日　初版発行

著者　月神サキ

発行者　野内雅宏

発行所　株式会社一迅社
〒160-0022　東京都新宿区新宿3-1-13　京王新宿追分ビル5F
電話　03-5312-7432(編集)
電話　03-5312-6150(販売)
発売元：株式会社講談社(講談社・一迅社)

印刷・製本　大日本印刷株式会社

DTP　株式会社三協美術

装丁　AFTERGLOW

ICHIJINSHA

ISBN978-4-7580-9696-6

●本書は「ムーンライトノベルズ」(https://mnlt.syosetu.com/)に掲載されていたものを改稿の上書籍化したものです。
●この作品はフィクションです。実際の人物・団体・事件などには関係ありません。